用文字照亮每个人的精神夜空

被困住的灵魂

一个心理治疗师和他的病人们

走水 著

湖南人民出版社·长沙

图书在版编目（CIP）数据

被困住的灵魂：一个心理治疗师和他的病人们 / 走水著. -- 长沙：湖南人民出版社，
2024.4
ISBN 978-7-5561-3450-2

Ⅰ.①被… Ⅱ.①走… Ⅲ.①纪实文学－中国－当代Ⅳ.①I25

中国国家版本馆CIP数据核字（2024）第032365号

被困住的灵魂：一个心理治疗师和他的病人们

BEI KUNZHU DE LINGHUN: YIGE XINLI ZHILIAOSHI HE TA DE BINGRENMEN

著　　者：走 水
出版统筹：陈 实
监　　制：傅钦伟
选题策划：北京领读文化
产品经理：领 读-孙旭宏　吴 静
责任编辑：张玉洁
责任校对：夏丽芬
装帧设计：尚燕平

出版发行：湖南人民出版社［http://www.hnppp.com］
地　　址：长沙市营盘东路3号　邮编：410005　电话：0731-82683313

印　　刷：长沙超峰印刷有限公司
版　　次：2024年4月第1版　　印　　次：2024年4月第1次印刷
开　　本：880 mm × 1230 mm　1/32　印　　张：10.25
字　　数：219千字
书　　号：ISBN 978-7-5561-3450-2
定　　价：59.80元

营销电话：0731-82683348（如发现印装质量问题请与出版社调换）

目　录

精神病院里，再唱不出《甜蜜蜜》

❶

第五人民医院（精神专科）住院部有一个近一千五百平方米的大院。

康复科专职看大院的老乌，会在每天上午九点、下午三点定时打铃，通知住院部里的近三百号被医生评定为"情绪、行为稳定"的住院病人下楼活动。

以前，大院活动很单调，器材也很少：四副麻将，被病人摸得乌亮；两副象棋，棋子儿咧咧巴巴，缺兵少将的，有几个子儿拿塑料盖儿代替；还有几只羽毛球拍，网面上面满是老乌缝缝补补的小疙瘩。

尽管如此寒碜，新来的病人们仍会在铃声响起后，争先拥下来，争抢这仅有的"娱乐设备"，抢不到的，就只能跟随大多数"玩腻了"的老病号，在大院里走走荡荡，消磨时光。

几百人聚在这里，管理工作太过繁杂。老乌跟值岗护士顾不过来时，便会挑选表现较好的病人帮忙管理器材——这项工作在病人眼里算是"特权"了，可不是谁都能得到的，须是医护人员眼中最为"稳定"的人之一：住的时间够久，对大院熟悉；病情稳定，在按时服药的基础上，精神状态正常；等等。

老褚就是一个这样的病人。

老褚1950年生，三十二岁时就被确诊为精神分裂症，在当地专科医院住过院。出院后，病情逐渐加重，迁延反复。2001年被送到我院，至今都未出院，他的住院时间跟2001年才建成的住院部同岁，对这里自然非常熟悉。

2016年冬天，老褚曾短暂地回过一次家，但一回家就犯病，被家人送回来后就老实多了，跟正常人无异。每天按时吃药，"活动"时就帮老乌看着器材，勤勤恳恳的。

因为老褚对器材分配较公允，久而久之，大伙对他都很服气，叫他褚老师。老褚心有戚戚，怕大家这么叫他得罪了老乌，于是号召大家管老乌叫乌司令，这才心安理得。

2016年，我本科毕业后进了五医院的康复科。

平时忙完工作的闲暇时间，也会到大院帮老乌看管病人，常跟老褚打交道，久而久之也就混熟了。

老褚说自己是华侨，犯病前在市华侨办事处当秘书，搞文字工作，是个"体面人"——的确，"褚老师"每天的打扮都很"上档次"：普通的病号服外面，他自己还会加套一个马甲，有时候是黄色，有时候是绿色；拖鞋里一定要穿双浅色袜子；常常拎着一个鼓鼓囊囊的电脑包，充当公文包；每天下大院（病人在医院大院里自由活动，也叫"放大院"），腋里还要夹两本书，拿报纸包得工工整整——别人打麻将、玩牌，他看书，确实十分体面。

后来我才从老乌那里得知，老褚确实是华侨，战争年代，他父亲带着他母亲逃去缅甸，老褚是在缅甸出生的，成年后才回到中国，还没工作几年就发病了，病因不明。老褚的老婆去世得早，留下老褚跟儿子相依为命，得亏他有个单位，这么多年一直负担着治疗费用。再往后，他一直住院，也就没再续弦。

听闻，老褚的儿子也是在老褚以前的单位工作。可我来医院也有段时间了，却从来没有见过他的儿子，只是在老褚短暂回家又被送回来那次，跟他儿子打电话聊过两句。

那天我在电话里说："你好，我是老褚的治疗师，想问一下老褚在家的表现。如今他又回来住院了，我好做个评估。"

他儿子告诉我，老褚回家不睡觉，成天胡言乱语，对着自己的孙女说胡话，什么"太阳太阳快出来，陵墓陵墓快滚开""你们不要害我，爸爸你快跑"。

"回来就发癫。我是真的太忙了，本来还指望他能带带孙女，结果还要照顾他……忙，先不说了，以后再聊吧。"

话刚说完，电话"啪"就挂了。

老乌后来跟我说，老褚在这里住院十几年，回家的次数一个巴掌都能数出来。"当然，1982年就这副样子了，也不能全怪他儿子。"

我想起2016年年底，老褚回医院后没多久的一天，他又在帮忙收拾器材，我无心问了一句："老褚，啥时候回家过元旦哪？"

老褚"啪"地把包摔在桌子上，生气地说："回去干吗，讨嫌？"

❷

　　2017年1月，康复科主任去了一趟深圳，参观了那边大医院的康复科，回来后热血沸腾，跟院长打申请，列了长长一串清单——跑步机、投影仪、大型书柜、卡拉OK等，希望能够把我院的康复科打造成全市第一。院里开了几次调研会，讨论了大半个月，最终只给我们拨了几千块经费。

　　跑步机是买不成了，主任思来想去，买了一台卡拉OK点歌机。

　　点歌机在大院备受欢迎。以前赶着争抢麻将的人，现在都来抢话筒，力争第二个唱——许是老褚有"褚老师"一职，没人敢跟他争第一。

　　老褚唱歌不好听，公鸭嗓，声嘶力竭，吐出的每个字都卡在两个调中间。听他唱歌有一种剪指甲剪到肉、头皮发麻的感觉。老褚的曲目选择一向走"老年直男"路线，多是《五指山》《敢问路在何方》《祝酒歌》这些。每每他一曲完毕，下面必有几个"捧臭脚"的起哄，哗啦啦地鼓掌。

　　有一回，老褚神神秘秘地凑过来，拿包遮着脸，在我耳边小声说："小赵老师，我想点一首《甜蜜蜜》。"我对他斜眼一瞥，掩饰不住地惊讶。

　　随后他的演唱，果然一如既往：一首《甜蜜蜜》被他唱得七零八落，如瓦片被风撂到地上，摔得哐哐作响。连下面几个日常起哄的，互相对视的眼神里也满是试探，尴尬地举着手，也不知该不该拍。

唱完歌，老褚没有像平日里一样，带着几个跟班出去打球看书，而是拿了个凳子，坐在一边，听接下来的人唱歌。大约是轮到第四个的时候，女区来了一位五十来岁的病人，走近我身边，有些害羞地跟我说："我想点一首《甜蜜蜜》。"

我对她有些印象，依稀见过几次，似是跟老褚一样，在这里住院多年，姓沐，大家都叫她沐阿姨。

沐阿姨唱歌时，十分紧张，两只手一高一低紧紧攥着话筒，身子一直对着大屏幕。沐阿姨唱得还挺不错，比起老褚来简直是一个天一个地。

不知道为什么，老褚的神情兴奋异常，半坐在凳子上，两只手微微举起，一副时刻准备鼓掌的模样。沐阿姨唱完一段的间隙，老褚立刻站起来，一边大喊："好啊！好啊！"一边噼里啪啦地鼓掌，旁边几个也立刻跟上。一时间，现场人声鼎沸。

我怕沐阿姨会更紧张，唱不下去，准备干预一下，但沐阿姨回头看了眼老褚，竟娇羞地笑了。

往后一连好几天，老褚都会雷打不动点一首《甜蜜蜜》，之后第三个或者第四个唱的，必定是沐阿姨，也点一首《甜蜜蜜》。每一次沐阿姨唱完，老褚就会领着一群人适时地站起来，起哄鼓掌，掌声里还有他公鸭嗓般的叫好声。

我了解了一番才知道，同老褚一样，五十八岁的沐阿姨也是在年轻时就被确诊为偏执型精神分裂症。平日里，文化程度不高的她一直坚持说自己是一个作家，除此以外，情绪都较为稳定，思维清晰。

丈夫早年跟她离婚后，沐阿姨一直独自带着女儿辛苦度日。后来女儿出嫁，有了家庭，沐阿姨却仍旧不时发病，此后便干脆一直住在医院里，只在逢年过节时回家。

好在沐阿姨的女儿很孝顺，一有空就来看她。好几次，她女儿都托病房的护士劝沐阿姨出院，跟着她回去生活，沐阿姨却说："我有养老金，过得下去，去打扰他们干吗呀？"

一天，我偷偷坐到看书的老褚身边，拿胳膊肘轻轻推了他一下，试探着说："行啊，老褚，跟沐阿姨偷偷歌曲传情啊？"

"瞎说，你瞎说！哪有！"老褚身子一抖，吓得书都掉地上了，他胡乱地把书塞回包里，匆匆走开了，似是有点担忧，又回头跟我强调，"别瞎说啊，没有的事！"

随后的日子，沐阿姨唱完歌后，老褚再也不领着人起哄鼓掌了。他会先跑到大院其他地方闲逛，等沐阿姨唱歌时，再折返回来，在门口伸出头偷偷摸摸地听。有时候我也会故意打趣他，隔着人群对他冷不丁喊一句："干吗呢，老褚！"

他会吓得一缩头，再慢慢探出头，见到是我，便拿手指着墙上的钟，跟我皮笑肉不笑地打哈哈："我看时间呢，看时间。"

倒是另一侧的沐阿姨，脸上一下就露出了羞赧的神色。

老褚和沐阿姨是否在《甜蜜蜜》事件前已暗生情愫，我也问过值班护士，大家都说没看出来，老褚自己也对此三缄其口，抵死不认。直到不久后，我发现他们不只通过歌曲来"传情"。

沐阿姨的女儿常会给她送吃食，有时候是饭菜，有时候是汤粉，拿碗和塑料袋包得好好的。一开始是由我们工作人员转交，后来送得多了，我们就干脆让沐阿姨在大院的门口吃，吃完再把碗交给她女儿带回去。

每次老褚去院子里看书的时候，都会把随身的电脑包暂存在我这里。他时常会中途回来一趟，但也不拿包走，而是偷偷摸摸地往里面塞什么东西。有一回，老褚动作大了点，手里的一团东西蹭开个口子，往外稀稀拉拉地漏水。我赶快上前拿报纸帮他兜住，无意中瞅了眼老褚拿的东西——竟然是汤粉，拿塑料袋装着。整个大院，只有沐阿姨的女儿会在这个时候送吃的进来。这袋汤粉是谁给他的，不言而喻。

我笑嘻嘻地帮老褚捧着漏水的汤粉，对他说："行啊，老褚，天天有人给你爱心餐哪。"

老褚大概是知道瞒不住我了，囫囵把汤粉包住，对我涎着脸一笑，小声说："别往出说哈。"

我脸上虽然是笑的，但还是提醒了他两句："老褚，这里是医院，是看病的地方，大院里男男女女都有，再说沐阿姨还有女儿，你也……"

"我知道，我知道。"老褚把包拿起来，"我不会给大家添麻烦的，你放心，放心。"

老褚应该明白我的意思。我跟他心照不宣地互相挑了挑眉，谁也没有点破。

我之所以会这么提醒老褚，还是因为老乌跟我说过的一件事。

早年住院部落成后，我们医院的大院才终于对病人们开放。大家都很兴奋，每天终于有一段自由的时间可以相互接触了，各个病房也经常组织体育或者文艺活动，鼓励大家积极参与。

男病房和女病房里的两位年轻人经常搭伴参加活动，慢慢互生情愫了。

按老乌的说法："谁没年轻过？只要不惹事，由他们咯。"

但没过多久，还是出事了。一天，男孩带着女孩，偷了医院的放行条，还有其他病人陪护家属的几件日常衣服，伪装成探视的家属逃了出去。精神病住院患者出逃是件大事，医院报了警，出动了所有没有值班任务的人去找，最后才在医院对面公园的一片竹林中找到。

两人被带回去后，女孩的病情就加重了，常常在病房里不穿衣服，情绪激动，也不准陌生人靠近，看见护士就打。女孩的家属找来，跑到男病房闹，指责那个男孩拐骗他们的女儿，骂他是个"衣冠禽兽"。

男孩无法忍受，趁着大院开放时间，偷偷爬上院子外墙近六米高的铁网上，朝外面的马路跳了下去。所幸人没有摔死，只是一只手臂摔断了。

这件事当年被定性为"严重医疗事故"，我们院被市卫健委点名批评，还赔了男孩家里不少钱。

不过，虽然知晓这"前朝旧事"，我仍然相信，如果有沐阿姨作为老褚的寄托与安慰，兴许他的状态会好一些吧。毕竟，眼看他年近古稀、行动迟缓，而且这么久了，也从没有人来看过他。

当然，我也问过老乌，老乌也说："随他吧，都这把年龄了，提醒他别惹麻烦就行。"

于是往后的日子里，我再没有拿这事儿撩拨他。我们之间似乎达成了一种默契。我帮他隐瞒他跟沐阿姨的小秘密，他也尽力让自己和沐阿姨的联系存在于地下。

老褚自恃是个"文化人"，有一次，他还写了一首诗，让我交给沐阿姨，诗是这样写的：

　　　　虽然我的脑袋残疾了

　　　　我还有一双灵活的手

　　　　能养活自己和家人

　　　　能够成家立业

　　　　虽然我的脑袋残疾了

　　　　我还有一双健壮的脚

　　　　能够跳广场舞、打球

　　　　能够延年益寿，长命百岁

　　　　虽然我的脑袋残疾了

　　　　我还有一双明亮的眼睛

　　　　能够吸取文化知识

能够实现不平凡的梦

虽然我的脑袋残疾了
我还有一双聪慧的耳朵
能耳听八方
能够捕捉来自宇宙深处的声音

虽然我的脑袋残疾了
我还有一颗能正常跳动的心脏
能劳动、跳高、跑步
能够度过幸福的晚年

虽然我的脑袋残疾了
我还可以结婚生子
能繁衍后代
能够有一个温馨、和谐的小家

啊！朋友
让我们携起双手，共同努力
服从医护人员的治疗
早日康复出院，回归社会

沐阿姨拿到诗时，脸上满是少女般盈盈的笑，依稀可见年轻时的温婉与美丽。而老褚这首充满年代气息的诗，也让我看到了他对沐阿姨的感情，如此沉着又炽烈。

我也对自己说，只要不惹麻烦，就不打扰他们"恋爱"了吧。

❹

老褚跟沐阿姨的"夕阳红"爱情，一直被他们小心翼翼地包裹着，没有多少人发现，两人日常的"传情"，也只在一首《甜蜜蜜》和一碗吃食之中。其他时间里，老褚依旧严格维护着他"褚老师"的形象，而沐阿姨除了偶尔在老褚面前流露出一两抹娇羞的神色，其他时间也多是一脸云淡风轻。

盛夏过去，阳光不再那么灼人，眼看着国庆就要到了。康复科想在大院里组织一次文艺会演，号召住院病人来表演节目。

老褚早早就来我这里报了名，却为了要表演什么节目伤透了脑筋。

其实老褚挺多才多艺，上报了二胡伴唱、口琴伴唱几个节目，但都被主任以老褚"年纪大、形象不好"为由拒绝了。老褚急得直跳脚，天天把一张老脸伸到我这儿，唉声叹气："唉，我就想跟她演个节目，又不碍着谁，怎么就那么难呢？"

我也绞尽脑汁帮他想节目，突然就想起他写给沐阿姨的诗，一拍大腿，说："你那首诗呢，拿来跟沐阿姨搞个诗歌朗诵啊！"

"对啊！"老褚摸着被我拍红的大腿，"是啊，诗歌朗诵，我怎么没想到呢！"

"行吧!"主任翻来覆去地看着老褚的诗,"你好好帮他把稿子改改,别出岔子。"

文艺会演排练如火如荼,科室的医护人员专门在每天的下大院时间里抽出一小时,带着有节目的病人排练。老褚积极性很高,不仅帮忙召集演员、组织排练,还经常跟我们商量,这里要不要改个词儿,那里要不要加个什么动作。

最关键的是,老褚跟沐阿姨,每天终于有一段时间可以正大光明地在一起了。排练的头几天,两人还有些矜持,窃喜的神情只在对视间偶尔流露,而后老褚就渐渐"放开"了,时常要"亲身上阵",帮沐阿姨整理一下站姿,纠正一下手势。

有时候,我不得不制止一下老褚,让他别跟沐阿姨那么亲密,怕刺激到其他病人。

精神病人的住院周期,大概分为急性发作、稳定、康复三个阶段。我们挑选出来参加演出的,都是在主治医生的评估中合格的、处于稳定期的病人。

但是,精神病的发作有极大的不确定性。不知何时、何地、何种刺激,就可能让一个情绪稳定的精神病患者突然发作,陷入完全无法自控的状态。

等到排练后期,大院的节日气氛越来越浓,我和同事们便更加格外关注各处病人的反应,尤其是那几个重点"看护对象"——平日里,他们的家属来看望得少,时常调皮搞怪,爱撩拨病友,一有风吹草动,或是大声起哄,或是做几个怪异的动作,总会嘻嘻哈哈地影响着大家。

要在平时，呵斥他们几句，随他们插科打诨一下便打发了。然而，许是临近演出了，老褚想着跟沐阿姨单独相处的机会不多了，便更加痛恨这些打扰他们的"电灯泡"，时不时对他们摆出"褚老师"的威严，挥几下手想把他们驱散，他们却越发肆无忌惮。

眼看着离演出没有几天了，一天，大家正在抓紧调试设备，准备最后阶段的走场，忽闻老褚一声怒吼："给我放下！"

我赶忙跑过去，发现平日里最让人头痛的一位"刺毛儿"——一个年轻的癫痫患者正抓着老褚的包，满大院飞奔，老褚在后头颠着碎步撵，一副上气不接下气的样子。

"刺毛儿"很小就来住院了，其间几经反复，没有接受过多少学校教育，平时很难管教。此刻，他跑两步走两步，还回头拿包挑衅老褚，值守的护士们没有上前阻拦，反而大多数在看热闹。

我忍着怒气，上前一把夺过老褚的包，对他说："你再捣乱，就别想再下大院！"

"我又没干什么。""刺毛儿"一副无辜的样子，"我跟褚老师开玩笑的。"

我气急而笑，指着气喘吁吁的老褚，说："你这是开玩笑吗？老褚都快七十了，摔了跌了，你担得起责任？"

"咦……没那么严重吧。""刺毛儿"更是摆出一副无所谓的样子，"这么老了，一副打情骂俏的样子，恶心哟——"说着，还故意放大声音。

累极了的老褚坐在旁边的凳子上，还没来得及搭话，一旁的沐阿姨就听到了。平日里总是云淡风轻的她，表情忽然变了，猛地就要扑向"刺毛儿"。我吓坏了，立马伸手拦住。

沐阿姨很激动，对着"刺毛儿"大喊："谁打情骂俏，谁恶心，你怎么这么没教养？！"

我双手紧紧环抱着沐阿姨，生怕她真冲了过去。沐阿姨使劲挣扎，绑着头发的发圈在我身上蹭掉了，头发披散下来，盖住前脸，缝隙间闪出的狰狞表情，十分吓人。

"刺毛儿"赶忙往后躲，见沐阿姨被我拦住过不来，转而又一副神气的样子，如老鼠伸出头，急速又大声地反驳："我说错了？每天《甜蜜蜜》来、《甜蜜蜜》去的，还天天给他带吃的。不害臊，老妖精！"

说完他还故意做出呕吐的表情。

沐阿姨更加激动了，力气越来越大，我有点拉不住，被她拖着，渐渐挪往"刺毛儿"的方向，她的两只手奋力地抓握，像是要捏碎空气，嘴巴里的字像石头砸在地上，一个一个地蹦出来："我——打——死——你！"

围观的病人越来越多，眼看着事情越来越不可收拾，值守的护士才终于过来，把他们都押了回去，老乌赶忙去打了铃，一场闹剧终于收了场。

❺

沐阿姨回到病房，情绪一直处在激动状态，护士跟医生轮流上前劝说，都无果。一开始，她只是在房间里胡乱谩骂，也不知道在骂谁，也拒绝服药。渐渐地，情绪愈加无法自控，甚至开始出现明显的精神分裂症状：不睡，不吃饭，凭空说有人站在她床头，一会儿说是她女儿，一会儿说是她前夫。

沐阿姨又发病了，我们必须告知家属。

沐阿姨的女儿很快就赶到了医院，身上的工作服还没换下，脸上抑制不住的焦虑与烦躁，但她还是耐心地听着沐阿姨的主治医生介绍着情况，医生说得谨慎，想把事情描述得既准确，又不那么刺耳。

渐渐地，沐阿姨的女儿神情开始带着愤怒，盯着人的眼神愈来愈锋利，很快就打断医生的话，说："我没有欠过医院的钱，她也不是邋里邋遢要人伺候，你们怎么这样对我妈？"

她的眼睛先是紧紧盯着主治医生，然后扫过我们每个人，我们哑口无言。

"应该不是一次两次了吧。我妈住这么久了，你们就这样任她被人骚扰？"显然，她认为是老褚骚扰了她的母亲，搅动了她母亲的情绪，这才是事情的根本原因。

我实在没忍住插了句嘴："您误会了，那个男病人不是骚扰她，每天下来活动的人挺多，都是正常交流。"

"砰！"她猛地一拍桌子，瞪着我说："正常交流吗？！那要是你妈呢？"

她指着沐阿姨的病房，声音略带着哭腔："她都成这样了，那是我妈妈啊！"

很快，主任就找我去谈话了。

她又跟我强调了一遍医院的纪律和规章制度，还跟我说了句话："以后再出现类似的事情，你要提前制止。"

当时我十分不理解，说："我们精神病专科医院，不就是为了帮精神病人恢复正常的社会功能，让他们能够回归家庭，回归社会吗？恋爱、感情交流，难道不是一个正常人的表现吗？"

"是，你说得没错。"主任平静地看着我，"他们是有恋爱的权利。但医院是看病治病的地方。况且，还有那么多其他的住院病人，他们呢？他们会不会受影响？"

"可是……"

"没有可是。"主任直接打断我的话，一字一顿地说，"你也看到了，家属也不同意。无论如何，我们医院，都不能允许两个不稳定的老年精神病住院患者大张旗鼓地谈恋爱。"

事后，作为事件的另一个主角，老褚被男病房以病情波动为由，调到一间没有灯的单独病房。

老褚确实有些情绪波动，但并没有那么激烈。他只是不再对大院的事情感兴趣，出来时，马甲也不套了，拖鞋趿拉在脚上，像大多数老病号一样，抬头望天，低头看地，晃一晃就把时间磨去了。

我专门找过老褚的医生，他说："唉，他这样也挺好。慢慢平复吧，别再出什么事了，安安稳稳就挺好。"

每天照顾老褚的护士也说："早这样多让人省心，年纪大了就别那么多花样，给自己后人找麻烦。"

我给老褚的儿子打了电话，向他解释了前因后果。我再询问，他需不需要来医院看一下老褚时，他想了很久，说："不来，丢人。"

原定国庆节前一天的文艺会演，推迟了一周，还是照常进行了。老褚找到主任，问能不能让他单独表演一个节目，他说："我就这一个要求，以后一定服从安排，不惹麻烦。"主任同意了。

老褚表演的节目是二胡独奏《甜蜜蜜》。

可惜，这首《甜蜜蜜》沐阿姨并未听到，演出前几天，她就被女儿接出院了。谁都不知道她以后还会不会再回来。

南方的秋天到了，天清气朗，惠风和畅，是一个适合呼朋唤友、外出游玩的好时节。但南方的秋天也很短暂，散落在灼热的夏季和阴冷的冬季之间，总让人意犹未尽。

老褚还是住在没有灯的单独病房，不知道他的房间，看不看得到屋外的落叶，扑簌簌地落下，在树根累积了厚厚一层。

秋天就要过去，冬天即将来临。

后记

再后来这两年，医院陆陆续续给康复科增添了不少设施。之前没有批准的跑步机、投影仪、大型书柜，都一一购置回来了，还给我们配了一套专业的功放，方便我们组织更大、更专业的文艺会演。

但老褚似乎对一切都不再感兴趣了。连之前的麻将、象棋、球拍，他都懒得管了，"老师"一职慢慢被其他的病人代替。

偶尔，他也会来卡拉 OK 唱两句。有时候，以前的跟班会故意朝他起哄："褚老师，来一首《甜蜜蜜》吧！"老褚也不生气，低头把话筒交还到我手里，抬头看一眼墙上的时钟，嘴巴嘟嘟囔囔，像是在跟自己说，又像是在跟我说："时间快到了，我先出去了。"

沐阿姨再也没回来过。只是她女儿偶尔来医院，帮她拿些药。有一回我问她沐阿姨的近况，她说："好得很，在家带外孙，不知道多快活。"

后来，某一天在大院里，我把这些话告诉老褚，他"哦"了一声，把手里的书装进包里，走到病房的门口，坐在楼梯上。

收大院的时间快到了，老乌准备打铃，病人三三两两地排着队，老褚也起身回去了。

嫁入豪门的平民媳妇，住进了精神病院

❶

老康快五十岁了，但两目清澈，非常帅气，乍一瞧，会以为他是个三十来岁的俊朗青年。他是南方某著名医科院校硕士，毕业后来到我们医院工作。听闻他三十三岁左右就评上了"主治"，参与过科研小组，年轻有为。

然而，履历优秀的老康，现在还在开放式病区门诊做值岗医生，接待刚来的就诊病人，顺带解答简单的问题，若是病人病情严重，便交由更高一级的医生去处理。这种没有什么难度的闲职，不得不让人对他早年的那些传言浮想联翩——轻则说他脾性倨傲，目中无人，与一般同事不和睦，不被领导待见；重则言他收受巨额红包，倒卖医疗器械。

不过，我2016年下半年进院工作不久后，却发现老康一直在做"菩萨"事儿：

一般来说，精神病院里，病情较重的病人会被安排在我工作所在的封闭式病区，这里一切以安全为重，病区四周用铁丝网围起来，出入管理非常严格，四五个医生挤在一间狭窄的办公室，光线差，无论白天黑夜都要开灯。而老康所在的开放式病区，因接待的多是病情较轻、较稳定的病人，管理没那么严格，一般一个医生一间办公室，窗明几净。所以，除非有必要，否则开放式病区的人都不怎么愿意到封闭式病区去。

老康却喜欢整日往封闭式病区钻，专门趁放大院的时候，跟一些病人聊天、询问病情。病人们自然是很欢迎——因为封闭病房的医生很忙，每天查完房后还要面对整理病历、调整治疗计划等繁杂工作，不可能像老康这样专门抽出时间开导他们。

老康每次一踏进大院，便会有十来个病人一窝蜂围上去，七嘴八舌，问着各种问题。老康的业务水平很扎实，往往几句就说得病人"深有感触"，那些治疗多年似乎"看不到希望"的病人，听老康讲话，也会连连点头。

大院的工作人员，对老康的行为褒贬不一。刚来工作的年轻人说"康老师人挺好的，很热心"，来了几年的同事则说他"自个儿都顾不上呢，多管闲事"，而资历老的人总说半截话："唉，要不是……"

老康对这些评论一概置之不理，跟病人聊完，就会来找我跟大院主管老乌"冒一根"（抽烟）。初来时，我也好奇，但不好当面问老康，只是私下问老乌："老康天天来给人苦海指路，想做菩萨？"

老乌看向我，眼神掩盖在烟雾里，难以捉摸。我欲再言，老乌就摆摆手，大概是叫我别问了。

作为一个心理治疗师，本着学习的心态，但凡有空，我就去老康旁边偷师。听了几个月，受益匪浅，而且对老康对病人的用心、耐心十分佩服——病人找他咨询，他来者不拒。

不过，在2017年初夏，有了一个例外。

❷

一天下午，回答完问题的老康正准备离开大院。一个女病人突然扒开人群，挤到老康面前："康老师！我来住院啦。"

女人看起来有些邋遢，脸上疙疙瘩瘩，黑眼圈十分明显，腰四周突兀地悬出来，鼓鼓的——整个人看起来就像一个肮脏的纺锤。

"哎，你好！"老康先是扯起微笑，仔细瞧过去后，又惊慌地往后缩了半步，皱着眉头说，"你怎么又来，这不刚出院半年吗？"

"纺锤"干笑一声，神情有点讨好："我妈和我妹非说我乱得很，根本没有的事……"

"哎，别说了！"老康很不耐烦，打断了她的话，"去跟医生说吧，我解决不了你的问题。"

此时"收大院"的铃声响起。病人们聚在一起准备回去。老康急忙从人群里钻了出去，"纺锤"看着老康的背影，举手欲呼，但值岗的护士催促着她赶紧去排队，她也只好服从。

老康跑到与我们常抽烟的地方，拉过一把凳子，重重坐了下来。

我故意逗他："康菩萨，你普度众生，刚才那个怎么就不管了？"

"哎？"老康突然急了，把烟揉得稀烂，"不是，她……嘻！"

他站起来，飞也似的逃走了。看着他仓皇的背影，我十分诧异，扭头转向老乌："这是？"

老乌嘴角向下一垮，摆摆手。

第二天的放大院，"纺锤"一直在老康身旁转悠，想跟他搭话，但老康就是不搭理她。老康不断回答别人的问题，语速越来越快，额头少见地挂满汗珠。忽然，他一探手，把站在旁边的我猛地往前一拽，指着我跟"纺锤"说："哪，这个是心理治疗师，你有什么跟他说。"

说完，老康巴望着我，眉头微微抽搐，眼神哀求。

我只好把"纺锤"带到办公室，和善地问她："你叫什么呀，这是第几次住院？"

"就是那天，单位里有人说我偷懒，我跟他们吵架，然后我妈跟我妹就……"她夸张地挥着手，语速奇快。

我右手往上扬，示意她停下来，然后平缓清晰地说："我问的是，你叫什么，第几次住院，先回答这个。"

"嗯……"她停下双手，皱眉想了一下，"我……叫韦丽，其实我没有跟人吵架，是他们做得不对……"

"好了！"我头皮有点发麻——她病情明显还不稳定，思维无法像正常人一样。

我左手虚抬，示意她站起来，说："先送你回去吧，等情况好一点咱们再聊。"

抽烟的时候，老康递了一根给我，哂笑着问："怎么样？"

"还能怎么样？"我把火机按得嚓嚓响，"根本就没办法沟通！"

老康尴尬地笑了两声，拍了拍我，一言不发。

后来，韦丽一连两个星期没有"下大院"。病房里同事讲，她整日胡言乱语，有时候说自己是武则天，该"母仪天下"，有时候又说"医院管理太乱，应该聘请她当院长"。那段时间老康"普度众生"的业务也做得不怎么用心，时不时半路撤退，回答也心不在焉。他在病人里的"口碑"第一次出现了下滑："康老师脾气大了嘿，不理人了。"

❸

韦丽再来找我的时候，病情好了许多。她主动来向我致歉："老师，那天不好意思，医生刚给我调整药物，我还没适应过来。"

"没事没事。"我赶紧挥挥手，希望她不要内疚，又示意她坐下来，问，"你现在吃什么药？"

"医生讲，是利培酮吧。"

我点点头，心里大概有点数。利培酮是治疗精神分裂症的常用药，特别是对有明显情感问题的精神分裂症患者有较好的效果。

"那你对自己的病，了解吗？"

这是一个精神科经常问的问题，主要是为了了解患者的"自知力"，看他对自身疾病有多少认识，从而大致判断患者目前的情况。

韦丽没有回答我，反而把头低下，双手用力交握，指间的皮肤绷得直直的。

"那要不，我带你去找康医生？他好像对你比较了解。"我减弱了音量，试探地问一句。

韦丽头压得更低了，肩头耸动，双手骨节发白，分明是在忍受着痛苦。我清晰地看见泪水滴在她的手上。我从桌子上抓来一卷纸巾，塞到她手里。

"啊……"韦丽抬起头来，一声哑哭，"我是作孽啊，害了自己又害了康老师！"

随后，她开始向我倾诉。

韦丽十岁丧父，后母亲带着她和妹妹南迁至此。十五岁时，母亲骑运货的三轮车时被一辆小车撞倒，一腿落下残疾，无法再工作，此后只能在菜市场外摆摊为生。

为了给家里减轻负担，韦丽读卫校、学护理。1996年，韦丽毕业，以靠前的成绩，被我们当地一家综合三甲医院聘用。

"唉……"韦丽说到这里，无奈地叹了口气，"穷人的孩子早当家，得到这种机会，我必须拼了命地努力。"

韦丽的"努力"不是说说而已。面对工作，她没有怨言，生怕别人说她不勤快，经常主动要求护士长委派任务。护士夜班是常态，大部分上了夜班的护士，巴不得立刻回家睡觉休息，但韦丽上完夜班，白天还要跑去参加院内院外的培训。

"轮转一年，去过的每个科室，都想把我留下来。"韦丽话里有些自豪，"分配科室的前几天，我就知道，结果不会太差。"

医院最终将韦丽分到了"特护病房"，专门照顾那些"VIP"患者。一些与她同时进医院的护士十分羡慕，对她说："啊呀，你这可是一步登天，去照顾大官啦！"

"分到特护病房，有什么好处吗？"

"好处？"韦丽自豪的神情迅速消融，眼里缓缓起雾，"我就不该答应去什么狗屁特护病房。"

韦丽初到特护病房时，里面住着一位老年高血压患者，据说是一位从"很高"的职位退下来的老干部，姓苏，脾气很大，对护理他的护士十分挑剔。某天，他又在病房里发脾气，对帮他量血压的护士破口大骂："猪都比你干得好，干不干？不干，我给你院长打个招呼，趁早滚蛋！"

挨骂的护士唯唯诺诺地站在病床边收拾东西，不敢答话。护士长和几位闻风赶来的护士站在病房门口，面面相觑，谁都不敢进去——大家都没少挨老苏头的骂。

韦丽初生牛犊不怕虎，她鼓起勇气，试探着对护士长说："要不我去？"

护士长皱眉看了看她，又望了望病房里气鼓鼓的老苏头，说："忍着点啊，别委屈，把事做完就行。"

韦丽鼓起勇气走进去，挨骂的护士赶紧钻了出来。

"怎么是个小姑娘啊，那些老护士……嗯？"老苏头见又有人进来，想再显显威风，可他眉头一抬，看了韦丽两眼，语气忽然急转直下和蔼起来，"啊……新来的吧！来来来，不急。"

随后，老苏头竟然跟韦丽拉起了家常：

"小姑娘哪儿人呀？"

"家里有兄弟姐妹吗？"

"父母是干什么的呀？"

……

韦丽对我说："我也不知道，苏老为什么单单对我这样，当时只是觉得……很温暖。"

几个问答下来，韦丽将多年累积在心里的愁苦全倾倒了出来，泪眼婆娑。老苏头爱怜地温声哄她："姑娘别哭，以后有什么事，来找你苏爷爷说。"

老苏头对其他人依旧是吹胡子瞪眼，但只对韦丽例外。有时候碰到韦丽出夜班轮休换人，老苏头便会大发雷霆："让小韦来，你出去！"得知韦丽出夜班休息后，老苏头又偃旗息鼓，说："还是让她好好休息吧，休息好再换她来。"

两个月后，老苏头病情稳定，他儿子一家三口来接他出院。办好手续后，老苏头把韦丽叫到床头，脸上有喜色，指着旁边的一个年轻小伙子说："小韦，这是我孙子小承，都是年轻人……"

韦丽没出声，倒是这男生赶紧说自己有女朋友，他爸妈也附和"孩子年轻，不着急"。没想到老苏头两眼一瞪，儿子一家三口无一敢作声。随后，老苏头转身对韦丽和颜悦色道："我都打好招呼咯，明天叫人过来医院接你。"

韦丽还是有点蒙，不知所措，但是事后，护士长特意找了她，说："看上你了！这样的机会……可不要放过呀。"

"当时脑子里'噔'的一下，"说到此时，韦丽交握的双手松开，撑在膝盖上，"我瞬间明白了护士长口里的'机会'是什么意思。"

这两个字不断在她的耳边萦绕，她只觉得脑袋发蒙，齿尖发麻，无法思考。

"去就去吧。"年轻的韦丽对自己说，"是好是坏，去了就知道。"

听到这里，我忍不住插了句嘴："其实，好好做护士，日子也过得去，这样的方式……或者说'机会'……"后面的话我不好说出来。

"要是你呢？"韦丽身子往后，脑袋微斜，眼神黯淡，"有这样的'机会'，你会不会想去抓住？"

❹

老苏头家住在"富人区"。

饭桌上，老苏头有一搭没一搭跟韦丽闲聊，其他人低着头吃饭，一言不发，气氛有点闷。

见老苏头面露不悦，小承和他爸爸分别向韦丽敬酒，很客套地感谢她对老苏头的照顾。随后，小承的妈妈举起杯子，眼睛里没有温度，动作却很热情，说："韦护士，这段时间辛苦你照顾老爷子。我跟曾院长有些旧情，改天去跟他聊聊你。"

韦丽低头不说话，她明白小承妈妈这番话的意思：一是想还了她照顾老苏头的情；二是"警醒"她，不要想太多。

气氛愈来愈沉闷，一场晚宴郁郁而散。

"我知道他们看不起我。"韦丽说到这里时，情绪有些变化，似乎带了点愤恨，"要不是苏老，我绝不会答应那些破事。"

儿子一家的态度，并未让老苏头死心，反而铁了心要把自己的孙子小承和韦丽凑成一对。他时不时让小承开车送韦丽上下班，逢年过节也要找理由把韦丽邀请到家里，说是感谢她的照顾，其实是创造机会让两个年轻人相处。但在后面半年时间里，两个年轻人其实并没什么进展，一直都是"走形式"。

医院里，捕风捉影的同事们却个个羡慕到酸掉牙："你可真命好啊，要嫁入豪门啦！"

某天，老苏头突然昏倒，送来医院，情况颇严重。中间，老苏头微微醒过来一次，他特意把小承唤到跟前："小浑蛋，我管不了你了，你就答应把小韦娶过门吧。"

小承哭得话都说不清，只是一直点头。

老苏头这次没挺过去。出殡那天，韦丽被小承的妈妈安排在队伍后面的车上。韦丽眼睛通红，却不敢让眼泪掉下来。

"我很难过，"说到这里，韦丽眼睛有些红，"我也不懂我到底该是个什么角色。"

韦丽跟小承很快就领了证，但没有摆酒。小承的爸爸——此时是她的公公，宽慰她说："老爷子刚走，先这样吧，等过了这阵再帮你们补上。"韦丽自然不敢反对。

韦丽嫁入苏家后不久，就被调到职能科。公公说："我们家的儿媳，不能总干伺候人的工作。"

韦丽的日子轻松了一点。不用上夜班，朝九晚五，平平稳稳。韦丽的突然"高升"，有人祝贺，但难听的"醋话"也逐渐蔓延。一些人私下里颇为不忿："豪门媳妇就那么好当？看她什么时候跌下来！"

"豪门"日子确实不好过。韦丽的母亲和妹妹，除了在她领证当天来过，后来便一直没有进过苏家的门。因为韦丽的婆婆不止一次地对她说过："我们家往来的都是大户，你不要把那些穷亲戚带来。"

"有时想收拾东西回家住几天，她也会紧紧盯着我，好像生怕我偷东西。"说到这里的韦丽，瞪着红红的眼睛。

"你老公呢？"我问了一句。

"他？"韦丽笑得有些冷，"领证那天，他就说：'你是你，我是我，互不干涉。'"

在韦丽的眼里，偌大的一个宅子，只有她一个外人。

结婚半年后，小承突然提出要去英国留学。公公跟婆婆都同意了，很快帮小承办好手续。谁都没有问过韦丽的意见，韦丽没有反对，也不敢反对。

"我跟条狗有什么区别？"此时韦丽的语气里充满自嘲，"坐得再端正，他们也不拿我当人看。"

两年时间一晃而过，小承回来了。他回来的第一件事，是要跟韦丽离婚。韦丽十分不忿，她觉得，受委屈倒还罢了，为什么还要被小承"弃如敝履"？面对公公婆婆，她第一次在家里发火："我又没做错什么，凭什么！"

公公吸着烟，不搭话。婆婆则说："又没生孩子，年轻人嘛，离婚是很正常的一件事。"

"不行！"韦丽气愤地站起来，"我不同意，我又不是干了什么见不得人的事。"

小承吼了起来："你别以为你那点心思我们不知道，你那点本事，能混到现在这个位置？知足吧！"

韦丽不同意在离婚协议上签字，小承拿她也没什么办法，干脆就当韦丽是空气，对她不理不睬。再后来，甚至当着她的面，把一些女人带到家里，还搂搂抱抱。

韦丽浑身发抖，表情又开始带着一股淡淡的恨意："这不就是在侮辱我？婆婆肯定是知道的，但她根本没有指责她的儿子，而是对我说：'你不要闹，闹出去，多难看。'"

单位里一些好事者，每天看韦丽的目光，在她眼里都像带着嘲讽。难听的话也四处传开了："迟早要被扫地出门！"

❺

听到这里，职业习惯让我开始猜想，韦丽患病的根源，是否就在这里。我暂时打断了她的讲述，问："在这个时候，你发现自己的心理或者生理上有什么变化？或者说，与之前的你有什么不同？"

"不同？"韦丽愣住，盯着我，突然有种莫名恐怖而又疯狂的神色，让人有些害怕。我有点担忧谈话会引起她病情的波动，于是说："要不，今天就说到这里？"

韦丽可能感觉到了我的异样，眼神瞬间恢复了清明，带着歉意对我说："不好意思，突然想起了一些……"

"痛苦的事？"我问道。

她点了点头，躲着我的眼神。

"没事，"我看了看表，离"收大院"还有一些时间，"你继续说吧。"

此时韦丽的情绪越来越沉郁。她对我说："情绪像颗结石，越来越重，越来越疼。迟早有一天会掉出来，把一切砸个稀巴烂。"

某天，吃饭的时候，小承再一次提出离婚。韦丽猛蹿起来，狠狠砸碎手里的碗，抓起一块碎片，使劲划开自己的手腕。鲜血顺着手指滴下，她盯着目瞪口呆的老公和公婆，恶狠狠地说："看不起我，是吗？今天我就死在你们家里！"

所有人霎时就慌了，他们立刻叫了救护车，把韦丽送到医院紧急处理。韦丽一路抓着车里的护栏，奋力挣扎，大吼大叫。于是，他们只好让护士们把韦丽束缚在床上，让她动弹不得。

"她不会是精神有问题吧？"婆婆小声地跟公公说，声音传到了韦丽的耳朵里。

"先带回去，我找人来看看，"公公的声音停顿了一会儿，说，"有问题也要先治好，不能让她这样出去。"

于是，韦丽接到了单位的"休假"通知，被公公"强制"接回家里。他们找了个保姆看住她，不允许她出门，也不让她的母亲和妹妹来看望。

有"专家"上门为韦丽看病，只简单地询问了几句，也没有跟韦丽说她究竟是什么问题。过了一会儿，公公拿了一盒药走进来，用一种略微责备的"宠溺"语气对韦丽说："傻丫头，不准再做这种事了。医生说你有些小问题，必须吃药。"

"我凭什么要吃药？"韦丽此时已经平静下来，隐隐作痛的手腕，让她已经看清楚自己的处境，"我现在就去离婚，我不吃药。"

"这已经不是你愿不愿意的问题了，知道吗？"公公把药板抽了出来，语气有些不耐烦，"你最好听话，吃药，病好了再说后面的事。"

"怕外人看到我的样子吧！"韦丽死死地盯着他。

"盒子上有医嘱，好好按照医生的话来做！好话说完了，自己看着办吧。"公公不再掩饰情绪，把药摔在桌上，转身出去，还锁上了门。

她用力地举起药，想扔出去。但她又想起刚才公公的话，倏地将手停在了半空。

"他给你什么药？"我的职业习惯又开始提醒我，这里可能是关键，所以我再次打断了她。

"百忧解，你应该知道吧？"韦丽很平静。

我点了点头。这是一种用于抑郁症治疗的药物，也可以用于焦虑症的缓解。以前主要依靠进口，费用很高，近年来才国产。但即便是国产后，对一些长期服药的患者来说，也依旧是一笔不小的费用。而且，此类药物都会有一些副作用，常见的如过敏、肠道系统紊乱、头痛、失眠、头晕等。严重的，可能会引起精神意识障碍、意识错乱，等等。考虑到韦丽现在已经是个确诊的精神分裂症患者，我心里不由得冒出一个疑问：她的发病根源，是不是跟这有关系？

我问道："你在那之前，有没有到医院彻底检查过？"

她摇了摇头。

"你服药多久？在服药的过程里，医生有没有给你调整过？比如种类、用量？你是护士，应该知道我在说什么。"我又问了一句。因为精神类药物的用药是要严格遵循流程的，在服药前，要明确诊断结果，服药初期，也要根据患者的反应，对剂量、种类随时做出调整。

韦丽微微低下头，眼睛看着地上："服药大概三年，用量从一开始就是大剂量。"

我心里有些震惊——不系统检查，也不根据病情调整药物，怎么可以让一个人长期服用大剂量的百忧解？一股愤怒的情绪从心头涌起，我几乎脱口而出："这是害人，是违法！"

"哈哈哈哈哈！"韦丽的头慢慢抬起来，发出笑声，眼角含泪。

"害人？违法？"她看着我，眼神温和，"你的话，跟康医生一模一样。"

康医生？这又跟老康有什么关系？我正欲再问，外面忽然响起铃声，"收大院"了。我只好先把她送回去。

回到大院，老康跟老乌已经在抽烟的地方开始吞云吐雾了。老康见到我便借口说有事，溜了。老乌在窗台上把烟按灭，乜我一眼，露出一个很有意思的微笑，说："搞清楚了？"

我坐下来："难说，不简单。"

老乌叹了口气："医院只管治病，不该管的，管了没用，不如不管。"

❻

韦丽的事，还有很多疑点，最大的两个：第一，韦丽是怎么从一个疑似抑郁症患者发展成为一个精神分裂症患者的？第二，老康跟这有什么关联?

我很想把这些弄清楚,于我也算多了点案例经验。我决定亲自去找老康。

第二天,我专门将手头的事提前处理完,留出两小时的时间,去了一趟开放式病区。老康正坐在导诊台里无所事事,我直接说明来意,他的嘴角尴尬地抽搐了两下,眼珠来回转动,大概是在挣扎。最后,他叹了口气,说:"就不该让她去找你。来吧。"

老康把我带到他的办公室,地方不大,但挺干净,桌子上除了写字那一块,堆满了书。

"你知道哪些?"他问我。

"老苏,小承,百忧解,大概这些吧,后面的不知道。"我快速地说了几个词,然后身子前倾,盯着他,放慢语速,"特别是你。"

"你还蛮能挖掘。"老康点了根烟,递给我,我没有接。他没有在意,把烟盒摔在桌子上,说了起来:"临床上尚没有证据能证实长期服用百忧解会让一个人成为精神病患者。最坏的副作用,无非是让一个人激素水平紊乱,精神状态差,无法正常工作、生活。"

"但是!"老康突然看着我,"如果压力一直环绕着一个人,日积月累,加上药物的副作用,能不能逼疯一个人?而逼疯他的人,犯不犯法?"

我无言以对。老康的假设无法证实,无法证实和解释的事,就无法评判。

服用百忧解后,韦丽的药物副作用很明显。她的精神状态一直处在昏沉和清醒之间,流汗、颤抖、失眠,但本能让她认为必须好好"表现"。

某日，公公和颜悦色地对她说："小韦呀，我看你也恢复得不错，你跟小承也应该……"

韦丽"高兴"地说："明天去离婚，我立刻去收拾东西。"

"不用收拾了。"婆婆说，"还给你二十万，不能再跟小承有任何关系，明不明白？"

"好！"韦丽看了眼手上的疤痕，笑得无比灿烂。

韦丽离婚后准备辞职，但当她将辞职信递上去的当天下午，小承的爸爸打来电话："小韦呀，算是我们亏欠你吧。我跟你领导打了招呼，换个轻松点的事做，不要辞职了。"

"我有自己的打算……"

"你们夫妻情分没了，我们的父女情分还在嘛。"前公公"似乎"没有生气，"这个病，不能停药的，复发就麻烦了。"

"大不了我把钱还给你！"韦丽十分着急，"我都好了，你们还有什么不放心的！"

"就这样吧。"小承的爸爸在电话里笑了笑，但让韦丽有些发冷。

听老康讲到这里，我的心里升起了一个疑问："苏家明明把她赶出去了，为什么他们好像还要'控制'她？"

"控制？"老康眼睛一亮，"这个词不错。我问你：如果有了利，接着你会在乎什么？"

"名？"

老康冷笑了一下。

这样简单的推论太草率，但韦丽的变化，看起来又确实跟苏家有着千丝万缕的联系。我背后涌起一阵凉意，又有一股火气升起。如果真如老康所说，苏家为了名声如此"控制"韦丽，那我完全可以理解他刚才的冷笑。

韦丽又被"安排"到档案室，每天整理出入院病人的病历，这个岗位只有她一个人，除了来拿病历的家属，没人可以交流。此时的韦丽体形已经完全走了样，丝毫看不出以前青春靓丽的样子，思维状况也愈来愈混乱，没有人说话倒还好，一与人交流，常呆在半途，怎么也回忆不起之前说了什么。一些难听的话传到她耳朵里："韦丽怕不是神经了吧，说话磕磕巴巴、颠三倒四的。"

她离婚后，原来的同事们对她十分疏离，见到她都是快步走开。韦丽不知道是为什么，总是找机会跟别人聊天，找得多了，有些人就跟她说："你别找我了，谁敢得罪领导啊。"

年末，赶上卫健委对她单位的年终考核。院长亲自来了一趟档案室，带了几件礼品，求着她说："院里年终考核有困难，你能不能找找你公公……不不，苏××去沟通一下？"

韦丽看着几件包装精美、价值不菲的礼品，十分为难。院长见她有些犹豫，拍着胸脯说："你放心，东西借你的面子送，事情我打电话去说，这样行吧？"

韦丽不好推托，只能答应了。来到苏家，开门的是她的前婆婆，她把门开了半边，盯着韦丽狐疑地说："你？来干什么？"

还没等韦丽回答，前公公一把将妻子推开，叉着腰对着韦丽大骂："滚！你以为自己是个什么东西，帮别人求情？怎么，想拿受贿来害我？"

"不是，我只是……"

"滚！别给我们找麻烦，神经！"他没有给韦丽解释的机会，"砰"的一声把门关上。

回去的路上，心底的愤怒、委屈时时刻刻都在冲击着韦丽越来越混乱的大脑，把一切搅得像一团糨糊。她想糊涂地躲避，但又不知道躲到哪儿去；想清醒地面对，却又理不出头绪。情绪就在这之间来回拉扯，一点一点支离破碎。她慢慢变得有些麻木，在麻木下，又似乎暗藏着她自己也无法明述的汹涌。

每天按时服药对她来说，仿佛成了一种惯性，又仿佛成了她唯一能让自己平静下来的方式。此时百忧解似乎成了她的依赖。

"不对，"我在这里打断了老康，"还没有证据说，百忧解会让人产生依赖性。"

"确实没有证据"，老康回答，"但人在面对压力，而且完全无法自我排解的情况下，总要有个出口，大概就是所谓的'心理防御机制'吧。"

老康说的有些道理。很多研究都证明，人在无法面对挫折或者压力的时候，会用一种或者几种方式去回避，久了，就有可能形成惯性——这种习得性的对待挫折的方式，称为心理防御机制。

韦丽开始"放飞自我"，她不再尽力控制，任由自己的思维天马行空，像蒲公英种子一样飞得到处都是。她明显感觉到自己越来越喜怒无常，无法自控。她有时会莫名地大笑起来，仿佛有人掐住她的脖子，扯开她的嘴巴，逼迫她发出"咯咯"的笑声，有时又会莫名地发怒，把摆好的档案扔得到处都是。

某天，她在路上遇到食堂送饭的阿姨，脑子里突然冒出一个强烈而又莫名的想法：在阿姨的食盒里，肯定藏着别人向领导行贿的证据。她一把夺下食盒，在里面四处翻找，而后她又揪着阿姨的领子，大声斥责："你是不是跟领导行贿了，故意要他来搞我，是不是？"

韦丽被赶来的保安拉住，按在了保安室里。

她的前公婆，还有母亲和妹妹，都赶来了。母亲拄着拐杖，掩面哭诉："怎么会这样啊，怎么会这样？"前公公背着手，盯着保安室里的韦丽，斩钉截铁地说："送到精神专科去吧！"

"也就是说，"我正了正身子，眉头紧蹙，对着老康，"韦丽从这个时候开始，就出现了精神症状？"

老康的眼睛对视过来，但我明显感觉不到他的注意力，他眼眶里乱闪的光华，显示着他此刻在思考。过了片刻，他才一字一顿地说："不仅仅是如此，准确地说，从这个时候开始，韦丽，成了所有人眼里的'有精神病的人'，无论她自己承不承认。"

我明白了老康的意思。此时的韦丽，无论是不是正常，出现这种"异常行为"，都免不了要到精神病专科走一遭，更何况，还有"或被动""或主动"的来自外界的"推波助澜"。

听到这里，我看着老康的眼睛，拉回他的注意力，问出那个一直环绕在我心里的疑问："你为什么对韦丽如此了解？这件事，跟你到底有什么关系？"

"我？"老康语气和表情都很平静，"2004年韦丽送来的时候，我就是接诊她的医生。"

❼

当时的老康很年轻，又评上了"主治"，在医院的科研小组里担着不小的职务。医院对他很重视，只待他出点成果，好顺理成章地把他提到负责人的位置。

"踌躇满志嘛！"老康神气起来，"当时像我这样的，院里没几个，所以做事说话就忒直……"

韦丽被送来的时候，因为苏家的背景，院里很重视，安排了专家组会诊，结果出来后，让老康接手。

"本来是件很简单的事，她送来的时候还在大喊大叫，肉眼可见的行为异常，当'疑似精神障碍'处理就好了。"说到这里，老康似乎有点懊悔，"我干吗要去较真？"

老康当时还不够格进入专家组，但他对专家的结果"不屑一顾"，充满质疑，决定自己从头去了解韦丽。"这一了解，我知道了，没那么简单。"如果按照精神障碍来治疗，韦丽从此就被死死打上了"精神病"的标签。"但是呢，有没有人会关注她为什么会变成这个样子？"老康说到这里，神情有些激动。

当时，老康觉得必须为韦丽的遭遇发声。他找到病区的负责人，提出了不同看法："她绝对不是简单的精神障碍。病人多年服用百忧解，而且之前的情况我们也了解得不够，这样就下判断，她以后怎么做人？"

"这关我们医院什么事？"负责人说。

"医院不该讲道义？"老康十分激动，"她被人害，这是违法！"

负责人无言以对。过了几日，院长亲自找了老康，吩咐道："你准备一下韦丽的材料，把她移交给另外的医生。"

老康明白，这是希望他不要再插手了。但他还是想为韦丽努力一下："院长，病人之前有服药史，时间不短。既然有服药史，就应该有诊断，不能这样算了，不然……"

"好了。"院长打断了老康的话，"这里是医院，不是法院。"

"医院也要讲道德啊！"老康据理力争，"就这样把她按照精神障碍来治，那害她的人呢，就没事了？"

"小康！"院长关上门，声音小而急切，"你大好前途，不该管的事，你管它干什么？我们这里，只治病，不断案，你别把自己陷进去了。"

"哪怕就是不干，我也不会昧着良心，帮别人去害人！"

"行……行。"院长盯着老康，有些疲惫，"你出去吧。"

说到这里，老康停住了，眼神有些飘忽。

"然后呢？"我充满希望地问道。

"然后？"老康一笑，有些自嘲，"然后我就接到通知，被调出科研小组，岗位也被调到现如今的值岗医生。"

老康被"贬"了，而韦丽最终还是被定性为"精神分裂症（未分化）"。

韦丽的病情，在系统地治疗后，缓解了一些，异常渐渐减少，交流慢慢顺畅了，思维逻辑也在恢复。只是，一旦减少药量，她的病情就会出现反复，情绪也会变得无法控制。

此后，韦丽一直在反复地住院。往往出院后不到一年，她又会犯病，而且一次比一次重。犯病的原因，大多是因为她私自停药，而犯病的表现，大多是情绪激动导致的伤人、自伤行为。

老康一直待在值岗医生的位置上，没人敢提把他调回去的事。韦丽不断地进出院，老康看她的目光一次比一次无奈，当初的那腔热血，已渐渐被磨灭。老康不知道，究竟是苏家把她害成这样，还是她自己把自己变成这样，还是两者兼而有之。老康也不知道，自己因此被贬到做值岗医生，到底值不值得。

我听完老康的讲述，心情复杂，拍拍他的肩。

这时，封闭式病区响起了"收大院"的铃声，我该回去了。

这次，韦丽住了二十来天就出院了。出院的时候，她的母亲拄着拐杖，特地来找了老康，感谢他在这里一直对韦丽的照顾。我跟老康帮她们母女拎着东西，一直送到公交车站。上车前，韦丽回头跟老康说："康医生，我……"

老康浑身一颤，挥手打断韦丽的话，说："上车吧，好好服药，日子长着呢！"

"嗯。"韦丽上了车。

 后记

韦丽这次出院后，我一直没再见过她。之后我调换了岗位，也没专门的时间再去找老乌他们"冒一根"了，只能偶尔去过过瘾。

老乌说，老康依然时常到大院来，普度众生的活，还在坚持干。

我跟老康的交流也少了，于我来说，我也不知道该用哪种情绪面对他。可能时间久了之后，我也会像大部分老同志一样，对老康，只是觉得可惜，但一言不发。

每一个刚踏入医疗行业的人，或许都有一种信念——每一个病患，每一个病种，都应该有一个科学的解释。只是没人知道，到底，人心该怎么解释。

（文中人名均为化名）

疯了的大书法家和被他嫌弃的女儿

精神病患者，跟其他病种的患者最大的不同点，就是他们的情感有时候会让正常人无法理解——正常人的喜怒哀乐在他们身上总是颠倒过来，为什么哭、为什么笑，为什么感动、为什么痛恨，完全和正常人不同——在精神病学上，这叫主客观不统一。

作为一名治疗师，我总是试图在这种扭曲的情感里抽丝剥茧，找出头绪。但结果往往不尽如人意，时常有病人家属问我："这些治疗对精神病患者到底有什么用？"

我不知道该怎么回答这个问题。说实话，能完全治愈的并不多，大多是在各个医院兜兜转转。

我曾跟同是精神病院心理治疗师的好友聊起过这个问题，他给我分享了浮云的故事。前段时间，好友忽然决定转行，又让我想起这个故事来。

❶

　　我所任职的精神病院是一个用绿色铁丝网围起来的大院，住院患者每天下午有两小时时间可以在这里自由活动。

　　我负责大院里的书法区。一张四米长的大方桌，用钉子牢牢固定在地上，四个角也用软材料包裹起来。桌面上叠着几扎可以循环利用的水写布，患者拿毛笔蘸上水，就可以在上面写字。

　　书法不比麻将、扑克有趣味，书法区平日里人气也不旺。但有一种情况例外。大院里来来回回几百号人，常有几个写得好的，若是他们过来挥毫，这里便会热闹起来。高人们龙飞凤舞，常引得围观的大伙啧啧称奇。还有不少人会上来央求，希望高人能写写自己的名字，或是诸如"天道酬勤""宁静致远"之类的常用词儿。

　　辛苦求到字的患者，总会趁着水迹未干，举起来四处邀人观摩；被热情求字的，用力再扯过几张布，写得更加卖力。

　　字好的人，在大院里格外受尊重，全被冠以某某老师的尊称，更有甚者，还被称作某某先生。唯有浮云除外。

　　那还是2016年的初冬。

　　天凉了，水写布上的水迹，蒸发较平日里慢些。那些老师、先生来写字的热情就越发高涨了。写字求字的人，常常将方桌围得水泄不通，我背着手来回巡视。

　　"那个浮云又来了！"不知谁低低说了一声。

　　人群暗暗躁动起来，我侧头向大门方向看去——是一个微胖的人，看起来有些岁数了，头发往后梳，发梢撩到脖子，颈上戴着一条红色珠串，似乎是特意露在暗黄棉麻上衣外边的，裤子也与上衣配套，整个人看起来黄澄澄的，活像个电影里的捉鬼道士。

"道士"一手背在身后，一手把玩着个形似小葫芦的玩意儿，两脚迈着气派的八字步，向桌子最明亮一侧的正中央走去，整个人群都随着他的走近而越发安静。

"道士"仔细把一张水写布铺开，将小葫芦端正地压在上半部，对着架子上的毛笔端详了半天，似乎都不太合心意，又端详了半天，才皱着眉头捻起一支，随意地在水盘里大大旋了一圈。而后，只见他腰板紧绷，双腿微曲，提笔悬垂——这是准备下笔了。

仿佛一件旷世巨作即将面世。

大概只用了十秒，他已经落款完毕，我急不可耐地伸头看去——果然是好字！"清香"二字上下呼应、气势雄壮，落款的四个小字"浮云先生"亦是潇洒飘逸。

我不禁感慨，真是大师啊，难怪大伙都不敢出声。

"切！"突然，不知是谁，公然发出一声冷嘲，"还会写点别的吗？"

这一声像是冷水进了滚油锅，惹得大家七嘴八舌议论纷纷——

"就是！回回只写这两个字儿！"

"对啊！走吧，别占着好位置。"

浮云脸色忽变，拿笔的手猛地一撇，洒了一串水珠，又抓起几张布，好像是要再写几幅来证明一番。

"放下啰，"又有人高声说道，"糟蹋东西。"

"你们……"浮云直起身子，抖着笔杆指向起哄的人。

我有些诧异，这个浮云明明写得很好，为什么大伙都看不起他似的？但眼看人群里的讨伐声越来越高涨，大有对浮云群起而攻之的意思，我只得赶紧收拾器具，让护士把他们带回了病房。

书法区很快又恢复了往日的寂寥。

❷

据护士说，这位浮云先生已是多次入院了，而且在病房里非常不服管——不穿病号服，不剪头发，还爱与护士辩驳，说自己是个文化人，有自己的"体面"。

平时从没人愿意求他的字，他便向我炫耀："你看，这'清香'二字，可不少说道，写法也多，你看看这几种，颇有神妙。"然后他像孔乙己一般，一遍又一遍地在水写布上写着所谓"不同写法"，也不管我是不是看得出来，听得进去。

要是我不言语，他便会得意地笑："呃……呵呵呵……"像是模仿电视剧里的腔调。"呃"字往上扬，带着没由来的自傲，"呵呵呵"的长音，字与字间排着精致的节奏，颇有一股老怀甚慰的味道。我看着他那些字儿，努力地搜寻他嘴里的所谓"神妙"，却一无所获，搞不清楚是自己资质驽钝，还是他在忽悠人。"再仔细看看，呃……呵呵呵！"他又笑，我却感觉自己脸上一阵潮红，一股烦躁顶着天灵盖。

有一回，旁人大声嘲笑浮云："就你还教人写字？你会写几个？"

浮云跟他辩论："我在××小学当老师，当年，美术体育劳动课一把抓，全才！你懂什么？"

又有人站出来，揶揄道："正课你也教不了，只能上些充数的偏课。"

浮云就轻哼一声，"气定神闲"地举着毛笔，继续对我讲述奥妙，好似不屑与之费口舌。

大伙以为他是心虚而"露了马脚"，开始热烈地你一言我一语：

"老东西，装相！"

"可不是咋的，一手鸡扒字。"

浮云气得嘴唇抖动，抄起自己的作品，哗啦啦地向他们抖着，大声喊道："来，我看看你们谁写得出来？"

人群安静了下来。毕竟能拿起毛笔写大字的人，在这儿还真不多。但也许是浮云"半瓶子晃荡"的傲气样子，激起了几个"高人"的不忿，他们纷纷抓起笔筒里的笔，摊开布，各自笔走龙蛇。

大伙又热闹起来，不少人叫着好。浮云在一旁，脸上的肌肉紧张地抽动着，面色微红，嘴巴嗫嚅着，不知道在说些什么。这让大伙起哄的热情更加按捺不住了，有好事者开始故意鼓起掌来，浮云眼神左右横瞥，面色越发红了。忽然他撇下手里的"作品"，俯下身来，在"高人"的字上指指点点，面容倔强而严肃，嘴里还支支吾吾：

"间架结构，虚散松垮！"

"有形无神，骨肉全无！"

人群里立即有人高声说道："浮云，你还在瞎扯呢！"

浮云气急，面红耳赤。"唉……"他忽然叹了口气，好似平静下来，背着手摇头晃脑地往外走去，嘴里却颇为愤恨地说，"'谈笑有鸿儒，往来无白丁。'一群白丁！"

"哈哈哈！"大伙笑得更开心了，我也随着人们笑着。大院里里外外充满着快活的气氛。

❸

把浮云讥讽到无话可说，仿佛是人人都乐意干的一件事。不仅是在书法上，平日里其他的日常活动，大伙也免不了要对他"评头论足"一番。

浮云看人下棋，便有人说："你认得几个子儿？看得懂吗？"

浮云举起话筒要唱歌，便有人说："知道哆来咪吗？放下话筒吧。"

大多时候，浮云争不过，只有被气得面红耳赤的份。但往往到最后，他会不屑地哼几声，再说些诸如"乌合之众""竖子争之无趣"之类文绉绉的话，捻着手里的小葫芦，摇头晃脑地走开，自己一人，在大院里迈开八字步，体面而气派地，一圈一圈走着。

囿于职责范围，我不太好管，只是在他们争得太激动时，上前将他们驱散。

天气越来越冷，"下大院"的时候，患者们都不愿意在空地活动，全窝在大厅里取暖。大伙也顾不得浮云在一旁"嫌恶"了，把书法区的条凳挤得满满当当，这让浮云只有一个小角能拿来写字。

每天都有人在浮云写字的时候故意"挑事"，激得浮云大声驳斥。他每每辩驳不过，气得拂袖往外走去，却又会被冷风逼得哆嗦着回来——这成了大伙每个冷天都不愿错过的"热乎"节目。

某天，浮云又在与人辩论，争得手舞足蹈，笔尖上的水被他甩得到处都是，忽然门外传来一声大喊："浮云，你家阿花来啦！"

浮云似触电般一惊，蓦地闭上嘴巴，回头急匆匆看了一眼，胡乱把布跟笔卷成一团，也不顾外面风大，立即朝外面走去。而迎面有一个女孩向他直直走来，怀里紧紧抱着一个用塑料袋裹住的食盒，似乎是有点怯。女孩裹着一件过膝的长棉衣，由于太过脏旧，只能勉强分辨出是暗红色。她的头发胡乱扎成一个团，鼻子以下被一条黑色的围巾挡着，露出的半张脸，泛着一种异样的苍白。

我看得到她的眼神，在尽力地向浮云表达亲近与善意。浮云被她挡住，手足无措地左右看着。

"浮云！愣着干吗？快看看女儿给你带了什么好东西！"有人喊。

浮云似乎被这句话刺了一刀，使劲地跺了跺脚，对阿花说："谁认识你？挡在这里干什么！"那厌恶的表情，仿佛阿花给他带来的是莫大的侮辱。

阿花像是没有听懂他的语气，又走近一点，说："爸，我给你买了新袄子，放在护士那儿，你……"

"哎呀！"浮云往后猛地后退，手不断地摆着，"拿走拿走，我不要你的东西！"

所有人都静了下来。裹着脏旧厚棉服的阿花，双手紧紧抱住食盒，整个人看起来仿佛缩了一圈。她逐渐变红的眼眶，嵌在苍白的脸上，越发显得可怜。很快，像是鼓了很大的勇气，声细如蚊地说：

"爸……粥。"

浮云的面部肌肉急速跳动，他看起来十分气恼，但可能又碍于平日里自己苦苦维系的"体面模样"，不好继续大发雷霆。他猛地往前一冲，想把阿花撞开。阿花躲闪不及，饭盒"哐"的一声掉在地上，冒着热气的白粥漫了一地。

浮云好似没看到，不顾阿花，往门外走去，还小声而清晰地骂了一句："丑婆娘！"

"呸！什么玩意儿啊！"有人看不下去了。

"就是，哪有这么对自己闺女的！"立马有人搭腔。

浮云走到门口，又回头对着阿花喊道："我女儿在国外读书，漂亮着呢！丑东西，不看看自己的样子，我会有你这种女儿？"

我实在看不下去，走上前去愤怒地指向浮云："哎，你个……"阿花按住我的手臂。她哀求地看着我，极力忍住将要漫出来的眼泪——应该是希望我不要再说了。我默默叹了口气，闭上嘴巴走到一边。阿花拿袖子随意抹了抹眼睛，蹲了下来，不顾烫手，使劲地把地上的粥往碗里舀。

浮云在门外没走远，骂骂咧咧的声音一直传进来："丑八怪！""扫把星，不要脸的东西！"

"唉，作孽啊……"几个年岁较大的病人，轻声叹了口气。

据说浮云这样对阿花不是一天两天了。

"不知道骂得多难听，"一位老患者跟我说，"哪有这种人，嘴上说着不是自己的闺女，她送来的东西又用得高高兴兴。"

再往后，浮云依旧经常来书法区。某日，他穿了件黑色绸面的新袄子，面料光滑顺亮，看起来不便宜。他特意在人多的地方转来转去，八字步仿佛迈得比平时更神气。有人故意逗他："浮云，新衣服哪儿来的呀？"

不等浮云回答，便立刻有人接话："丑八怪女儿送的啰，人家浮云先生开始还说不要呢。"

"呵呵，狗脸老东西！"

浮云肯定是听到了，神气的脸色瞬间垮掉，脚步却越来越快，向门外走去。

以往，他都是甩开膀子跟人争到底，就算争不过，也会用"竖子争之无趣"一类的精神胜利法让自己全身而退。但只要别人提到阿花，他便会瞬间偃旗息鼓，狼狈而逃，好像提两句阿花他都不愿意。

阿花依旧每周都来看望浮云，总带着不少东西，但浮云能不见就不见，他还时常跟护士说，阿花是觊觎他那套单位房，想趁自己亲女儿不在，把房子骗走。

护士忍不住跟我吐槽："哪有什么出国的亲女儿啊。一病就是十来年，不是这个女儿管他，他早就……唉。"

"大概这就是精神病人的精神症状吧，正常人理解不了。"护士这样总结道。

但到头来也没人知道，为什么这个总是想保持体面的大书法家，在自己女儿的问题上如此"不体面"。

❹

将近年根，医院里快放假了，人人都带着浮动的喜悦感。可有些患者是长期住院的，不能回家，主任想给他们找点乐子，思来想去，决定办一个游园活动。

书法区早早贴出了告示，要在大厅里摆个摊，让大伙自荐，或者推荐字好的患者来写对联。那些老师、先生，早早被其他人"拱"了过来，他们的名字被写在白板上显眼的位置，展示在书法区。

浮云找过主任几次，也想加入写对联的队伍，但都被拒绝了。他每天都在白板前晃来晃去，那欲言又止却强撑着体面的模样，看起来很好笑。

"哪儿会有人找他写，白白浪费纸笔墨，经费可有限呢，"主任私下跟我说，"再说，他就会写个'清香'，难道挂到病房的厕所去啊？"

其实我原也没打算让浮云参加，但没想到，阿花跑来求我了。我也不知道她从哪里知道的消息，某天一大早，阿花就带了一扎宣纸、几支毛笔和一盒墨水，在办公室门口等着我。

"老师，你让我爸参加吧，"她依旧遮着半张脸，眼神哀求，"他就爱好这个，纸、笔、墨我们自己买，结束后我帮你们清场地，搞卫生。"

我上报主任，主任说："你自己看着办吧，别出乱子。"想起阿花哀求的眼神，我心一软答应了。

到了那天，还真出了乱子。

游园会当天，病房里所有人都下来了，几百号人把大院挤得满满当当，康复科的工作人员全被抽调到大院维持秩序。书法区更是热闹非凡，平时大伙都是拿水写布练字，现在有了纸、笔、墨，写字的人更加卖力气，求字的人则排成了长队。

但浮云的摊口空了出来——没人想要他的字。浮云当天特地穿得颇具"大师"气质，葫芦还换了个大号的，挂在桌子上，这反而让他空寥寥的摊口显得更为扎眼。

阿花站在大门口遥遥望着，不敢走近。浮云见没人理他，自己拿着宣纸，摆起架势，一遍又一遍地写着"清香"两个字，仿佛一个"遗世而独立"的大人物。不一会儿，他的纸用完了，还是没人来。

他走到旁人的摊口，拿起纸就往自己桌上铺。"哎，干吗？"人家立马就不乐意了。

浮云挺起脸，大声说："怎么，我的用完了，拿点你的不行？"

"谁会要你的字儿？"立马有人帮腔反驳，"乱写乱画，浪费东西。"

声音一传开，平日里看不惯浮云的人，都加入声讨他的一方。浮云也不顾"大师"的体面了，撩起袖子跟一堆人吵起来。

我看形势不对，马上想去制止。但远处的阿花早就跑了过去，拉着浮云的手劝他："爸，算了算了，我再给你买。"

浮云突然就像触了电，猛地把阿花甩开，吼了一声："滚呐！"这一甩手，无意间把阿花脸上的围巾打落，露出阿花一直遮住的半张脸。

"呀！"人群齐齐发出一声惊呼。

阿花的嘴巴以下，像是被生生剥去皮，又胡乱地划了几刀，在她苍白的皮肤衬托下，看起来异样可怖。所有人都盯着阿花的脸，陷入死一样的寂静。她赶紧抓起围巾，挡住了脸。浮云低头垂手站立在一边，浑身颤抖着，不知道在想些什么。

"×的！"浮云忽然间暴起，抄起凳子，想往阿花的方向砸去。赶过去的护士立刻把他抱住，整个人按在地上。

被制服的浮云，一直仰着头向阿花大吼："扫把星！丑八怪！你给老子滚去死，去死！"

阿花捂着脸，无助地蹲在地上，凄厉的哭声传遍大院。

❺

游园会因为这一闹，草草收了场。主任跟我说："喏，说了吧，叫你别理这个老家伙。"

我心里太不是滋味了——可怜、善良、孝顺的阿花，为什么要被浮云这样对待？

浮云的病情加重，转进了单独看护病房。他整日不睡，一会儿说自己是个陀螺，在地上疯狂地转圈；一会儿说自己是张画，整个人紧紧贴墙站着。只要有人走近，他便会拍着铁门咒骂，大吼"丑婆娘，扫把星""巴不得把老子气死，你怎么不先死"之类的话。

考虑到浮云年纪已经较大了，又常年患有精神分裂症，治好的可能性微乎其微。若是能稳定下来还好，但如果稳定不下来，接着治下去，花费只会越来越多。院方决定找阿花来谈谈，话里话外都是暗示她：不要再浪费钱了。但阿花异常坚定，她说："我能赚钱，求你们不要放弃我爸。"

主任很无奈，找我去劝："你是心理治疗师，劝人是你的本行，尽量让她放弃吧……"

我当时只是很简单地想，虽然阿花毁了容，但至少她还年轻，日子长着呢，接回浮云，把钱省下来，对她来说是件好事。

趁着阿花又来探视的机会，我把她请到了我的办公室。我又把医院的意见说了一遍，阿花听完，眼睛不停地泛着泪花，一言不发。

"你对你爸，谁都看在眼里，该为自己考虑就……"

阿花抬了抬手，止住了我的话。她摘下围巾，露出自己的脸。"我知道你们是为了我好。"停顿了一下，她又问我，"你知道，为什么我爸说我是个扫把星吗？"

我愣住了，一时不知该做什么回应。阿花低下头，带着哭腔说："因为是我，是我害死了妈妈。"阿花没有停顿，讲起了她还有她父母的往事。

浮云和妻子年少相识、相知、相恋，长久的相伴让两人就像细水长流凿成的一条深沟，表面平常，内里却深刻无比。

浮云当年大专毕业，放弃落户城里的机会，回到老家与等候自己的恋人结婚。浮云做了乡办小学的老师，妻子在食堂打杂。然而，妻子怀孕五个月时，突然高烧不退，浮云带着她到市里的大医院检查，结果竟是癌症。医生建议，立即停止妊娠，及早治疗。阿花的爷爷奶奶却极力反对，浮云因此与父母爆发了剧烈的争吵。

我忍不住说了句："医生既然都这样说了，为什么……"

阿花苦笑了一下，问道："你应该是从小在城里长大的吧？"

我默然。

"我们那种落后的乡下，大部分人眼里，女人生孩子比自己的命还重要。"停顿了一会儿，阿花又笑，"再说，万一我是个男孩呢，呵呵。"

我继续沉默。从阿花的话里，能明显感觉到她深深的无奈。我也没有权利去评判这是对是错。刚强而又执拗的妻子——阿花的母亲，一句话为这件事定了音："就是死在医院，我也要把孩子平平安安生下来。"

谈话因为阿花的哭泣屡屡停下来，早早准备好劝慰的一堆说辞，也憋在了我的肚子里。

阿花妈妈没有死在医院，阿花也顺利降生；不幸的是，因为怀孕，阿花妈妈没有得到充分及时的治疗，病情恶化了。阿花在成长，母亲的身体却每况愈下。

巨额的治疗费用，妻子随时可能会撒手人寰的恐惧，像两块巨大的石头，压在阿花的父亲身上。而且，他曾为了深爱的妻子放弃了前程，与父母产生裂隙，但到最后，可能一无所有。

而对阿花的爷爷奶奶而言，原本儿子成家立业，生活逐渐有了盼头，却因为这件事，眼看着陷入深渊。"从我记事起，我就不知道笑是什么样子的。"阿花低着头，"听外婆说，爷爷不止一次把我扔在外婆家门口，最后都是妈让爸去把我接回来的。"

作为阿花的母亲，虽然癌细胞蚕食了她的身体，却夺不走她作为一个母亲的本能。趁着自己还未病入膏肓，她力所能及地给阿花做着身上能用到的小物件，教阿花认字、读书。大概是知道自己时日无多，她不愿意错过阿花每一天的成长。

"后来，妈妈已经下不了床，她总爱不断地摸着我的脸，说想看到我嫁人的那一天，当时不懂，现在每每想起，都……"阿花再一次泣不成声。

我不忍打断。但职业习惯让我意识到，她对于母亲的描述明显多过父亲。似乎对父亲，阿花有点抗拒，故意避而不谈。我考虑了很久，还是向她提出了这个问题：浮云——阿花的父亲，在她眼里究竟是个怎样的人？

阿花不敢与我对视，姿势局促起来。也许是提问太突然，她有点紧张。我心里掠过一丝懊悔，说："嗯……那我们就……"

"我爸他……"阿花突然开口，又停了一会儿，盯着我，"他才是最可怜的。"

阿花说她不止一次看到父亲躲在屋外哭泣的场景，也不止一次听到父亲向妈妈哭诉："要不是因为生这个孩子，你怎么会这样？家怎么会这样？"

"不怪他现在不认我，"阿花神情有些凄然，"他爱妈妈，我也爱妈妈。爸生我养我，他没错。如果有错的话，那都是我的错吧。"

"你当时也是个孩子，左右不了什么，你也没错。"我拿起纸巾递给她。

"不。妈妈是因为我死的……"

阿花说，父亲为了给母亲治病，没日没夜在外赚钱。别人的七岁，都是撒着欢玩耍的年纪，而阿花的七岁，为了减轻父亲的负担，早早就学会了给母亲擦身、换衣、喂饭。

一个下午，家里只有阿花和母亲，她们都睡着了。房间里突然因不明原因失了火，火势在杂物中间迅速蹿起，等两个人反应过来，已经无法逃出了。

由于阿花是靠在床边，火顺着她身上的毛衣，烧遍了上半身。年幼的阿花，疼得不断惨叫。女儿的惨叫，激起了母亲的本能。

"也不知妈妈从哪里来的力气，站起来拿手敲碎了窗户，把我抱起来托了出去。"阿花哽咽地描述着当时的场景。

邻居赶过来时，房里的火势已经无法阻挡，他们只能把阿花从窗口救走，看着火逐渐把整个房间吞噬。浮云听到消息赶回来，像个疯子一样往屋里冲。所有的人只能猛地把他按在地上，任由他不断地嘶吼。

阿花说，她始终无法忘记当时的场景。在父亲的嘶吼声中，隔着玻璃，母亲那双眼睛慢慢随着身体下落，逐渐失去神采。

来不及消化震撼，我强行理了理自己的情绪："那你的父亲，就……"

阿花这才慢慢回过神来，深吸了口气："疯了。"

妻子去世后，浮云就精神失常了。他整日把阿花锁在家里，说她是个害人精、扫把星，出去就会害人。后来，浮云的症状越来越严重，甚至几次想把阿花烧死在家。再之后，他被强制送到精神专科。这些年来，病情迁延反复，时而稳定，时而发作。唯一不变的，就是对阿花的敌视。

"你们不要再劝我了，爸爸没有了妈妈，他只有我，我也只有他。只要还能赚钱，我就不会放弃。"

❻

再后来，浮云的病情终于稳定下来。他又恢复了以往的惹人厌恶的混样。

自从上次游园会后，浮云在大院，彻底成了一个人人都可以毫无心理负担去随意鄙视、谩骂、诋毁的对象。但他自己，依旧表现得对此毫无知觉，似乎旁人讨论的是另一个人，并不能在他心里造成一点波澜。

还有几天就要过年了，按照惯例，像浮云这样长期住院的病人，年底都要结一次账，整理一次病历。浮云的住院费一直都是原单位负责、划拨进医院的，阿花负责一般性消费，以往都会定期按时结清，这次却拖欠了。医院里给阿花打电话，她请求宽限几天，医院也没有为难她，只是这一拖，就拖到了2017年3月。医院整体上要财务核算一次，不得不再一次催她。

当财务科打电话给阿花时，接电话的却是我们当地一家三甲医院的护士，她说，阿花正在接受化疗，她也得了癌症，和母亲一样。消息是主任告诉我的，我清楚地记得她说完之后的一句长叹："这是命！"

没有人把这个消息告诉浮云，可能他们觉得，把这个消息跟一个精神分裂症患者说，也起不了什么作用，反而平添烦恼。浮云依旧没心没肺地扮着他的"书法大师"角色，一天到晚地跟人因为点小事争来争去，依旧是一个惹人厌恶的矫情老家伙。但在我眼里，他是一个十足的可怜人。

这一年初夏，阿花就走了。我知道消息的那天早上，浮云正在门外跟人因为看棋而争论，他面红耳赤，既大声又激动。

我想了想，还是把他叫了出来。"是阿花的事。"我看着他。

"她啊！"浮云脖子往侧边一撇，"跟我有什么关系，扫把星。"

我平静地说："她前段时间住院了。"

浮云还是一脸无所谓地看着我。

"癌症，跟你老婆当年一样的病。"

浮云脸色沉了下来，两只手来回滑动，眼神四处飘忽。

我面无表情，一直沉默着。他终于收回飘忽的眼神，看着我，眼里有光。我不忍心继续冷着脸，准备告诉他。但我又停住了，因为我实在不知道该怎么说。他的眼神，一直没有离开过我，身子也往我这里探过来。

我有些无法直视他，只好抬起头，叹了口气，摇了摇头。浮云身子往后一缩，那神情，好像是无法相信，他使劲儿眯了眯眼睛，没有说话。忽然，他猛地一拍桌子站起，站得笔直，好似十分兴奋，大声说道："啊！这个扫把星终于……"可话又没说完，声音就停住了，身子慢慢弓了下来，眼睛像失了焦点，过了一会儿，他吸了口气，整个人又像垮掉一样，萎在凳子上，闭上了眼睛，嘴巴嚅动，声音微不可闻："终于……终于……"

我没等他说出后面的话，起身走了出去。

再往后，浮云彻底没了"大师"模样，像变了一个人。

他不再在乎穿着，跟很多老病号一样，随意地把病号服披在身上，象征性地系上两颗扣子。

"下大院"的时候，浮云学那些老烟鬼，四处踅摸，若是捡到一个烟头，便到处求人要火，美美地吸上一口。若是捡不到，他便寻个看起来干净的地方，就地一躺，只等打铃。

他彻底融入了集体。

还有人会故意撩拨一下他："浮云，来写两个字看看！"浮云竟不争了，甚至还会笑着摆摆手，说："我？我哪会写什么字儿？"

有一天，我在同学群里闲聊，无意间提起了这件事。

"这个病人我有点印象。"一位同学忽然私信找我。小城本也不大，阿花之前治病的那家医院，有我好几个同学。草草聊了两句，同学忽然说："这个病人好像叫……什么香？"

"哦。"我没有再回复。

我忽然意识到，自己从来不曾知道阿花的大名叫什么，大家都只是叫她"阿花"或"小花"。此前，我也曾一直猜测，浮云像着了魔一样，一直写的"清香"二字，到底只是个书法常用词，还是另有什么其他含义。

我不知道，也不重要。

后 记

朋友说，阿花不在了，浮云一部分日常花销没了着落，但好在针对这样的病人，医保部门也有政策，在医院的全力配合下，浮云也不至于无处可去，阿花这短短一生的坚持也不会只是无奈一场。

"我再没有跟浮云提起过阿花，别人故意在他面前提起时，我若是看到，也会让他们走开。后来浮云又换了家医院，住院费还是原单位负担了，病情据说稳定了很多，但具体的情况我也无法了解。辞职，是因为我实在无法再面对这样让我有无力感的患者了，我总感觉自己帮不了他们。"

这是他说的关于这个故事的最后一句话。

在精神专科里，每天来来回回那么多患者，每个人的病历中，都充满着各种各样的症状描述，就算在这里工作几十年的人，也不敢保证每一种描述都见过。

长久的专业工作，让医生、护士，包括我这样的治疗师，都形成了一种惯性，会不自主地把患者的每一种表现比照着书本，分门别类。什么样的病人，该吃什么药，该接受哪种治疗，完全和正常人区分开来了。

但是，他们在作为"正常人"时遭遇的那些不幸呢？是不是因为他们成了精神病患者，就不值得考虑，不值得同情了？

毕竟，面对云谲波诡的生活，我们与他们，与每个人一样，都没有区别。

双相情感障碍的孩子，爱上了妈妈的朋友

老同事们都说，以往精神病专科里的住院患者，年龄大多在三十岁往上，中老年居多。但如今，年轻人甚至孩子也越来越多了，精神疾病群体低龄化的现象越来越明显。

面对年轻的患者，医生和治疗师往往要更加谨慎。难是一方面，更多的是，患者年纪小，人生路还长，治疗效果对他们的一生影响太大。

我曾有幸跟一位专门帮助青少年解决心理问题的张老师学习过。学习期间，他给我讲过不少年轻人的故事，大多很无奈，而其中印象最深的，是波仔的故事。

以下为张老师的讲述。

❶

2013年春节刚过，南方大多数地区还很阴冷。

一天上午九点，反馈治疗室就开始忙碌起来，男病区近二百号人要陆续过来做治疗。一群大老爷们像一列排队的企鹅，手缩在袖子里，双臂夹着厚棉袄，慢慢地挪进屋子。其中的一个人引起了我的注意，他实在太扎眼了——枯瘦的脚在阔口的单裤里晃荡；脊背前弓，支着脏旧的黄色卫衣；头发染成了暗红色，乱且油腻，前后披散着，都遮住了脸。

以前，每隔一段时间，病房会请外面的老师傅帮病人理发。发型统一，前面不留"戳戳"，四周刮成乌青，这种"红头发"肯定不合规矩。

治疗过程中，"红头发"显得很不耐烦，手一直在放治疗仪的桌面上扫来扫去，四处张望。

"没意思，"他忽然瘫在沙发凳里，"整天都是这些。"

"不要吵，"我快步走到他背后，捶了捶凳子，"影响其他人。"他夸张地把头向后仰，隔着乱糟糟的头发，瞪着眼睛挑衅我。

"学长？"他忽然抬头，盯着我的胸牌，带着试探的语气。

我有点慌乱，他两只手撩起头发，高高提着，露出自己的脸，大呼："我，波仔啊！"

仔细盯着他的脸，果然是他。

波仔是我的学弟，2011年，我即将出校实习，临走前需要将下届心理协会会长选出来。班主任推荐了波仔给我。

"学长！我是覃波，就叫我波仔好啦。"第一次见他，他笑起来很好看，眯着的眼缝里露出星光，班主任对我说："覃波比你们这一届所有人强多了。咱们学校名气不行，这种好苗子，能给个机会就给吧。"

我不知道这个"机会"最后有没有落在波仔这个"好苗子"头上。只是没想到，几年后，他这个心理学系的"好苗子"竟成了精神科的病人。

如今，波仔的身上早没有了当年的意气风发，一副"烂仔"模样。他自来熟地跟我闲聊，说自己练着气功，身体健康得很，又说自己是因为创业亏了几千万，过于烦躁才来医院调养。

我微微点头，心下了然，对这种"夸张"的话，我早就见怪不怪。我顺着他问道："你还在读书吧，爸妈呢？"

波仔突然脸色一变，双手猛地撑住凳子："都死了！"

周围正在做治疗的病人纷纷看过来，我赶紧安抚他："先做治疗，有空再找你。"波仔紧闭着嘴巴，似乎还在喘粗气。

我特意向波仔的主治医生打听他的情况，才知道他得的是"双相情感障碍"。

双相情感障碍属于精神障碍，目前还不清楚病因，这类患者的情绪就像在坐跷跷板，在极度抑郁与极度躁狂之间来回变换。

抑郁的时候注意力不集中，容易激惹，个别会有自杀念头，有些还会伴有物质（酒精、烟草、毒品等）滥用；躁狂的时候精力十分旺盛，会觉得自己无所不能。整天笑逐颜开，说话天马行空，滔滔不绝。

好在部分这类疾病患者在配合良好的治疗后，基本可以不影响正常生活，但波仔这时还明显处在躁狂阶段。

病房的护士们说，医生查房，最烦碰到波仔。他不会等医生来问，只要一看到医生，就会凑上去说："你是不是又要问我那几个问题？哪，我食欲好、不失眠、不便秘、心情舒畅，好得很呢！"

医生去查其他病人，他又紧紧跟着。还没等医生开口，他就抢话："医生要问你，睡得好不好？有没有按时吃药？有没有不舒服？"

医生被逼得一肚子火，但也只能好言相劝，波仔却说："得了吧，心理学？看过几本书，嗯？"

每每这时候，护士会把他带到单独病房"锁"一会儿，但没什么效果。等放出来，他又我行我素。护士有时候故意吓唬他："再捣乱，就让剃头师傅把你那一头杂毛剪掉。"

"剪呗！"波仔无所谓地笑笑，甩着自己的一头红发，"我会气功，一催功就能长出来，长出来再去染。"

医生一直没有要求我们科为波仔提供心理治疗。我只能从病房的护士口中了解他的情况，希望等他好一些，可以跟他聊聊，看是否能帮到他。

只是这一等，就等到3月下旬波仔出院。那天，波仔特意请我去了一趟病房，说要与我告别。过去时，波仔正在收拾衣服，床边站着一个年纪不小的女人。

女人穿着薄薄的黑运动裤，跟波仔身形相似，上身套了一件时髦的白色羽绒服，帽子周围有一圈夸张的向外支棱的绒毛。也许是波仔的妈妈，我想。

波仔看见我了，抓起女人的手，热情地说："婧婧，这就是我跟你说的那个学长！"

"婧婧？"我有些蒙。我的神情这个婧婧肯定一览无余，可她没有丝毫的尴尬或者慌张，反而大方地将手伸过来，说："小波住院麻烦你们了啊。"

"没有没有，都没时间过来看他。"我赶紧挥着手，"您是？"

这时，波仔伸出双手，亲昵地将女人环住："女朋友！"

女人无奈地看了一眼波仔，满眼宠溺地说："小波，先收拾，我跟你学长说说话。"

"好！"波仔故意奶声奶气地答应。

出门后，女人的眼神变得清平，望着我，略客气地说："我……叫尤婧，想求您一件事。"

我还没答应，她便掏出一张纸，上面写着一个电话号码，她说："这是小波妈妈的电话，她还不知道她儿子的情况，您跟她联系一下。小波再这样下去……就废了。"

我心里隐隐有些不安，波仔住院，他父母怎么会不知道？既然要通知父母，她作为波仔的"女友"，为什么不亲自去通知？思考了一会儿，我谨慎地组织了一下语言："你来通知可能比较好，如果需要向他父母提供一些关于病情的信息，我可以帮忙。"

尤婧犹豫着向房间里看了一眼，皱眉思索。随后又凑近我，小声又快速地说："小波父母早就不在一起了，他妈现在不知道跑到哪里去了，我打电话也不接……"

"婧婧，走啦！"波仔收拾好东西走出来，打断了我们的交谈。

他攥起尤婧的手，拉着她走向门外，向每一个认识的人热情地告别。走出门口时，波仔夸张地向我挥手，大声喊："学长，走啦！发达了回来找你！"

此时，尤婧回头看了我一眼，眼神有些无奈，又有些哀求。

心理治疗师有必须遵守的准则，比如，不能贸然插手患者病情以外的私事。波仔的事，应该随着他的出院告一段落。但作为学长，或者说曾经的朋友，我唯有简单地祝愿他，有一个成熟的女朋友照顾，他也许很快会回归到正常生活。

只是没想到，不到一个月，波仔又被送回来了。

原来，出院后的一天，波仔把在医院领的药一口气全吞了，尤婧发现后慌忙把他送到医院。而波仔趁尤婧交费时，打破了窗户，企图拿玻璃碴子划开自己的手腕，被当值的医生死死按住。害怕他再自残，医护就把他的双手用约束带捆在一起，双脚绑在床尾。约束期间，除了医护人员，谁也不允许靠近他。

我再见到波仔时，已经是他再次入院的第十二天了。那几天连续的晴天让空气有些闷燥，波仔把自己闷在棉被里，整个房间都透着一股酸味。

我隔着被子拍了拍，波仔慢慢将头伸出来。他的头发看起来像麦场上被碾踏过的麦秆，曲折干枯。他看了我一眼，眼睛里亮了一瞬，又急速微弱下去。

"知道你很难受，"我蹲在床边，"但不能用这种方法呀。"

波仔忽然猛地把头缩回去。任我怎么拍，都不再伸出来。他此时应该是处在抑郁期。我有点无奈，只好给大学班主任打了一个电话，在我说到波仔所谓的"创业失败"时，班主任突然说："也不知道怎么回事，大三的时候，他非要退学，说什么家里缺钱，天天有人追债。怎么都劝不住。"

父母离异、被追债、年纪相差巨大的女朋友……此时，波仔的主治医生也要求我为波仔提供心理支持治疗，我想，可能只有把这些情况弄清楚，才能真正地帮到波仔。

我在等待一个合适的机会。

波仔入院的第十五天，我带好所有量表准备去病房给他做评估。进房间时，我先看到了尤婧。她站在房间的一角，双手紧紧环抱着身子，低着头。另一个看起来年岁与尤婧相差不大的女人，正站在她对面，全身用力地绷住，不断发颤。

波仔蒙住头横在床上，似乎感受不到这一切。我硬着头皮走进去，尽力让自己看起来比较自然："我是心理治疗师，来帮患者做评估，你们要不先回避一下？"

"我为什么回避？该回避的是这个××！"女人突然暴戾，指着尤婧怒骂。

尤婧沉默，把头埋得更低，双臂锁得更紧。

"说话啊，有人在，要脸是吧，你还有脸吗？"女人似乎一发不可收拾，声音更大了，朝尤婧逼过去。

我赶紧拦在两人中间，急速说："阿姐，阿姐！冷静一下，先让我看看小波的情况，好不好？其他的先放一边。"

房间里的气氛是风雨欲来前的闷静。

"嘎吱！"一个挣扎的声音，从波仔那里传来——他此时正好翻了一个身——好在波仔只是收了收被子，把自己裹得更紧。

"鬼哟！"女人一声哭号，悲怆地扬着双手，"我怎么把儿子托给你这种老妖精，搞成这个鬼样子！"原来这个女人就是波仔的妈妈。

医生和护士听到了争吵声，赶了过来。波仔的妈妈被劝到了办公室去冷静一下，我也请尤婧到一旁坐下，表示想跟她聊一聊。

"其实跟我没关系，都是……"尤婧开口，又骤然停下，"也不全是吧，也有我的责任。"我没有说话，看着她。

"对对错错，责任什么的，我说不了，我只是想了解一些对波仔恢复有利的事情。你可以放心说。"

正是这次交谈，让我把之前所知的零散信息都串了起来。

❹

波仔的父母与尤婧是同乡人，三个人曾一起在某个国营厂做工。大约在2005年，他们工作的国营厂改制成公私合营，不少基层工人"被下岗"，波仔的父母和尤婧也在其中。

尤婧回老家开了一家理发店。她有几分姿色，能说会道，回头客很多。波仔的父母跟着同乡去东北当了几年的泥瓦匠，有一些积蓄后，回到当地。夫妻俩胆子大，召集了几个下岗的朋友接工程自己干。也许是运气好，那几年房地产行业飞速发展，几年的时间，他们就从下岗工人成了包工头。

"那挺好啊，"我忍不住插嘴，"我父母也是下岗工人，但比起你们差远了。"

"好？"尤婧话语一变，"泥疙瘩裹上金，也是个泥疙瘩！"

那几年，房地产行业飞速发展，小波的父母在几年的时间里，挣了"几辈子的钱"。钱有了，人却变了。小波父母最大的变化，就是变得不再关心波仔了。"当然，他们自己认为是因为没时间。"尤婧说。

波仔的父母忙着扩大业务，对波仔的关心只有"钱够不够""有没有在学校惹事"，至于学习成绩，波仔父亲说的是："别惹事就行，读不下去，学那些老板的儿子，出国呗。"

再后来，波仔的父亲流连于不同的饭局、赌场，母亲更迷上了赌博，两个人"各玩各的"，每天家里也没人做饭，波仔放学后只好到尤婧那里去吃。时间久了，波仔的父母就干脆让波仔常住在尤婧家，每月给足生活费，其他的事不闻不问。

"一开始按月给钱，后来半年一给，再后来干脆给他一张卡，不够就自己去取。除了过年过节，平时他们就干脆当没这个儿子。"尤婧说。

尤婧虽然未婚，但视波仔"如己出"，甚至家长会，都是尤婧代替波仔的父母去。在同学、老师面前，波仔也直接管尤婧叫"妈妈"。

讲到这里，尤婧陷入短暂的失神，嘴唇微微上翘。我注意到尤婧的右手无名指上有枚戒指，雕刻工艺是肉眼可见的粗糙，像是在地摊上买的。

"你不是没结婚吗？"我指着戒指问她。

"啊？我没结过婚……这是小波买的。"

气氛变得有些微妙，我其实还不能接受他们这样的关系，也不知道该继续在这个问题上说些什么。所以，我停顿了一会儿，让空气安静下来，转移了话题。她接着说了下去。

2012年，波仔的父母离婚了。

离婚原因不得而知，但离婚之后，波仔父亲开始盲目扩大生意，奈何大环境不好，高台瞬倾，欠下了大笔债务。他为了躲债，不知逃到了哪里，没了音信。

波仔的母亲则犯了一个更大的错——她利用波仔父亲以前的关系，在赌场里放贷。她没有本，是波仔父亲的旧友们看在过去的情分上借钱给她的。她筹得了不少钱，为了"搏个猛的"，把钱全放了出去，但是被人举报，赌场被一窝端掉，波仔母亲血本无归。

旧债加新债，逼得波仔母亲走投无路，干脆和波仔父亲一样，跑得不知踪影。跑路之前，还是把波仔继续托付给了尤婧。尤婧没有把这些事告诉波仔，直到几个债主找去了学校。

"他们逼小波说出他父母的去向，他哪儿知道。"尤婧有些愤恨。债主们见小波实在不知道，又逼他拿出身上所有的钱，说替他父母还点利息。尤婧的语气有些心疼："他才多大啊！"

"波仔有什么变化吗？"我插了句嘴，"我是说，明显和以前不一样的地方。"

"不单单是变化，简直就是变了个人。"尤婧紧紧皱起眉。

大概就是从那时开始，波仔的情绪变得反复无常。有时候坐在屋子里一整天不出门，有时候又激动地大喊着要创业，要让所有瞧不起他的人后悔去。波仔经常请求尤婧为他染头发，有时候染成红色，有时候染成蓝色，有时候甚至一下子染好几种颜色。

至此，事情听起来似乎顺理成章，但我总感觉尤婧在刻意躲着什么。

确切来说，她在刻意地淡化自己的角色。从心理治疗的角度看，波仔在经历了家庭变故后的变化，都是符合常理的，是尚属于"正常人"范畴的应激反应。但为什么他会发展到双相情感障碍，甚至出现了自伤行为，而尤婧在里面起了什么作用，她一直没有提起。

我决定直白地向她提问："你跟波仔，是怎么开始的？"

尤婧很犹豫，抿着嘴巴不说话。

"嘭！"门忽然被猛烈地推开，一个人冲进来，是波仔的母亲。

"贱坯！我儿子被你搞成了这样……"她像只暴怒的母狮要冲过来，又被随后赶来的护士拉住，扯了出去，"你等着，等着啊！"门外，波仔的母亲还在大喊。

尤婧早就从凳子上逃到了角落里，房间里很快又恢复了平静。我坐在凳子上没有起身，只用手示意尤婧坐下。

"其实你可以放心地说，对谁都是好事，"我把凳子向她挪了挪，"对你也是。"

❺

按照尤婧的说法，是波仔率先向她发起了"攻势"。"不是有一种说法，叫什么俄……俄……"尤婧在思索。

"俄狄浦斯？"我接上话，"你是说恋母情结？"

"对对！"尤婧连忙点头，"他看我的眼神越来越不一样，就像看着自己的爱人。"

"当你意识到的时候，你没有想过这样下去的后果吗？"

"我当然知道，但当时小波的情况，我不敢拒绝他，再说……"她犹豫了一下。

我的内心变得无比复杂。波仔对尤婧的感情发生变化后，他渐渐地毫不掩饰自己对她的爱慕，写了好多封情书，藏在她房间里，每天对尤婧的行为举止也变得越来越亲昵。许诺等他创业成功，便与她结婚。

要债的人不时会上门，向波仔打听他父母的去向，多次无果后，便直接说要父债子偿。尤婧极力安慰，但波仔的情绪还是没往好的方向发展。他不愿意回去读书了，整天跟尤婧说要自己创业，要挣大钱，把债都还了。他的情绪变得愈加阴晴不定，有时候两人前一秒还在愉快地交谈，不知道什么刺激，波仔就会突然变得沉默，再猛烈地揉着自己的头发，一脸痛苦。

"我知道这样不是一个好办法，但我不想看到他这样，因为……"

"因为你也慢慢对他有了感情？但这确实不是好办法，问题还是在，没有解决。"

尤婧的眼睛霎时变得通红，语气哽咽起来："我知道不对，但我不忍心他那样痛苦。"

波仔越陷越深，他私自退了学，跟尤婧住在一起。每天的生活，除了纠缠尤婧，就是疯狂地寻找创业项目。

他开始分不清虚幻与现实，有时幻想自己是个大企业家，有时又把自己说成是一个摆摊的小贩。尤婧说，有时候波仔早上起来，会背着一个包出门，里面塞满锅碗瓢盆，说自己要出去卖东西，挣大钱。有时他半夜会突然惊坐起来，急急忙忙地穿衣服，说自己要去赶飞机，签一个大合同。

尤婧这才意识到，波仔并不是简单的情绪问题。她带他来医院就诊，于是就有了波仔的第一次住院。

"他第一次住院，好像没多久就出院了，为什么不到二十天又来了？"

"因为他妈妈回来了，回来得很突然，我当时跟小波……"

我尽量表现得毫不在意，跳过了这个问题，继续问："然后呢，为什么波仔会再来住院？"

尤婧抬起头，神情有些痛苦："他妈妈像疯了一样，拿凳子砸人，边打边骂，小波护着我，她又去打他，说他不知羞耻，捡破鞋。"

原来，小波的母亲为了不被追债的人发现，特地选在半夜回来，碰巧撞破了波仔跟尤婧的事。她无法接受，这个可以将儿子相托的多年好友，竟然"不知羞耻地勾引"自己的儿子。一时间无法控制，大闹起来。

波仔本来就对父母十分怨恨，现在母亲回来，还激烈反对他跟尤婧在一起，他觉得自己岌岌可危的精神世界就要崩塌了。

波仔跑回房间，把自己锁在里面。任母亲在外面如何辱骂都不开门，直到她们破开门，才发现波仔吞药不省人事了。

之后我们又聊了一会儿，我一直在探寻，波仔从情绪发生变化到发展成双相情感障碍，中间有没有一个明显的节点，但一直没有找到答案。

我将自己咨询得到的这些全告知了波仔的主治医生，想问问他的意见。他放下手里的病历，说："你搞清楚这些，有什么意义吗？"

"怎么没有意义？他的病明显跟这些脱不开关系。"我急急地说。

"然后呢？"他又拿起病历，眼神回到上面，"搞清楚，他的病就自己好了？"

我哑口无言。

"先把病情稳定住，这是首要的。之后的事之后再说吧。有些东西，亲人都管不了，我们又能做什么？"主治医生低下头，继续整理病历。

❻

这次谈话后，我又去找过几次波仔，但他不愿意跟我交谈。尤婧一直在病房陪护。病房的医生护士们大概也知道事情的原委，劝过尤婧回去，让波仔的母亲过来。但尤婧坚持要待在这里。

"人都这样了，她还不知道避一下吗？"照顾波仔的护士跟我说。

夏季快到了，男病房里成天透着一股若有若无的汗酸味，一些诸如"一个女人整天待在男病房里"这样的闲话开始到处传播。尤婧最终还是搬出去了，只隔三岔五来探视。但波仔的母亲自从闹过一次后，就没有再出现，谁也不知道她去了哪里，波仔的医疗费一直是由尤婧负担。

医生要求我做的个案计划，进行得很不顺利。我发现自己对于相识的人，实在无法保持一个治疗师该有的客观中立态度。在征得所有人（不包括波仔）的同意后，我将波仔转给另一位治疗师。只在每周的案例督导会上，向他了解一下波仔的病情。

大约过了两个月，波仔稳定了很多，从单独病房转到了开放式病房。

开放式病房落成有些年头了，线路年久失修，这两年每到夏天用电量最大的时候，总会隔三岔五地跳闸。由于患者进进出出太多，没个妥善的安置办法，医院一直找不到机会修缮。不过好在开放式病房里有专门的家属陪床，尤婧也可以来陪护了。

夏天彻底来了，波仔好了很多，每天按时接受治疗，也努力配合康复训练。渐渐地，也没有人特意去"咀嚼"他的事情了。

然而某天早晨，主任突然接到了院会通知，因此取消了例行的科室晨会。她回来的时候，挨个电话通知我们放下手里的工作，到办公室开安全会议。据说，有个患者从楼上跌下来了。

原来，头天晚上停电，整个病区里黑灯瞎火的，一个病人趁机越过二楼的护栏跳了下去。好在他摔在草地上，只是左臂骨折。

主任坐在桌子上，面色凝重："由于停电，监控设备没有记录当时的情况，医院得负全责，开会的目的就是给大家提个醒……"

后面的话我没听，因为我看到了这位跳楼患者的名字，是波仔。

我悄悄去看他。当时我站在病房外，透过小窗户，看着里面被束缚住的波仔，他很安静，眼睛望着被限位钉卡住的窗户。我不知道他在看什么，只听到小缝里挤进来的"呜呜"风声。

尤婧就坐在走道里的条凳上，离门口很近，将右耳朵侧向病房。"要通知家属才行。"我缓缓地在她身边坐下。尤婧慌忙把头转过来，扫了我一眼，立刻又低下头去。

我又开口："那我就……"

可她忽然站起来，说了句："先走了，家里还有点事。"然后立刻快步走出病房。我犹豫一会儿，追到病房门口，她已不见踪影，只有消防楼梯里传来渐渐隐去的"咚咚"的脚步声。

我虽然隐约能猜到事情可能与波仔的妈妈有关，却无意去搞清楚到底发生了什么。毕竟波仔的情况已经是确凿的事实，只希望他在经历了这次"寻死"后，心态能有些许变化。

至于未来是好是坏，谁也无法把握。

2014年，夏天近尾声，波仔托护士打电话到办公室，想请我帮个忙。

波仔的床位已被挪到外科病房的走道——精神专科的外科病房比不上综合医院，床位少，病人多。像他这种能自己下地活动的，只能暂时放在外面。

见到我，波仔费力撑着身子坐起来。"学长，在这儿我只能找你。"他用力地扯下左手无名指上的戒指，犹豫了一会儿，仔细递到我手里，说，"请你帮我还给她，要是问起来……唉，算了，谢谢。"

他整个人较之前脸上红润了一些，有了些血色，但还是枯瘦疲乏。之前的长发剪成了板寸，颜色重新成了黑色。

不知为什么，我心里有替他松口气的感觉。我也一直在犹豫，要不要寻找一个把戒指交还给尤婧的机会。若是如此，我该说点什么？但从那次分别之后，我就再也没有见过她，也没有她的联系方式。

不久后，波仔要求出院。但他的伤还没好利索，医生不同意。

像第一次住院一样，每天趁着医生查房时纠缠不休，作势挥舞着左臂，来表示自己已经活动无碍了。外科的李护士长来我们科送文件，模仿波仔的样子给我们看："又怕痛，又在那里挥手，搞得医生笑也不是，哭也不是。"

"他为什么非要出院？"我问了一句。

"他妈啰，听说在××医院，下不了床。"李护士长小声说。

我挠了挠头，心里莫名地涌起一阵闷躁。李护士长又凑近一点，声音压得更低："听警察说，被追债，逼得跳了。"

我不住地搓着面部，想让自己平静点。我忽然想起，当时帮波仔处理伤势的护士说，他像条"咬了钩的草鱼"昂着头打滚，不让人靠近，嘴里不断吼着："是不是你！是不是你！""谁知道他吼什么东西，只能绑起来了。"护士说。

波仔母亲回来的消息被暴露，母亲跳了楼，波仔也跳了楼，尤婧彻底消失了。

波仔还是如愿出院了，他各项指标也基本符合出院的标准。当然，出院也是必然的，无人负担他继续深入治疗的费用了。

波仔母亲也需要人照顾，没人来接他，我让他等着，下班后骑电动车送他。路挺长，前半段我们两个人都没怎么交谈。过红绿灯的时候，波仔问了我一句："你怎么不问我点什么？"

"问什么？"我没回头。

"我啊，我妈啊……她啊。"他的声音越来越小。

我"嘿嘿"笑了一声，没再说什么。

临下车要走的时候，我从兜里掏出戒指递过去。波仔一把薅过去，在手里使劲搓，语气略带嘲讽地说："就是她，肯定是她去找那些'讨债鬼'告密的，我……"他突然不说了，轻描淡写地把那枚戒指扔进路旁的草丛里。

"走了！"波仔转身，背着我晃了晃左臂，右手提着行李消失在人群里。

后 记

曾经，一位患者跟我讲过：寻找感情上的平衡是一种人的本能，在没有其他情绪可替换的时候，人唯有小心翼翼地保持沉默。熬得过去，继续痛苦地当个"正常人"；熬不过去，坦然地做个疯子。

再往后，波仔带着母亲搬到另外一座城市生活。

2017年11月，我出差路过那里，波仔非要跟我见一面，说请我吃饭。波仔黑了很多，也壮了不少。他说这几年跟着父亲以前的朋友在工地上学手艺，养活自己跟妈妈不是大问题。我也很欣慰，这说明他恢复得相当不错。

波仔一个劲地催老板："有咩好货都给老子拿出来。"老板跟他很熟，拿起子撬开啤酒瓶盖，跟他笑骂："卵仔，先拿钱！"

喝酒我不是他的个儿，两三瓶下去就不行了，波仔摇晃着站起来，轻蔑地看了我一眼，像个大胜的将军。

结了账后，他搀着我在街上走。快到酒店了，我勉强站起身子，摆摆手说："回吧，回吧，下次！"

"好。"波仔往后退着，像是要慢慢离开。

"哥！"他没走出几步，忽然喊了一声，举起手猛烈地朝我挥起来，像是他第一次出院，发誓"混好了回来看我"的样子。

我的眼睛肯定也亮了一瞬，站在门口，期待着他的豪言壮语。他却把手垂了下来，快步走近，搭上我的肩膀。他的眼泪几乎是喷出来的，嘴里含混不清地说："哥哥……我……"

波仔哭得涕泗横流。

你是我的尾巴

在精神专科医院大院最里侧，有一栋单独的楼，第四层叫成人精神疾病四病区（简称"成四"），这里是混住病区，女病人住在东侧，男病人住在西侧。这里的病人有一个共同特征：都是长期住院患者。

病人长期住院的原因各种各样，但有一个共同点——长期的精神疾病让他们没有足够的情绪和行为控制能力，难以融入家庭和社会，也无法独立工作和生活。换句话说，他们没办法拥有正常的人际关系。对于病人的家属而言，与其让他们在家里等着"惹祸"，不如花钱养在医院里。

在我工作的这些年中，"成四"里几十号男女老少，除了少数几个家里殷实的，能偶尔被接出去住一段时间，其余几乎都没出过医院大门。老邓、老褚、老袁、沐阿姨、阿秀……每一个患者的住院时间几乎都比我的工作时间还要长。

所有人中，只有一个比较特殊——巴儿。我是2016年正式参加工作的，同年，曾辗转于多家医院的巴儿来到我们这里，正式开始长期住院，我做他的治疗师。

用老乌的话说，我跟巴儿就像当年的他和老褚一样，算是有"同院情谊"。

❶

巴儿今年三十五岁，来自我们市下属的贫困乡，一米七左右，很瘦，浓眉大眼，但不爱干净，须发散乱，衣服长久不换，左脚不能弯曲，走路像画半圆一样。除了这些相貌特征以外，巴儿究竟是个怎样的人，其实我到现在都无法准确地描述出来。

在其他患者眼里，巴儿是个"明确意义上的傻子"，"轴得拉不动，憨得摔不响"，只会在大院里追着人问"几点了？几点了？"或者"你有尾巴吗？你有尾巴吗？"这类傻乎乎的问题。不回答还不行，他会一直问下去，直到听到满意的答案为止。被他黏上的人，再看到他靠近，都会下意识地大喝一声："滚！"

但是在我看来，巴儿又不像个彻头彻尾的"憨货"，反而是个极有"辩才"的人。

我在被他一直追问关于"尾巴"的问题时，曾尝试过从"科学"的角度入手，想让他认识到，人是没有尾巴的。他却很认真地跟我辩道："界门纲目科属种，人是其中之一，属于脊椎动物。陆地上的猴子有尾巴，大海里的鲸鱼有尾巴，那么人也应该有尾巴，所以从逻辑来看，你的知识是错的。"

我一时没反应过来，低头盯向他的屁股："那你的尾巴呢？露出来看看？"

他退后，像看白痴一样看着我："退化了呀。尾椎骨，脊柱最后一节，你不知道吗？"

我彻底语塞，只能给他竖个大拇指。

其实，我也不知道，为什么巴儿能在"大聪明"和"傻糊涂"之间自如切换，可这让他在精神病院里显得很另类。如果说，精神病院里的患者也有等级之分，那么，划分标准应该是清醒程度。稳定、单纯且残留一些情绪问题的患者，在面对有明确精神症状的患者时，总会稍显得意；有明确精神症状的患者，面对症状严重、反复发作的患者，又会自认为优他一等。而巴儿的"另类"则让他完全游离于这个标准之外。

老乌告诉我："其实这精神专科里面和外面是一样的。你牛也好，矬也罢，别人顶多嫉妒你或者是看不起你，但要是格格不入，那就得完蛋。"

我问老乌，完蛋是什么意思。

"还能有什么意思，不带你玩儿呗！"

我还记得与巴儿的第一次"正式会面"。

2016年农历九月，巴儿因为发病，被警察送进我所在的精神专科医院。那时候，刚刚毕业的我还跟着老师轮岗，在"成四"病区干点不涉及诊疗的杂事。

在病区最靠近护士站的地方，是一间单人治疗室，用一整块被两面钢板夹住的杉木当门，人脸高的地方，抠出一个二十五厘米见方的窗口用来观察，拿两块亚克力推拉板封住。里面除了一面常年被限位钉卡死的小窗，只有一张简易的木床，在正对观察口的位置，用钢丝捆着膨胀钉锁死在墙角。床上没有任何布料制品，只有一张草席——防止易激惹的患者自缢。

　　巴儿就被关在这里。

　　带教老师廖姐告诉我，巴儿算是我们这里的"老客户"了，镇上卫生院看过几次，在我们这儿又住过三次院，一次比一次时间长，直至成为"成四"的"固定客户"。这一次就不折腾了，直接住回这个老地方，住院号都不用换了。

　　她跟我说这些的时候，我正忍不住好奇，扒着门缝往里看。南方夏日的正午，黑瘦的巴儿就蹲在床上正被太阳照得发白的位置，用没被拴住的右手抠着草席的毛边。他惊喜地抓住我的目光，直起脊背，手指着自己的嘴巴喊："吃的，吃，吃！"

　　我不自觉地伸出手，把亚克力推拉板拉开条缝。巴儿看到有人来，似乎更兴奋了，跳下来跛着步子朝门口挪，木床被拽得"嘎吱"作响。

　　"有没有吃的？吃的有没有？"

　　"坐回去！"廖姐转回头，朝里面呵斥一声，挥掌"啪"地关上观察窗。护士长大概是听到响动，叮叮咣咣冲过来。她瞪着里面，使劲捶了铁门一下，巴儿吓得立即缩了回去。护士长收回眼神，不善地向我扫来，廖姐赶紧推着我继续往前走。

❷

几天后，某日中午吃饭，廖姐就这次不恰当的"会面"教育了我一番，她说得很委婉："这里事很多，很忙，你刚来，少说话，多做事，不懂的自己多看多学，实在想不通，等人家不忙了再问，别动不动就自己……"

我听得心不在焉，反问她："他们都不给巴儿吃饭吗？"

"怎么可能，吃药就不吃饭啦？"廖姐哑然失笑，而后又叹息，"他这是在家里饿久了。小偷小摸的管不住，不然也不会又送过来。"

廖姐告诉我，巴儿爹妈不在了，上面有一个嫁到重庆的姐姐，一个常年在邻市做事的哥哥，家里本来还有个阿奶，现在也八十好几了，走不了路，在叔伯家里养老。近年来，除了住院，巴儿一直是一个人住在老房子里，没人管他。

巴儿读过书，十四岁的时候发病，而后辍学。以前的巴儿虽然不大灵光，但也还能做点事，帮人砍甘蔗收谷子，在镇上打打散工，勉强也能糊口。后来数年间住院、出院，病情不见好转不说，还越发严重起来，谁家请他干点啥他便在谁家赖着，赶也赶不走，到了饭点就自己找碗坐在桌上吃，彻底成了个懒汉。

本来，村里见他孤苦可怜，说定每家每户出点粮食，只要他不过分，就由着他。然而过了些时日，可能巴儿体格渐长食量渐增，也可能是旁人施舍久了有怨气，给得少了，巴儿老觉得吃不饱。可他又没办法自己找吃食，结果无师自通，学会了偷东西吃。笼子里的鸡鸭，腌缸里的咸菜，檐上的腊肉……邻居稍不注意就下了他的

"五脏庙"。加上巴儿有股憨狠气，说不了几句，便抽出系在腰间的柴刀瞎挥，虽说没真伤过谁，但也挺吓人的。

次数多了，巴儿犯了众怒。村里数次勒令巴儿的哥哥回来管，不能管就找能管的地方送去，还说要不是他们还有个高辈的阿奶，不然早就让他们哥俩去祠堂把父母的牌位请走了。巴儿他哥也没办法，又不能不做工在家守着弟弟，只能有空就回来，挨家挨户统计损失，再一家家赔了。

这一次，巴儿之所以被警察送进来，是因为那天他正在偷邻居种在盆里的荸荠，被逮了个正着，邻居说了他几句，他便抄起邻居院子里扒谷用的钢耙，一边乱舞，一边还把裹着泥的荸荠往嘴里塞。

"你说他精吧，又不知道光明正大地跟人家讨，乡里乡亲的，帮了这么多年了，谁还舍不得几个荸荠了？"廖姐感慨，"你说他憨吧，他还知道挖了荸荠后，把荸荠苗正正地插回去，要不是人家正好碰到，哪儿发现得了？"

这次被送来后，巴儿在单人治疗室关了三天就被放出来了，住普通病房，也跟着大家一起"下大院"了。过了一段时间，我第一次在大院定岗巡视，看巴儿一直围着大院的铁网迈着半圆步转圈，在草丛里左看看右看看，时不时拔起一根草，或捡起一根树枝，在屁股上比画来比画去。

"傻仔儿！又找尾巴呢？"

喊他的是"刺毛儿"，一位长期住院的癫痫患者。廖姐曾给我说过，"刺毛儿"也是跟巴儿一样从小住院，但他家境好，总有吃食，又"仗义疏食"，所以拥趸众多，巴儿很怕他。其他人对巴儿最多也就是忽视，被惹到了也就嘴巴上占占便宜。可"刺毛儿"不一样，他老是冷不丁拽巴儿一把，或是趁护士不注意踹巴儿一脚。

巴儿一听见他的声音，立刻倒腾起步子往前跑。

"嘿，跑快点啊！""刺毛儿"怪叫，"追上老子可就踹了！"

巴儿慌不择路，一头扎进我怀里。

"干吗呢？干吗呢？"我把巴儿揽开，朝"刺毛儿"瞪去，"一天到晚招猫逗狗，干点正事！"

"哟嚯，新来的嘿，""刺毛儿"根本不惧，"招猫逗狗？来，你说说谁是猫谁是狗啊？"

其实这话说出来我就后悔了，但"刺毛儿"不依不饶，非说我一个医护人员骂病人是狗。我瞪着眼闭口不言，他又对着巴儿拱火："傻仔儿，你听着没，他说你是狗呢，狗有尾巴呀，你的呢，丢了？"

"对呀，我的尾巴呢？"巴儿绕着转圈，不断瞅着自己的后面，"尾巴去哪儿了？"

"哈哈哈哈！大傻子！""刺毛儿"得意地大笑，扬长而去。

看着巴儿被逗得一直急切地转圈圈，我一把将他揪过来："你傻啊，他逗你玩呢，人哪有尾巴！"

"你才傻！"巴儿望着我，很严肃，"那是你看不见，人也有尾巴，好人就有尾巴，这是我哥哥告诉我的。他是个老师，老师不会说谎！"

巴儿的哥哥，我后来见过数面，熟悉了之后总是"老周""老周"地喊他。他其实不是老师，是一名建筑工人，常年天南海北地跑工地。

老周体格敦壮，面容苍老，和巴儿一样，都很黑。但除了黑，兄弟俩哪哪都不像，论长相，巴儿浓眉大眼，但老周着实是差点意思，小眼塌眉，还带点地包天。论个头，老周只到巴儿的下巴，估摸着也就一米六。

2016年巴儿来住院后，就不怎么回村里了。老周跟我说，自己打了这么多年工，负担得起巴儿的住院费了。最重要的是，他算了一笔账，比起赔乡亲们，巴儿住院要更划算。

这样的日子一直持续到2020年。

这四年间，老周来得不算勤快，但来的时候总是给巴儿带很多东西，短袖长衣、牙刷口杯，都定时定点地带来给他换。这四年，巴儿没什么变化，一如既往地找着尾巴，被人嫌恶地骂着让他滚开，被"刺毛儿"欺负。唯有一点，就是胖了不少，肚子从刚来的时候像个瘪囊囊，鼓成现在的半个篮球大。

我老是拍着他的肚子逗他："巴儿，几个月大啦？"

而他每次都很认真地纠正我："医生讲了，这是内脏性肥胖，男人是不能怀孕的。"

2020年7月中下旬，老周又来医院，没有去病房，而是径直进了办公室，说是要找巴儿的主治医生廖姐。

当时廖姐去行政楼开会了，我在办公室帮她整理治疗单。我给老周倒了杯茶，有一搭没一搭地跟他聊天。老周越说越多。

他告诉我，巴儿跟他其实不是亲兄弟。早年老周的爹在私矿上做事，一对同村的工友夫妻死于矿难，留下还在吃奶的巴儿。老周的爹心善，收了他当小儿子。巴儿来家时，老周已经十九岁了，高中肄业，做了几年工。后来他爹干不动，从矿上退下来，但落下一身职业病，很快就追着老周早年去世的娘走了。照顾巴儿和妹妹的担子全落在了老周肩上。

老周说，他也不知道巴儿为什么就成了这样。巴儿十四岁的时候，奶奶托人给在外打工的老周打电话，说巴儿"发了神经"，叫他回来带着去看看。他带巴儿到镇上的卫生院，医生说不出个所以然来，只开了些"稳神"的药。医生劝老周，要是有条件，带巴儿到市里看看。老周自觉暂时没这个条件，他想的是既然吃药能"稳神"，那就先稳住，等他攒些钱再说。

可没想到，病不比钱，钱能攒，病不能拖，"拖拖就成这样了"。老周捧着茶杯，神情哀伤，在身上四处掏兜儿。我以为他是想抽烟，也不顾是在办公室，把裤袋里藏着的"芙蓉王"掏出来抽了一根给他："但现在好多了呀，你看，你妹妹嫁到重庆，少不入川老不出蜀的，那可是个享福的好地方……"

老周挥挥手，拒绝了我的烟。我知道，他其实是在找放在怀里的治疗单。

"我妹在重庆跟着妹夫打散工，洗盘子挑担担，也难，"他把单子递给我，"就怕再过几年我也没能力，养不起老么，我其实是……其实是想来问问廖医生，医院能不能把有些治疗减一点，不犯病就行。我跟你讲了，你帮我跟廖医生说说行不行？她对巴儿那么好，我实在……实在……唉……"

我大致瞄了一眼巴儿的治疗项目，本是按照一般流程来的。我也听懂了老周的意思——他不指望巴儿能治好了，也就想把一些项目省了。

我很能理解他，"成四"病区的这些患者家属大多会提这样的要求。因为哪怕只是维持患者最低标准的吃药和生活，一年下来也得好几万，经年累月，数目也不小。最重要的是，这种病，拖得越久，治好的概率越低。谁都有老的一天，也都有负担不起的一天。减少治疗项目，维持最低需求，最终都会是患者家属不得不做出的妥协。

"知道了，"我把单子叠好还给老周，"我会跟廖姐说的。"

"减项目啊……那得说清楚，毕竟巴儿才三十来岁，又不是七老八十。"听了我的转述，廖姐有些犹豫。

廖姐的担忧也不无道理。巴儿算是个年轻人，减了那些治疗项目，就意味着他往后的治疗只能依靠普通药物，其他的一概不参加。虽然巴儿治疗多年也不见好，但不再全面跟进治疗项目，这无异于是切断了向好的可能。将年轻的巴儿定性成一个既成的"终身患者"，这可不是件好事。

可考虑到老周的实际情况，廖姐又心软了。思来想去，她想了个折中的办法，治疗项目减，药也吃。但有一点，大院还是照下，康复科那些不收费的器材项目，也让巴儿照常参加。

廖姐亲自给老周打了电话："你来签个知情同意书，其他的不用担心。再说，有总比没有好，住院归住院，活动还是要活动的。"

电话里的老周千恩万谢。

❹

其实，对巴儿来说，有没有其他的治疗项目影响不大。他老是跟我说，这些治疗项目都没用，根本就"无法让他长出尾巴"。

说实话，我那时完全没纠结过巴儿口里的"尾巴"是什么，在我眼里，这只是他精神症状的某种表现。在学校，老师也跟我们讲过，精神疾病千人千面，谁也搞不清楚落到某个人身上，会具体呈现出什么样子。

自从巴儿减了治疗项目，其他患者被带到大楼外面的治疗室做治疗时，他就一个人在病房大厅里老老实实看电视，并没什么异常的地方。

12月一到，南方终于像个冬天的样子，大院里的阳光成了奢侈品。某天下午，全体"下大院"。"成四"的一个年轻女护士急急忙忙来找我，说巴儿刚才说要去厕所，好久没出来，喊我去看一下。

大院的厕所只有半截门，就是怕有患者故意在里面锁门。我以为巴儿是拉肚子，只在门后往里瞅了瞅，没想到，"刺毛儿"也在里面。"刺毛儿"半蹲在地上，裤子拉下半截，而巴儿就弯腰在后面，脸对着"刺毛儿"的屁股，专心致志地瞅着。

巴儿边看边好奇地问："尾巴呢，尾巴在哪儿？"

"刺毛儿"回头，笑得不怀好意："你再找找，没看见吗？"

"没有啊，"巴儿摇头晃脑找着角度，"真臭，老子不看了！"

"等等啊，再等等，就一会儿！""刺毛儿"急呼，然后，憋红了脸，"噗——"一个响屁。

巴儿急撤几步，不慎滑倒在地，手杵进了尿池。他"呸呸呸"地吐着口水，又不敢吸气，五官皱成一团。"刺毛儿"搂上裤子，鼓着眼大笑："哈哈哈哈，傻子！"

巴儿手忙脚乱地要站起来，我怕他气急了发狂，一脚把半截门踹开："干吗呢！"

"刺毛儿"见是我，立即缩成一团。巴儿终于挣扎着站起来，看向我，指着"刺毛儿"大喊："老师，他拿屁崩我！"

"刺毛儿"又忍不住笑起来。

我皱着眉头："你别搞这些有的没的啊，老欺负他干什么！"

"没有哟，""刺毛儿"一副无辜的模样，"我拉大号，他非要跟进来。"

"你你你……"巴儿满脸都是委屈，"是你说长出了尾巴让我来看看的，骗我……你……"

"好了，"我打断巴儿，又看向"刺毛儿"，"我都看见了，警告你啊，再欺负他，我就收拾你！"

"刺毛儿"翻了翻白眼，若无其事地推开我出了厕所。巴儿也想冲出去，被我拎住了。我呵斥他："他说什么你都信，一天到晚尾巴尾巴的，不动动脑子？"

他忽然大声朝我吼："你才不动脑子，人有尾巴！好人才有尾巴，没尾巴的都是坏人，你们都没有，我有！"说完，他一把将我推开，朝着外面冲了出去。

那天收了大院后，这件小事就被我抛到脑后了，没承想却酿成大事。

次日，我去"成四"送病历时，发现巴儿又被关进单独治疗室，手脚都被绑了起来。我回去问廖姐，她很惊讶："你不知道啊，群里说得有鼻子有眼。巴儿把'刺毛儿'咬了，还咬得不轻。"

大概是"下大院"时，"刺毛儿"的恶作剧被我戳破，他觉得意犹未尽，恰逢当天食堂做了红焖猪尾巴，"刺毛儿"趁护士不注意，夹起巴儿碗里的猪尾巴又想逗着他往厕所走。巴儿这次没理他，"刺毛儿"就跳起来骂巴儿，说他是个纯傻子，人哪儿有尾巴，他巴儿有也是根猪尾巴，巴儿的哥哥也长了根猪尾巴，兄弟两个傻一窝。

巴儿当时没有恼，闷着头把一碗饭扒拉得干干净净。夜里熄灯，大家都睡觉了，"刺毛儿"的治疗室忽然传出一声惨叫。原来是巴儿趁"刺毛儿"睡得熟时，摸到他床边，一口把他左手的小拇指上小节咬掉了。"刺毛儿"捂着手在地上疼得打滚，巴儿就蹲在他一旁，从满是血的口里露出小半节手指，面无表情地在自己屁股上比画。

最后，当医生护士把巴儿拖拽着拉出房间时，他还把手指吐在地上，朝着地上的"刺毛儿"喊："这不就是尾巴啰，这不就是尾巴啰！"

事情闹出了不小的风波。"刺毛儿"的爹妈闹到医院来，说一定要给个交代，钱不能少赔，巴儿家里也要负责任。考虑到"刺毛儿"也不是个"老实人"，医务部的典主任这么回复"刺毛儿"的爹："事情反正是发生了，医院管理失职，要负的责任不会少。但有一说一，你儿子也不是无辜的，一天天欺负另一个患者谁都看得到。再说，他们都是精神病患者，该追究什么责任，追究到什么地步，法律也不是只为你一家人说话的。"

老周心急如焚，跑来医院蹲了好几天，才逮着机会跟"刺毛儿"家里人求情。可能是对自己儿子的为人心知肚明，也可能是心软，"刺毛儿"的爹妈最后松了口：告是可以不告，可只有一点，钱不能少赔。具体赔了多少我不知道，但是从老周随后的决定来看，应该是把他这么些年的积蓄赔了个精光。

"刺毛儿"被转到了外科，因为做完手术要休养。没过几天，巴儿也放了出来，但被安排到了一间单独的病房，睡觉的时候和其他患者隔开。

❺

大概又过了一周，老周来了医院，说一定要给巴儿办理出院。他说，现下没钱了，养不起巴儿了。他要先把巴儿送到重庆妹妹家，自己攒把劲跑两年工地，手里有钱后再把他接回来。

那天，老周一个人在病房里收拾巴儿的东西，护士们来来去去，也没人劝他再考虑考虑。其实大家也不知道怎么劝，住在"成四"的这些长期患者，谁家里没个讲不圆乎的难事，巴儿也只是他们其中的一员罢了。

收拾好东西后，老周就去大院找正在玩的巴儿。自从巴儿咬人后，其他的患者都躲着他。那天，他正一个人在大院角落的秋千上荡来荡去，我就在一边看着他。见老周来了，巴儿特别兴奋，荡得越来越高。

老周放下包裹，在后面有一下没一下地帮他推着，嘴里絮絮叨叨："老幺，哥得带你出去一趟。"

巴儿嘻嘻笑着："去哪儿啊？"

"送你到姐家，要听话，别惹祸，啊？"

"我不要去！"

老周猛地把巴儿拽停，大声斥责："去！"

巴儿很执拗："不去！"

"不去我就不要你了！"

巴儿哭了出来："我……我不去姐姐家，我跟你在一起……"

老周红了眼，把巴儿搂在怀里："听哥的，哥一定会接你回来的，啊？"

我私下里跟老周提过，其实可以考虑把巴儿转到镇上的小医院，实在不行，送回村里也比送到重庆强。可老周不愿意，他说现在自己糊口都难，把巴儿送哪儿去都负担不起。虽然村里的阿奶还活着，但这都出来四年了，再把巴儿送回去惹祸，怕是谁都不能容他。毕竟千亲万亲，不如自己家里人亲。

巴儿最后还是去了重庆。

我不知道巴儿走了之后，老周心里究竟是如释重负，还是日日思念，但他确实在很努力地挣钱。

廖姐有他的微信，她告诉我，老周偶尔会发一些图片，内容很固定，要么是自己的工作地点，或是脚手架上，或是土坑里，要么是收工后在某个小排档上吃饭，或是几个馒头，或是几块钱的两荤一素。

廖姐总担心巴儿去了重庆后不好好服药，情况不稳定，她嘱咐我把老周加进康复科的家属管理名单里，让我每隔半个月就打电话过去问问情况。她怕等两年老周钱没攒够，巴儿又惹祸了。

近了年根的某天早上，医务科忽然接到个电话，转来了"成四"，是重庆某个铁路派出所打来的。他们问："你们医院是不是有个编号×××的病人，男的，三十多的样子，精神好像有点……嗯……有点不正常。"

接电话的是廖姐，她一下子就意识到，他们说的是巴儿。

派出所的同志说联系不上巴儿的家属，问他是哪里的，他一直说自己在哪里住院，住院号是多少。而且他还随身带了个包，里面是收拾整齐的衣服、牙刷、口杯等。廖姐不敢耽误，立即喊我给老周打电话，让他通知自己的妹妹把巴儿接回去。

过了十来分钟，老周打回电话，心急如焚："打不通！"

"你妹夫呢，打他电话，可能是没听到。"

又过了几分钟，老周打电话过来，语气颓了很多："也打不通。"

"你赶紧……"廖姐捂住了我的话筒。

电话那头，老周毫无声息。我望向廖姐，她叹了口气，摇摇头。

我这才意识到，巴儿是被抛弃了。他姐姐和姐夫的电话之所以打不通，是因为他们打定主意要扔了他，不然也不会故意把他丢在火车站，甚至连东西都给他收拾好了。

起初，我们在电话里建议派出所在当地找个精神专科让巴儿暂时入院，可是他们说按规定巴儿是有亲属的，只是不在身边，这种情况重庆这边的医院不一定会收。老周只能一个劲儿求我们，说他现在人在北方，年底得讨工钱，让我们能不能想想办法，等他要到工钱就马上回来接人。

原本这种情况我们医院是可以不理会的，毕竟巴儿已经出院，跟这里没有瓜葛。可廖姐心软，还是上报了医务部，她提出个办法：让派出所的同志给巴儿买张卧铺，上车前盯着他吃一次药，睡一觉，我们这里派救护车到火车站等着接人。

院长问她："万一这个老周也不来医院接人呢，你说怎么办？"

廖姐说："他一定会来，他舍不下这个弟弟。"

"我是说，万一呢？"

"我负责！"

❻

考虑到巴儿这次不算正式住院，接回来后也没给他穿病号服，只是把他安排到了疫情期间的隔离病房单独住着，治疗项目没给他上，只照常服药吃饭，费用由廖姐先垫着。

廖姐没有什么怨言，她还找我商量，说现在自己手里病人多，顾不过来，问我能不能抽空进去看看巴儿："你有空能不能进去跟他聊聊？领着做做操也行。老周情况特殊，怕是一时半会儿回来不了，现在其他项目又不能上，总不能一直闷在里面，我知道这不是你的责任，也得占不少时间，就是……"

"没事儿，不就是做做操吗？"我一口答应，"人都是我跟您一起出主意要接的，咱姐弟俩一起负责到底。"

老周真的没有食言。过完年，大概是3月初，他就来了。

在医生办公室里，老周跟我们说，他不打算把巴儿接回老家，而是决定继续让巴儿住院，只是不住这儿，去镇上的卫生院。

廖姐劝他："既然要住院，那还是住在这里好点，你要是担心费用，我可以帮你跟残联申请，有补贴，虽说不多，但也能……"

"不了不了，"老周确实眼睛亮了一会儿，但很快就颓了下去，"麻烦你们太多了，这些事我自己想办法。"

我不知道该说点什么，但廖姐还一直在劝他，说镇上的条件没这里好，长期来看，对巴儿是没好处的："就算不考虑长期，短期里也最好先不要把巴儿转回去，这段时间医院这边，我会尽力帮巴儿争取条件的……"

廖姐一直絮絮叨叨地说，老周微笑地看着她。我安静地望着老周，他头发又白了很多，想必这几个月没少操劳。等廖姐终于不说了，老周跟我们讲了一件事情。

"我老爹临终前几天，逮着空就对我反复说，说他自己不该把老幺捡回来，老了老了，留个麻烦给后人。"某个半夜，老周爹不知怎么地竟自己起了身。他提着半瓶白酒站在床边，把睡着的老周拍醒，说要跟他喝点。老周爹跟老周说："老大，爹老子跟你喝了酒，顶梁柱的担子就交给你了。"说完他先自己灌了一口，把酒瓶递给老周，老周忍着悲伤，仰脖把剩下的酒一口喝下。他爹满意地点点头，说自己要出去看看巴儿跟小妹，老周不敢跟着，缩在床上，一夜无眠。第二天，他见他爹就躺在堂屋的小竹床上，已经走了。

老周说完，拍了拍自己的大腿，说："你们就不用劝了，老幺是我的责任，不是小妹的责任，更不是旁的谁的责任，我有口气就该养着他。"

廖姐坐回办公桌后，不再劝了。老周看着我笑，突然像想起什么似的，在身上四处乱摸，掏了一包"芙蓉王"出来。

"没什么好感谢你的，"他非要把烟塞在我口袋里，"你不是抽这个吗？拿着！"他竟然还记得当初我递"芙蓉王"给他的事儿。不知道怎么的，看着老周满头白发，我竟有点想流泪。

"不能不能，"我绕着手，把泪憋了回去，跟他开玩笑，"这不是收红包吗？可不能犯错误。"可老周硬是把烟塞到我口袋里，又从随身的包里掏出一沓人民币，放在廖姐跟前："他们说钱都是你垫的，我也不知道花了多少，但这里肯定只多不少，多的算是我的心意。"

廖姐把钱放在一边，挥挥手，跟我说："你带老周去病房收拾东西，我处理巴儿出院的手续。"其实这不合规矩，按流程应该是老周自己先跑一趟，再由我们处理。我凑近廖姐，想暗示她这样不好。但是她只埋头看着电脑，手背上好像有泪水。

老周把巴儿带走前，又和我闲聊了几句，说他放弃了再出去打工的念头。一是巴儿已然是这个样子了，他也走不远；二是疫情严重，以往的那些包工头老板都不敢再带着人出去；三是年纪也大了，就是有活儿，别人也不愿意要他。

巴儿走的那天，廖姐非要开自己的车送他们。廖姐上车前，我悄悄递给她一个包裹，让她给老周，里面是那包"芙蓉王"，还有五百块钱。廖姐打开自己的包示意我把"芙蓉王"扔进去，我往里面看了一眼，老周给她的那沓钱也在里面。

廖姐让我把钱拿回去，她说："你给他钱，他也不会要，算了，心意到了就行。"

车一开，巴儿和老周就走了。

❼

2022年年初，我接到了老周的电话，里面却是巴儿的声音："猜猜我是谁呀？"

我笑着问他："巴儿，你的尾巴长出来没有？"

"没有哟，"巴儿很遗憾，"哥说我不听话，不是好人，尾巴长不出来，但他说廖姐姐跟你都是好人，你呢，你的尾巴长出来没有？"

"没有哟，"我学着他的语气，"等我长出来就告诉你啊。"

又过了几天，微信上忽然有个好友提示，是一个动漫头像，我一看，是巴儿，因为打招呼的备注上写的是"尾巴去哪儿啦"。巴儿告诉我，老周给他买了手机，注册了微信，平时手机放在护士那里，他让巴儿想他了就给他打微信电话。他跟老周要了我的号码，说是要问问我，为什么自己长不出尾巴。

我这次倒是追问了他一句："你为什么老是纠结尾巴呀？"

巴儿半天没说话。过了几天，他忽然发了个名为《我与哥哥》的文档给我，说这是他求着护士帮打出来的，里面有这么一段——

我从小跟着哥哥长大，我喜欢让他讲故事给我听，印象最深的是他讲的"海鸥找尾巴"的故事。

从前有一只海鸥，有一天它在海滩玩耍，看见一只蚌，蚌壳里躺着一颗美丽的珍珠，它就啄了起来。可等它转身离开时，这只蚌突然夹住了它的尾巴。它要挣脱，却怎么也挣脱不了。

最后，它只能使劲一拽，挣脱了，尾巴却被拽掉了。没了尾巴，海鸥就再也飞不起来了。于是它想，怎么找到一根尾巴呢？起初，它找了几根草，把这几根草安在尾部，插进肉里时，疼痛难忍。但它还是强忍着疼痛飞了起来，只是没飞多远，就失去平衡，只能停下来。

它拔掉这几根草，又折了一根松枝插在尾部，再次忍着疼痛飞了起来，但也没飞多久，就一晃一晃地稳不住了，于是它只好又拔下松枝，再想别的办法。最后，它找了一条柳树枝，插在尾部。这次比前两次飞起来轻松了些，也能飞得更久一点。可惜，还没坚持到一小时，就精疲力竭了。于是，它只好把柳树枝也摘下，无精打采地在沙滩上走来走去。

于是，我问："那它飞不起来了，到哪儿去找吃的呢？不会饿死吗？"

巴儿说："我哥说，它饿了可以走到旁边的树林里找虫吃，渴了喝海水。"

我又问："噢，那它飞不起来，找不到亲人，怎么办？"

他说："它的确很孤单，很苦闷，每天无所事事，整天在沙滩上逛来逛去。但这样过了大概一个月，它发现它的尾巴又长了出来。可以去找亲人了。"

看完这个故事，我感慨万千。原本，我一直将巴儿对于"尾巴"的执念看作老周安抚他的手段。我从没想过，关于巴儿念念不忘的

"尾巴"还有一个这样的故事，能唤起巴儿这么多与哥哥旧时相处的美好回忆。或许，在巴儿日趋病态化的思绪里，"尾巴"不仅是能区分好人与坏人的标志，还是能找到亲人温暖、回归群体生活的载体。

巴儿问我："这个故事是不是假的，我哥是不是骗我？"

我肯定地回答："故事是真的。"

"为什么？"

"因为呀，你就是哥哥的尾巴。有了尾巴，他才能保持平衡，跟海鸥一样，能飞得远，见得多，还能找到亲人。"

"哦！"巴儿好似恍然大悟，"那我的尾巴，其实就是哥哥啰！"

后 记

巴儿隔三岔五地给我打微信电话，但我时常因为忙碌没接到，再打回去也没人接，估计电话被护士拿走了。

我时不时把巴儿发给我的这个故事拿出来读读，也总在出院人员的档案里找出巴儿所有的病历看。因为我很好奇，十四岁前的巴儿究竟是经历了什么变成这个样子，我想找出一个答案。

但很可惜，病历里没有。我问廖姐，为什么有的人好端端就得了精神疾病？

她说："有些人用愤怒对抗波折，有些人用麻木，有些人与之和谐共存。而患上精神疾病，其实也是一种人对波折的回答，它和所有的回答一样，都是人生的答案。对多种多样的人生来说，答案的对错与否本身就没有标准。"

我愿意当个精神病，不给家里添麻烦

冬天，精神专科住院部门口的木棉树有些萎靡，时不时落点絮下来。

每到年关，我们康复科办公室都会格外小心，不管大家多么期待假期的到来，一旦出了门，所有人都会立即默契地收起表情，避免在住院病人面前表现出一丝喜悦——毕竟，不是每个病人都能回家团圆。

不少长期住院的患者，逮到机会就会追着医生问：

"今天能出院了吗？"

"能不能不让家里人来看我？"

"能不能借手机打个电话，就几分钟，行不行？"

出于稳定病情的需要，也不是每个人的每个要求都能满足。但即便是希望连着失望，至少还算是有个念想。而有些人连问也懒得问，越是快乐的节日，他们越不快乐，比如娥姐。

❶

娥姐四十多岁，是被家里遗弃的。

依照记录来看，她来我们这儿住院大约是2010年的上半年，家里人交了一个月的住院费后便杳无音信。医院找派出所，发现娥姐家人留下的电话、地址都是假的，医院周边也没人认识娥姐，更不知道她的家究竟在哪里。

医生问娥姐，她只说不知道，问得狠了就"发癫"。"鸡飞狗跳，搞不清是真是假。"护士直说。

娥姐的日常用品多是捡别人出院不要的，少有新物件——因为没人给她送东西——几件旧衣裳来回换，不论四季，最爱穿一件宽大的蓝色薄棉袄，上面错布着横横竖竖的破口，一条单裤，黑一块黄一块的，看不出材质。不知为何，娥姐头上总插把烂梳子，时常拿下来，梳两下她那个胡乱的马尾，整理不到的散发，便任其肆意地往四周伸展。

娥姐其实长得不差。额高且宽，大眼浓眉，眼窝内陷，若有人偶尔跟她对视，她会刻意瞪得灼灼有神，透出几分坚忍。同事间较少谈论她，谈起来也是几句"玩笑话"："娥姐啊，在病房里勤快的哟，抢着拖地、擦厕所。"

"她又没钱住院，手脚不勤快点还能怎么办呢？"

当然，也绝没有人会真心笑出声来。这种被家人遗弃的病人，在大多数精神专科医院都有。一个精神病患者，动辄几年十几年的治疗，还有发病闹事的风险，从物质上、精神上，对家人都不啻为一种长期折磨。何况孩子会大，父母会老，还有人要继续过日子。不管是主动还是被动的原因，遗弃都算是"最轻松"的做法了。

在大院其他住院患者的眼里，娥姐是个"厚脸泼皮"。

繁茂的老榕树高高架起了屏障，在康复大厅的台阶上映出一片阴凉。娥姐常懒坐在这里，拎一截树枝，盯着进进出出的人。有带着吃食的人经过，她便立即拿叶子拂干净阶上碍眼的浮土，拱到人前，伸上脸自来熟地说："来了呀？"

如若对方应一声，她即刻就会跟上，人家干什么她就干什么。别人看书，她要歪着头挤进半个脑袋。别人唱歌，她要趁间奏衬上两声。人家笑几声，她也会趁势虚扶着别人的臂膀，适时地乐成一朵花。这样，在人家掏出东西吃的时候，她便可以"自然而然"地混上一口。

病房里病人吃的零食，都是家里送来的，平时放在护士那里，定时发放。娥姐没有家人，自然没有零食，平日里一日三餐，也是医院掏钱，按照最低标准保障着。

"上过当"的人，绝不会再理会娥姐的殷勤。善些的，再碰到娥姐，便捂着吃食独自走开；蛮霸一些的，会毫不客气地点破娥姐的"套路"，有时还会伙同几个"促狭者"，刻意靠近坐在台阶上的娥姐，指桑骂槐。

另一方面，娥姐又是个极为不屈的"好斗分子"，绝不顺服于他人聚众得势的淫威，无论是面对妙语连珠的口吐芬芳者，还是中气十足的高音喇叭者，娥姐都会立刻与之激烈对抗，从不落下风。

这样的场合我见过多次，每每这个时候，我总感觉娥姐不是精神病患者——她吵架的时候比任何人都清醒。我也劝过她："娥姐，有什么好吵的哟？"

娥姐满脸不忿："是老子上去硬抢？自己主动送上门，来骂骂骂，呸！"

我又说："他们都是家里花钱买的，没多少，你别去搞了……"

娥姐听完，斗狠的表情忽然立马垮了，默默扭头走开，我这才意识到，自己多说了个"家"字——对于"家"这个字，娥姐异常敏感，不愿意说，更不想听到——听说娥姐住了这么些年，科室的主任换了三个，个个都想把她送回去，但每每问到她家在哪儿，娥姐总是那几句话，"不知道""不记得"。问得狠了，娥姐就发一些"不知真假"的疯：脱光衣服，但又裹着被子；以头撞墙，却又隔着枕头。

"哎，你说这人奇不奇怪？"病房的护士与我闲聊说起，"住在这里的人，个个都想回去。娥姐平时清醒得很，她不想家吗？想一辈子赖在这儿？"

娥姐睡女病房最差的床位，靠着公共洗手间。除了每天的用药、吃饭、基本护理，其他的项目能免则免。还好娥姐也算是个"识时务"的人，积极帮着护士做清洁，帮忙维持病房的秩序。别人要是不惹她，她也不惹别人。"当个便宜护工养着吧。"院长几次在会上说起她，也无计可施。

娥姐的家在哪里，她到底想不想回家，对这儿的人来说，几乎已是个懒得讨论的问题。用女病区护士长的话来说："哎呀，看着医生问她我都上火，别给我们病区找麻烦就谢天谢地了。"

2017年，我曾仗着刚来不久，年轻气盛，单独找过几次娥姐。想借着心理治疗的名头，打听打听她的情况。娥姐依然十分谨慎，关于个人情况的事绝口不提。大概也是看我年轻，还时不时抖点泼辣霸蛮的神态，让人招架不住。

只是有一次，我实在不想再弯弯绕绕，歪头瞪眼问她："娥姐，我都找你这么多回了，好歹说说家里吧，什么都行啊。"说完我其实有点怕，娥姐却没有"翻脸"，反而变得有些呆滞，眼睑下垂，嘴里不断嘟囔："回不得啊，回不得……"看样子还是不能再继续谈了，只好又作罢。

只是"回不得"三个字，让我有了不少联想，我将其当作一个"重大发现"，跟娥姐的医生讨论，但医生也只是说："这里无奈的东西多的是，你跟自己过不去干什么？"

2018年夏季，最热的那几天，医院怕病人"下大院"自由活动的时候中暑，将放风时间改成下午六点。某天下午，自由活动刚开始，外面忽然传来老乌（大院值守员）一声怒吼："衣服放下来！"

循声望去，在大院边角的一株榕树下，老乌面红耳赤，如一座巨塔，向他面前畏缩着的两个人倾轧过去。一个是娥姐，上身的汗褂被撩起了半截，另一个是黄仔，一名年轻的癫痫患者，身体蜷缩着，地上散落着几包饼干。

黄仔急切地来回摆手，说："不是我啊，是她自己脱……"

"你狗屁！"老乌前踏一步，怒骂，止住黄仔的话。周围聚集的人越来越多，老乌呼了口气，鼓了鼓眼睛，挥着手说："走走走！拿起东西走！"

黄仔如蒙大赦，抓起地上的饼干就往病房跑。一直不说话的娥姐，忽然跳起来，两臂挥出，死死攥住黄仔的上衣下摆。因为动作太大，娥姐上半身几乎都露出来了，但她丝毫不在意，"义正词严"地向着老乌大喊："乌司令（大伙对老乌的戏称），我俩说好的，看了就要给。你让他拿起就走，没这个道理！"

老乌眼眉一挑，表情缓缓转淡，又往四周看了看，似笑非笑地说："好，脸都不要了，是吧？"老乌盯着二人，但娥姐、黄仔都无动于衷，保持着姿势，一拉一扯，看起来在暗暗较着劲。老乌的胸腔缓缓鼓起，猛然间，大吼一声："滚！"声若惊雷，炸得整个院子的人都看过来。

老乌甚少发火，病人们吓得鸦雀无声。娥姐见状，悻悻地收了手，赶紧把衣服拉正。黄仔手里的饼干也被吓得散落一地，不敢弯腰去捡。老乌扫了一眼，没说什么，扭头往办公室走去。我跑过去捡起地上的饼干，想了想，放到娥姐手里。然后转身跟着老乌回办公室。

老乌把事上报了主任，主任上报了医院，医院通知病房，将娥姐、黄仔与其他住院病人分开，也不准下到大院自由活动。"事儿不大，影响太大，暂时先这样吧。"主任在科室会议上这样说。

毕竟这里住的都是精神疾病患者，没有谁敢保证，这种行为不会刺激到其他病人，暂时把两人单独护理，是个比较稳妥的处理办法。对此，娥姐反应十分剧烈，她先是质问医生："凭什么不给我'下大院'？"医生不太好回答，只能劝她耐心点。而后她又对自己被单独"隔离"表示不满，要求供应好一点的"补贴餐"，这自然是被拒绝。

娥姐开始不吃药了，好几次被巡房的护士发现把药扔在窗户根。还把衣服脱了，双臂向后展开，在病房里跳来跳去。护士问她："娥姐，你干吗呀？"她跟着学："娥姐，你干吗呀？"护士又问："娥姐，别闹啦！"她又学："娥姐，别闹啦！"

过了好几天，娥姐的病情似乎越发严重了，异常行为难以控制，且不分白天黑夜。病房里无论排什么班，都要预留一两个人，专门盯着娥姐的一举一动。因为没有家属，很多需要家属签知情同意书的治疗项目，医生也不敢给娥姐上。

女病房的主任实在没有办法，跟院里报告。院里研究后，决定把娥姐转到福利医院。

福利医院条件没有我们这里好，但收治的大多是像娥姐这样夹杂着各种家庭问题的患者，经验丰富。其实这个想法以前也有人提过，但考虑到娥姐可怜的处境，也不惹事，就没把她送去。

"这次应该不行，"过了几天，院长特地来了趟女病房，"起码先去把病情控制住，之后的事再说。"

过了几日，我把娥姐的病历提前整理出来，送到女病房，恰好遇到女病房的护士长。

她止住我递过去的手，笑着说："留着留着，先用不上了。你猜怎么了？"不待我回应，护士长便迫不及待地答道，"她家里人，找到了！"

护士长说，福利医院接人当天，娥姐一路从病房抵抗到门口，一直大喊大叫，赖在地上，双腿绷直，奋力抵抗着抓住她双臂的两个男护士，就是不愿上车。

"我们都看不下去了，"护士长摆着手，"后来你猜怎么了？"原来，娥姐为了不转去福利医院，把自己家地址说出来了。"也不傻嘛，"护士长摇着头，"已经让人到她家里了，等着吧。"

困扰数年的事，就这样荒诞地解开了。娥姐为什么不愿意去福利医院？谁也不知道，但现在谁还在乎这件事呢？大家只知道，娥姐仓皇中说出的地址不太准确，只能分辨出是在我们市下属某个镇上的一条街。还好街道不大，加上派出所的配合，娥姐的家很快就找到了。

负责找人的是医务科的典主任。再去送病历时，我正遇到他与女病房鲁主任说起这事。

"一开始说找错人了，装得有模有样。我没讲几句对方就翻脸，还拿起扫把要打人。"典主任摆着手，唾沫横飞，"还是警察同志有经验，拿着照片，去左邻右舍敲门问，这就没话说了吧？"典主任说得兴起，又正气凛然地继续说道："我跟他们说，走，现在跟我去派出所解决，什么资料都是全的，还打人？"

鲁主任与我恰时地向他大幅度地点头，满脸严肃。典主任随即又稍显哀伤："但她家那个情况，唉……连老带小七八口人，挤在一起住。院长心善，说先请过来医院，谈谈再看吧。"

鲁主任与我，又同时缓缓点起头来。

以往这种谈话，大多是请一两个能做主的家属到医务部办公室谈。但院里考虑到时间久远，还有娥姐及其家人实际情况，把谈话地点安排在了康复科的家属接待室，还叫上包括我在内的两个心理治疗师。院长特意叮嘱我们说："就算谈不出个结果，也要协助稳定好家属的情绪，别搞得剑拔弩张。"

娥姐家里能来的几乎都来了，但进到房间里跟我们谈的只有三个人，分别是娥姐的大哥、弟弟，还有母亲。大哥的媳妇及三个半大的孩子和一个亲戚在外面等候。

大哥头有些秃，穿着朴素，四肢颇为壮硕。弟弟很瘦弱，头一直不住地向四周歪晃，脸上的表情似乎有些不受控制，走路的步伐看起来也不协调（笔者注：小儿麻痹症）。母亲头发半白，身形已经有些萎缩，干干瘦瘦，沉默寡言。大哥、弟弟坐在接待室的条凳上，母亲被挤在中间。

其实医院就一个意见，无论娥姐是继续住院还是接回去，前面欠下的钱，是一定要结清的——典主任说完这些，欠了欠身子，又补充了一句："当然，考虑到咱家实际的情况，只要符合政策，能帮她争取的补贴，都会配合你们争取，这个放心。"

"补贴？"大哥抬起头，慢慢问道，"还能有补贴？能给多少钱？"弟弟急忙伸过头插嘴，吐字有些含糊："去……哪里领？我能……去吗？"母亲在一边，双手交握，沉默不语。

典主任直起身子，与我们几个偷摸着互相换了一下眼神。

"跟您解释一下啊，"我也不管是不是会错了意，擅自接了句嘴，"现在不确定能不能要到补贴，也不知道有多少，这个还需要你们家属配合。而且，就算要到补贴，肯定是先补上她之前的住院费用。"

大哥皱眉，眼神飘忽。过了一会儿，他带着质问的语气问我："你就告诉我，是不是要我们掏钱？"

典主任马上接话："这话说得……不过，要谢谢你们理解，家属只要配合，这个工作就很好做。"

大哥迅速地扫了所有人一眼，又开双臂，扬着调子："哪来的钱哪，我家吃饭都有问题，没钱！"说完，兄弟两个一左一右，背对着往旁边微微扭过身子，把自己的老娘晾在中间，一言不发。我们几个工作人员又互相探寻着眼神，不约而同地活动了一下久坐的屁股，没人答话。

"我……"娥姐母亲忽然小声地说，"我能不能进去看看她……"说完，又小心翼翼地看了看左右两边。典主任看了我一眼，微微挥了挥手。

"我带您去。"我站起来。娥姐母亲惊喜地抬起头，想站起来，又看了看左右两边，身子半躬着。大哥皱起眉头，眼神有些狠厉。我快步走上前，挽起她，说："阿姨，走吧。"她这才跟着起身走出去。刚走出门口，身后传来大哥的声音，颇不耐烦："快点啊！"

娥姐母亲的眼睛霎时就红了。

❹

　　我俩一前一后，跟着护士穿过女病房的大厅。娥姐就住在女病房的最深处，门是一道镂空的铁栅栏门，可以清楚地看到里面的情况。

　　娥姐没有穿裤子，身上笼着一件破烂短袖，在房间垂着手四处晃。护士向阿姨解释说："她不让我近身，短袖还是叫三个护士一起按住才穿上的。"娥姐似乎丧失了对外界的感知力，眼神随着身子，毫无目的地四处飘忽。

　　娥姐母亲的情绪看起来很稳定，没有我预想的激动。她攀在铁门上，踮起脚尖往里探，张口喊道："阿……"但只出了一声，眼泪顷刻间奔涌而出。她死死地捂住嘴巴，肩头猛烈耸动，没有发出半点声音。过了一会儿，她又看了我一眼，摇摇头，转身疾步奔向出口。我匆忙向护士道声谢，跟了上去。

　　出了门口，娥姐母亲才敢哭出声来。她倚靠墙壁慢慢蹲下去，压着嗓子，声音时断时续，偶尔憋不住几句哭号。我没有劝慰，过了几分钟，她扶着墙撑起身子，抹抹脸，胡乱擦在衣角上，对我歉意地笑笑，说："谢谢你啊，我们走吧。"

　　娥姐的房间朝外有一道窗户，从外望去，有时候能瞥见一瞬她的身影。我带着娥姐母亲原路返回，路过这里时，她停了下来，后退几步，仰头探着手。娥姐的身影若是闪过，娥姐母亲便奋力摇起臂膀，眼睛又再次红起来，我见其刚平复的情绪又有些被勾起，娥姐也没有回应，便上前轻轻按住她的臂膀，说："阿姨，走吧，她还没恢复。"

"妈!"我们没走出多远，后面忽然传来娥姐的声音。娥姐母亲迅速甩开我的手，跑回原处。

娥姐就在窗口，把手死命地伸出窗外，眼神恢复了清明。娥姐母亲攀着墙，努力地把自己的手往上递，想跟娥姐碰在一起，又对着娥姐大声喊："好好的啊——要听他们的话——别闹！"

"妈!"娥姐忽然又凄厉地喊了一声。她双手攥住铁窗上的栏杆，眼睛大大地瞪着。娥姐母亲顿了顿身子，像根钉子一样，定定地看着娥姐的脸。一会儿，她缓缓转过身来，抿抿抖动的嘴唇，再次对我歉意地说："不好意思医生，快点走吧，我怕她大哥会发脾气。"

她快步走在我前面，我跟在后面，身后传来急躁的"哐哐"声，稀释在老榕树树叶随风而动的沙沙声里。那是娥姐在猛烈地摇动窗户。

一路上，娥姐母亲跟我都没有说话。回到康复科，娥姐的大哥跟弟弟已经站在门口了。大哥使劲把手上的烟踩在地上，焦躁地对着他母亲抱怨道："怎么搞这么久？走了，我明天还要做事。"典主任朝着我无奈地摊摊手，看样子是没谈出结果。

一家人没走出多远，娥姐母亲忽然拉住大儿子的手，极力地在说什么，距离有些远，我没有听清。大哥烦躁地扭过身子，指指我们这里，又指指病房。我正想着要不要走过去，典主任已经上前去了，也许是看我们走近，大哥的动作和声音都收敛了许多，我只听见他的母亲在用哀求的语气不断地说："把她领回去好不好，把她领回去好不好……"

"好！"大哥眼睛鼓起来，恼羞成怒，大声地说，"现在回去收拾东西，都来这里住，都来当神经病！"母亲愣住，面容缓缓转向悲哀，慢慢蹲下，声音由微微的抽泣，渐渐转为彻底不掩饰的哭号。我忍不住，有些气愤，对这个大哥说："一个是你亲妹妹，一个是你亲妈……"

"你知道什么？你知道个什么，啊？"大哥忽然迫近我，典主任急忙将他拦住，他指指站在一边患小儿麻痹症的弟弟，又指指病房，隔着人对我怒吼着，"一个是这个鬼样，一个是那个鬼样，老子扛这么多年，你叫老子怎么办，你说怎么办？啊！"说着说着，这个之前看起来还冷冰冰的汉子，也渐渐蹲了下去，捂着脸哭出声来。

典主任扭头无奈地看了看我，又对着他们说："咱家肯定是有困难，有困难你们可以提出来，大伙一起想个办法。就这样拖着，也不是个事啊。"他把大哥扶起来，我也手疾眼快地去扶起娥姐母亲。

没想到大哥猛烈地挣脱典主任的手，朝大门快步走去，大声哭号："扛不住了啊，扛不住了！"典主任赶紧追了过去，匆忙中回头向我指了指娥姐母亲。我知道他的意思，使劲点点头。他放心地追过去，我们余下的几个人，把娥姐母亲和其他家属又请回了接待室。

娥姐母亲一直在哭，声音像过山车一般，一会儿低低抽泣，一会儿捶胸顿足，嘴里不断反复着："苦啊……没办法啊……"娥姐弟弟和其他的家属也开始哭出声来，我和另一位治疗师简单商量了几句：由他稳定好其他人的情绪，我则把娥姐母亲单独请到另外一间房安抚，而且关于娥姐的事，也必须跟她交代清楚。

娥姐母亲终于慢慢收起了情绪，神态恢复到初来时的小心谨慎。思考一会儿，我开口说："嗯……阿姨，您女儿的情况您也看到了，暂时不能出院，要继续治疗。"她点了点头。我又停顿了一会儿，思忖着要不要说费用的事，但很快就把这个想法打消了。"遗弃精神病人是违法的，不管怎么说，要是有纠纷，是要负责的，您儿子……"我停了下来，没有接着说下面的话。

听到这个，她的手猛烈地颤抖起来，眼神闪烁。忽然，她猛地跪在地上，双手使劲地攀在我的手臂上，嘴里一直哀求："不是他，不是他呀！"我一时也被吓到了。

我赶忙把娥姐母亲拉起来，才知道，这并不是一个简单的遗弃事件。四十年前，娥姐的父亲还在矿上做事，被开山的炸药溅起的碎石射中了大腿，落了残疾。"去矿里找饭吃的，哪个不是穷人，"娥姐母亲说，"残了，家里跑的跑，散的散。"

"您的意思是，当时家里……"

"是，他老婆扔下平仔（大哥）又嫁了，"阿姨很平静，"我是后来跟他的，平仔不是我亲生的。"娥姐母亲不是本地人，据她自己描述，她是20世纪60年代举家从安徽迁来这里的。嫁给娥姐父亲后，生下了娥姐跟小儿子（弟弟）。娥姐十三四岁确诊精神分裂症，小儿子确诊小儿麻痹症，男人撒手人寰，这几乎是在一年里同时发生的。讲到这里，娥姐母亲不断抠着自己的指甲。我赶紧转移了话题："您大儿子挺能干的，我看刚才他说的，这么些年一直都是他扛着。"

"他……他也难哪……"阿姨掩面而叹，不住地摇着头。我想努力再找个话题，却也不知该怎么开口了。很快门开了，典主任和大哥走进来，大哥坐在母亲身边，头微微扭到一边，身子却紧紧靠着。典主任跟着说："大致我们也了解了，这个情况，按照程序是要点时间。我还是那句话，能争取的，我们单位都帮忙，你该做的，你也不要逃避，行吧？"

大哥点点头，与我们说了几句客套话，带着一家人走了。

❺

送一家人上了公交车后，典主任拉着我在院门口的老榕树下抽烟，我问他怎么回事。"钱呗！人心哪……"典主任愤愤地说了一句。

娥姐的父亲去世之前在老家有一块宅基地，是跟几个兄弟共有的。他本身有残疾，没名没分的第二个老婆还连着生了两个"傻子"，在家里一直很受欺负。大概是2006年，道路改建，正好要过这块宅基地，有一大笔拆迁费。本来是件好事，就算按人头分，娥姐一家也能拿到不少。但娥姐母亲不是本地人，也一直没解决本地户口，娥姐跟小儿子也没有上户口，另外几房的几个弟兄便以此为由，说他们"没资格分本家的钱"，还限期让他们在拆迁之前"自觉迁出去"。

"亲兄弟，是有什么仇，这不是把人往死里逼吗？"说到这里，典主任猛地踩灭刚点着的烟。

娥姐的大哥当时已经是自己这一房的顶梁柱，但也抵不住几个叔伯同时施压。"还好这个做后妈的，对这个不是亲生的大儿子不错，爹做不来事，都是这个妈撑着。这大儿子也知道感恩，又是个硬骨头，这才带着一家人搬出去了。"很快，娥姐一家就搬到了镇上，蜗居在一起，跟老家断了往来。

"那他既然这么有骨气，后来赶走娥姐是为什么？还留着个得小儿麻痹症的弟弟？"这里我很疑惑。典主任摇了摇头："这怪不了他，是他妈要这样做的。"

娥姐一发病就往外面冲，毁物打人，当妈的整天不敢离身，因为全家的生计都落在在水泥厂打工的大哥身上，她不敢再让娥姐给家里添麻烦。

因为家庭情况，大哥一直没有成家。大概是2009年，母亲寻到一户人家，家里有一个"老姑娘"，她就想给大儿子说和一下。娥姐家的情况，街邻几乎都知道，那户人家想都没想就拒绝了，还说："让我女儿嫁到你家，那不是帮你照顾那两个'傻玩意儿'？"

也就是从这个时候开始，娥姐的母亲有了想法——要想办法把这两个孩子"弄出去"。

"我猜啊，这个想法，其实他们几个都有，没提出来。但是有句话怎么说：形势比人强。再坚强的人，熬着又死不了，只能想办法。正的歪的，都是办法。"典主任这么说。

在此之前，大哥跟典主任说了这段话："我妈跟我说这个话时，我装得很震惊，但其实我早就想过了。"

"然后他们就想出这个主意，把娥姐和小儿子扔到医院？"我很震惊，看向典主任。典主任笑了笑，叹了口气："唉，贫苦人家百事哀。"

送娥姐走之前，母亲百般不舍，但实际情况摆在面前，于是，他们趁娥姐"还正常的时候"，跟她开诚布公地谈话，希望她能理解。娥姐哭着答应了：她愿意去医院待着，坦然地当个"神经病"，不给家里添麻烦。

"哦！难怪，上次她说什么'回不得，回不得'，原来是因为这个。"我恍然大悟。

"啊？"典主任疑惑地看着我。我立刻摆手，说："没什么，之前我跟娥姐聊过几次，有些东西记起来了。"

我接着问："那个小儿子呢？"

典主任笑了起来："那不就是说人家医院比咱们医院精啰。小儿子患小儿麻痹症，穿衣吃饭都要人伺候，人家要求家属陪护，没人陪护就不收，所以……"

我也跟着他笑着，无奈地摇了摇头。娥姐的"消失"，的确也"成全"了大哥的姻缘。

"遗弃是真的，欠钱也是真的，该怎么处理就怎么处理。不过，出于道义，能帮就帮一点吧。"典主任最后说。

天色已经很晚了，老榕树的影子跟黑夜融成了一体，分不清轮廓。

再往后，娥姐一家的情况，院长专门嘱咐医务部整理材料，报给了当地的扶贫办。按照政策，娥姐一家，可以落在原来村的集体户上。当初拆迁的事，村里的干部也上门跟老家几个兄弟谈了，至于结果怎么样，不得而知，至少是一个希望吧。

娥姐的住院费用有专门的拨款，虽然不能完全覆盖之前欠下的，但她的大哥保证会慢慢还上。这年9月，大哥来交钱的时候，刚好我不在。典主任说，大哥还特意当着他的面，用医院的电话拨通自己的手机，说："这号码肯定是真的，你们放心。"

遗憾的是，娥姐并没有出院。长时间的住院，让她已经不能再适应外面的生活，她可能要住一辈子。不过，那以后娥姐也算"有家"的人了，日子好过多了——家人虽然来得不勤，但有了一些补贴后，她偶尔也能吃上点水果、零食，再也不用脱衣服跟别人换东西了。

后记

娥姐的事情之后，我常常想起前辈们的话，说作为心理治疗师，有一个要恪守的原则：不干涉原则。简单来说，治疗师不会跟来访者说，你要怎么怎么做，才能怎么样。而一般会这样说——哦，你这样做了，然后呢？

历经了一些事情，总有人以为，这样做是对的，那样做是错的。然后不厌其烦地跟他人宣讲，怒不可遏地斥责他人的愚笨。以前我也未曾想过，人竟可以不幸至此，但事实就在眼前，人就是在生活的重压之下，摆着各式各样的姿势，努力地活着。

而人生的多种多样，又怎么能数得清呢？

从强迫症到伤人的精神病，她经历了什么

❶

2016年，我刚从学校来到精神专科的心理门诊实习。在一次教学旁听里，我认识了第一次来心理门诊寻求帮助的果子姐，那时她也刚工作不久。

"我就是受不了，一刻都不行！"果子姐五官几乎挤到了一起，"只要有一点乱，我就要发疯。"

果子姐说，自己对床铺的整洁有"发疯一般的要求"。无论是谁——包括她自己——只要"沾染"到一点她的床，她就必须把所有的用品扔到盆里，"一寸一寸"地搓。为此，果子姐经常跟"无端出入自己房间"的家人剧烈争吵。

发展到后来，只要她自己不在家，便会时时刻刻担忧着床铺的"安全"。一旦回到家后，不论是否有人真的碰过她的床，果子姐都要把所有的东西洗一遍。

老师问："家人有没有跟你稍稍提过，这样会影响他们？"

"谁叫他们碰我的床！"果子姐眼神发横，而后又小心翼翼收起嗓门，"我真不想这样……你是医生，求求你给一个办法吧。"果子姐拿左手做刀状，在右手臂上狠狠一砍，眼珠要瞪出眼眶："我都想把自己的手剁了！"

强迫症，是一种较为常见的精神问题，以反复出现的强迫观念、强迫冲动或强迫行为等为主要表现。多数患者认为这些观念和行为不必要或不正常，但无法摆脱，为此深感苦恼。一般来说，在经过了几次谈话后，心理治疗师与来访者建立了比较牢靠的关系，多多少少会挖掘到一些有用的信息，治疗也就有了方向。

但果子姐有些不一样，在与老师的数次谈话里，她只是翻来覆去地描述自己的症状如何痛苦。当老师问她类似关于"缘由"的话题，比如，"你小时候，有没有跟'床'有关的印象深刻的经历？平时跟父母有谈过吗"，果子姐就即刻住了嘴。若是老师连续提问，她便双手捂着肚子，低下头左右摆动，嘴里"呜呜"地哼，仿佛难受至极，不再交谈。

经过四五次交流，仍旧毫无进展，老师最后只好给她建议——要么去尝试一下精神科，做个精神检查；要么找个自己信得过的治疗师，尝试一下催眠。

"催眠？"果子姐抬起头，声调有些扬起，"电视里催眠师都坏得很，什么事都能问出来，不行，绝对不行。"

"那就到住院部看看精神科医生，或许会好点。"

果子姐身子猛地蹿直，调门直上八度："我又不是精神病！看什么精神科！"

果子姐没说错，她的情况确实没必要看精神科。老师本是想"吓唬"一下她，看能否"套出"点对治疗有益的话来，没想到果子姐完全不吃这套。谈话时间到了，老师把果子姐送出门后，压低嗓子说："这回脸算是丢完了，下回换其他人接吧，我处理不了。"

果子姐再也没来过。毕业后，我留在医院成了一名治疗师，定岗后很长一段时间，都没再见过她。只是偶尔听老师提起，说医院里的治疗师她都试了个遍，"没有头绪，只会说自己好难受"。最后，老师"自我总结"道："这样束手无策的也不是没碰到过，习惯就好。"

❷

2018年年底，南方大部分地区还紧紧攥着秋季的尾巴。每到季节变换，入院的人总会增多。某日，住院部的卢医生开了份医嘱，要求康复科派一位治疗师，给她的一位患者做心理干预。

我是治疗师，而患者正是果子姐。

在了解了果子姐现下的基本情况后，我拟了一份计划书——初期稳定情绪，配合缓解病情，再以锻炼某个具体能力为中期目标，以成长为最终目标。卢医生扫了一眼计划书："你先去看看吧，先照这样做着。"

果子姐的床位在病房的靠里一侧，由一道铁闸门与其他的病人隔开，铁杆的缝隙被厚厚的透明亚克力板封住。远远看过去，果子姐并不在床上，而是躺在一侧的地上。

一条暗灰色绒裤、一件嫩黄色外套、一个白色方形小枕头，平铺在地上，摆成了一个人形。她整个人都严丝合缝地贴着衣物的边躺着，悄无声息。我渐渐靠近，稍稍放缓了脚步。她的四肢明显有了些细微的颤抖，腹部起伏的频率渐显杂乱，看起来就像一个演技拙劣的演员，正"兢兢业业"地扮演着一具尸体。

护士耸耸肩膀与我无奈地对视了一下。

"果子姐，睁眼看看，还记得我吗？"我蹲下来，轻轻地问了一声。她毫无反应，眼睑微微地抖动。我把声音放得更柔和："先起来好不好，就跟你说几句话。"

果子姐的眼睑抖得更狠了，口鼻随着用力而翕动，像是要彻底封住自己的五官，两只手掌绷成反弧形，紧紧贴着裤腿。我再欲说话，护士按住了我的肩膀，摇摇头。我明白她的意思，看样子，果子姐是不打算与我交流了。

我无奈地站起身，准备跟护士离开，转身看到果子姐的床铺，的确是赏心悦目般的整齐——蓝白条纹的床单，像是铺在水平的桌面上，花纹绷得笔直。忽然，一个念头闪过脑海——要不要故意把床搞乱，看能不能"激活"她？

这种做法定然是不合时宜，但当时我的想法是：果子姐来住院，目的是治疗。无论如何，先让她跟我有个"确切的"接触，试试能否了解到她现在的大致情况。退一步说，现在她身处医院，护士、医生、治疗师都在，发生情况也能及时处理。

想到这里，我手腕一抖，故意把夹着治疗书的夹板甩到了床边。"啪！"整齐的床单，瞬间压起一个气包，垂出床边的床单微微鼓荡，吹起躺在下面的果子姐几丝头发。那片"刺眼"的凌乱，仿佛是一根撬棍，缓慢而有力地撑开她的眼皮，看看我们，又看看床铺，果子姐脸上的表情似哭似笑，越来越丰富。

"哎呀，你们！"果子姐双掌砸地，瞬间坐起身，"你们搞我的床干吗呀！"

我拦住要上前的护士。方才还如雕像的果子姐，此时却像只蹦来蹦去捡果子的松鼠，麻利地拆下被套枕、床单，双手飞快地将其裹成一团，抱于胸前。

"开门，开门，快打开门，"果子姐跑到隔离门旁，"咚咚咚"地拿手肘戳门板，向着护士嘶喊，"我要拿洗衣粉！"

"你有病吗？！"护士气呼呼地瞪着我，一把推开我，赶忙走上前去环住果子姐，低头与她微语，试图安抚。我局促在原地，不知该如何自处，强撑着红脸，想找个空隙插几句嘴解释，但果子姐一直在护士的怀里，左右不安地扭动、闪躲。我不断质问自己，是不是做了件蠢事。

看着果子姐的情绪慢慢稳定了下来，我心里才安稳了一些，赶紧捡起夹板，从病区另一侧的小门逃了出去。

一连几日，我都不敢到病房去，但果子姐的治疗计划摆在那里，不去也不行。第五天，我揣着新打印的计划书，又去找卢医生。见到我，她抓了抓头发苦笑了一声。

"计划书里没这一出吧？"她半靠走廊，右手打着响指，向我发问，"怎么，上来就给她搞系统脱敏？"（编者注：当患者面前出现焦虑和恐惧刺激的同时，施加与焦虑和恐惧相对立的刺激，从而使患者逐渐消除焦虑与恐惧，不再对有害的刺激发生敏感而产生病理性反应。）

我挠着额头，尴尬地咧着嘴巴笑。她完全识破了我当时的小聪明，表情严肃："以后不要这么干了，我的意见很明白，只需要治疗师协助缓解她的情绪。"

我低头搓着手指没答话。

"唉……"卢医生叹了口气，靠近我，"你到底怎么想的？"

"我认识她，之前她只是强迫症，不知道为什么现在成这样了，我想试试，能不能……"

"能不能什么？"卢医生打断了我，"做你该做的事，懂吗？她没有家属吗？由着你胡来？！记住，治疗治疗，先治，后疗愈。我知道你没坏心，但现在最主要的是先把病情稳住。要帮她也要等到后面有了妥善的办法。个个治疗师都像你这样，那不是在帮倒忙吗？"

我头如捣蒜，嘴巴里不停地"嗯嗯"，卢医生的表情这才缓和了下来，压低嗓子："你自己不想想，她为什么会被单独隔离住在一楼？"我反应过来，一般被安排在底楼的病人，大多有过伤人、自伤的行为或者倾向，其中少部分还牵扯到违法问题。

"她是急性精神障碍，发病的时候捅了她爸一刀，是警察押过来的。"卢医生嗓子暗暗用力，"你就不怕把她激起来，你自己出点什么事？划得来？"

看我一脸惊恐，卢医生拍了拍我的肩膀，转身进了办公室。

我明白，不论果子姐之前是什么病，现下就是一个因为伤人被关在精神科隔离病区的精神病患者，我的首要责任是协助医生，稳定她在治疗期间的情绪，杜绝各种不良情况发生。只是，那个问题在我脑子里四处冲撞："她怎么就成了这样？"

之前只是一个"忍受不了床铺杂乱"的强迫症患者，为什么会发展成为一个伤人的精神病患者？这其中的缘由，会不会才是能帮到她的关键？

❸

第二天再进病房，果子姐不再扮"尸体"了，她靠着墙坐在小枕头上，望着透开一条缝的窗外。我谨遵卢医生的话，没有再试图"深挖"有关果子姐"变化的缘由"。往后几日，我都拿着瑜伽垫，每天带她做做肢体放松运动。偶尔我也和她聊些八卦闲话，对此，果子姐并不抵触，反而异常健谈。

"你吃过庐山的茶饼吗？很好吃！广东纸包鸡，知道吗？肉食才是茶点的灵魂……"果子姐说自己曾做过导游，国内"无处不至"，各地小吃、风俗都能说出个一二来。我没去过她说的"此生必去"的地方，只是耐心地配合着她。"嘿哟，真的？""嚯！有机会要去试试才行！"

某次闲聊，果子姐非常高兴，一直在主动找话题。我暗自评估着，按照她这样的表现，应该算是达到临床上"情绪稳定，对答切题"的标准了。我笑着跟她说："看你这么开心，我也开心，等出院了跟爸妈多出去走走看看，都会好的。"

果子姐的笑声忽然止住，咧开的嘴巴慢慢合上，上下牙渐渐咬紧，脸颊的槟榔角鼓出三道棱。隔离门外一直在传出其他患者的声音，映衬着我俩的沉默，这让果子姐突然而至的情绪转换更显得"可怕"。我暗暗憋了一口气，不敢呼出声——我可能说错话了。

我快速整理好情绪："我们聊聊别的……"

果子姐猛烈地对我挥了两下手，如同驱赶恼人的牛虻一般。然后又把外套脱下来，平铺在地上，闭着眼睛躺上去，边发出费力而恼怒的喘气声，边拿手扯着四处的边角，似乎是想让衣物和身子更贴合一些。我不禁想起第一次在病房里见她的样子，也是这般，只是这次她明显带着对我的怒气。

我手足无措，不明白如何触怒了她，只好又默默"逃"出去。

卢医生说，从临床上看，果子姐回家后只要按部就班地服药，定时复查，也不是不能过"正常人生活"。但果子姐坚决不愿意出院，更拒绝家属的探访。

"跟仇人似的，面都不愿意见。她家里也不表态，说就让她在这里住着，什么时候愿意回去什么时候再说。"卢医生也很无奈。果子姐已经住了快一个月，按规定是要清一次住院费。考虑到果子姐情况已经稳定，卢医生便请了她家人过来，商量一下到底是要继续住院，还是出院。

她的父母、妹妹都来了。之前在电话里谈，果子姐父母对接女儿回家这件事一直持不置可否的态度，卢医生把我叫到办公室，希望我能协助向她父母劝说，接果子姐回家。她叮嘱我："你就劝，该出院就出院吧，这么年轻的姑娘，不能像那些没人管的老病人一样……"

接待室里，果子姐的父亲愁苦地捂着右臂坐在接待室的条凳上，见到我进门，很拘谨地向我点了一下头。他的右臂包着纱布，外层渗透出褐色药液，面积颇大。母亲和妹妹坐在远离父亲的另一个条凳上，眼睛各自看不同的方向，身子紧紧挨在一起。

我简单解释了下果子姐的情况，随即建议家属先把人领出院，有问题再说。

父亲头微微向一侧低着，没有搭话。母亲欠了欠身子，略微哀苦地看向我："她没有……过得好吧，没有……"

"没有什么没有啊！"父亲忽然吼了一声，吓了我一跳。他如孩子受了委屈一般，把受伤的手臂伸到果子姐母亲面前："我这膀子明明挨了一刀，是假的？"母亲闭上嘴，侧身抱着妹妹。父亲又转向我，语气更为委屈："你来评评理，做女儿的，拿刀要杀她爸，我哪里还敢让她回去？这个家还要不要了？"

"你乱说！"妹妹忽然从母亲怀里挣脱，跃起身子，指着父亲，"姐姐怎么敢杀人，她明明是怕你，你总对她……"

"滚蛋！"父亲上半身前扑，像只猛虎，瞪着妹妹，继而又把头转向我，哭丧着说，"白眼狼啊！我是她爸，她是我姑娘，我能怎么她！"

看着这位中年人满脸都是"如此这般"的神态，我有些手足无措，只好把目光投向妹妹，她使劲抿住嘴巴，泪聚成细流落在母亲的肩上。母亲紧紧抱着她，泪珠缓缓地从眼眶里浸出来。屋子里如同水将烧开前那几秒，让人心焦。忽然，父亲站起身，语气变得蛮横："不出院，就这样。她不愿意出，我也不愿意她回。钱我有的是，不差你们。"

说罢，丢下哀哭的母女二人，头也不回地踏出了接待室。

这场争吵透出的信息太多了，我不知该如何消化，稍微冷静下，只能搜肠刮肚地想了一些"套话"，对果子姐的母亲说："您老公现在情绪不太稳定，我们先避免冲突。要是您也同意，那就先暂时让女儿住院？"

"医生，我可不可以跟你单独谈谈？"妹妹忽然开了口，母亲拉着她的手，眉眼深处有些哀求，但她拍了拍母亲的手，继续说，"我一定要跟你谈谈。"

我能察觉到果子姐的妹妹要跟我说的事，并不在我的职责范围内，而且现下我没有染指这件事情"真相"的权利。在我犹疑时，卢医生进门，我与她眼神相对，征询她的意见，她竟微微点了点头。于是，我把妹妹请到了另一间接待室，而卢医生则留在这里，陪着果子姐的母亲。

❹

在妹妹的描述里，这个所谓的"爸爸"除了知道赚钱，其他方面"猪狗不如"："他经常不回家，说家里阴气重，影响他发财。一点小事就发恼，打人，打妈妈，打姐姐，打我。他不就是嫌我妈生不了儿子？"

为了避免这场谈话变成对她父亲的"驳斥会"，我决定稍微引导一下谈话主题："你姐姐现在的诊断是精神障碍。为了帮助她恢复，你可以跟我说说她以前和现在的区别，比如，人际关系、情绪控制，跟以前是不是不太一样，是什么让她发生了变化……"

"就是他！"妹妹眼神冒火，"他就是一个不要脸的强奸犯！"

听到"强奸犯"这三个字从她嘴里迸出来，我像是被砖头拍了一下后脑勺。我沉默了一会儿，试图先把谈话拉到一个相对平和的氛围中来："这种话不能随便说，是你亲眼看到，还是姐姐告诉你的？"

涉及这种事情，现下就不仅仅是果子姐单纯的治疗问题了，一旦妹妹有切实的"说辞"，我就不能再与其继续聊下去——因为这已经涉及法律问题，我无权处理，必须上报。

但妹妹似乎夹带着思索的神情，躲避我的眼神，没有回答。

我紧跟着她的"无措"："也许你没亲眼看过，也没听姐姐说过，只是单纯对父亲的所作所为太恨了，所以……"

"不是，不是，"妹妹重新看向我，"我是没亲眼看到过，但姐姐亲口告诉过我。"

妹妹眼里的果子姐曾天不怕地不怕，个性极为开朗，"捉青蛙、捉螃蟹，没有她不会的"。但初二那个暑假，本该趁着夏日热情放飞自我的果子姐，却一反常态，成天待在自己的房间里。

"我们从小住在一个房间。以前放假，我醒来她早就不见了。那个暑假，她就抱着一团毯子，要么坐着，要么躺着。妈妈要洗也不给，也不让我碰。"

某天，趁果子姐洗澡时，妹妹去抖动那团毯子，发现里面是姐姐的内衣裤。洗澡回来的果子姐，看到这一幕，愤怒地扑向妹妹，想把东西抢回来。而当时的妹妹，以为姐姐只是小姑娘被戳破"秘密"的愤怒，所以得意地扬起下巴："我要告诉爸爸妈妈哟，姐姐你不讲卫生，羞死人！"

"我没想到，她一下子就哭出来了，要是以前，她早就扑上来了。"妹妹的愤怒里，渗透出一点悲哀，"她告诉我，如果我说出去，她就会被爸爸打死。"

果子姐这时告诉妹妹，她发现爸爸在偷拿她的内衣裤自慰，而且不止一次了。

我刻意大声地清了一下嗓子，因为这个时候，我必须说话："你们有没有跟妈妈说过这件事？"

妹妹叹了口气，低下头："要是她能早点制止，哪会这样？"的确，从一开始在接待室，再到现在，妹妹仿佛对母亲的感情很复杂。我没有继续追问。

果子姐告诉妹妹，父亲自从没再得到她的内衣裤后，也没有更进一步的行为。但一颗恐惧的种子，在果子姐心里埋下了——父亲在她的眼里，成了"臭不可闻的毒虫"。

"有时候爸爸会在亲戚面前夸她，说她懂事、成绩好，但她听到就马上跑开，"妹妹又说道，"我现在才意识到，她心里是多么痛苦挣扎，不知道该怎么说。"

我跟妹妹的谈话该结束了。她的了解只限于自己对姐姐、父亲的认识，但事实的主人公并不是她。况且，一个十几岁的女孩子，一直跟一个"外人"倾诉自己家庭的悲惨事，对她来说太残忍。我特意抬手看看手表，对她说："时间太晚了，我也大概知道你的意思，你放心，我会尽力去帮助你姐姐康复。先跟妈妈回去吧。"妹妹脸上划过一丝失望的神情，但还是谢了我一声，起身出门。

事后，我将谈话的内容告诉卢医生。"难怪啊，"卢医生若有所思，"她妈只说自己蠢，害了自己姑娘。"

这次，我不敢像之前一样"恣意妄为"，老老实实向卢医生询问："那后面，是接着按部就班治疗，还是……"

"该怎么做就怎么做吧，就是真有这回事，你能管吗，我能管吗，医院能管吗？我们的责任，是保证患者病情的稳定和康复。"

❺

我想了下，果子姐的情况目前比较稳定，但如若直接上去摊出她妹妹向我说的所谓的"还不确定的事实"，极有可能再激起她的病情。要不要去问，该怎么问？

卢医生给我解释，精神病患者伤人是件常见的事，但果子姐又有些特殊，她伤的是自己的监护人，而凑巧，她与监护人——父亲之间，可能有一段难以启齿的"事实"。如若这段事实一直隐瞒着，现下果子姐的处境就不容乐观，她的治疗与否、住院与否全部取决于监护人。

卢医生让我尽量去把事情问清楚，好让果子姐"不那么被动"。至于卢医生怎么利用这个事实去争取主动权，她没有说。而如何顺利地跟果子姐沟通这件事情，我必须想一个切入点——找一个她既熟悉又不至于反感，还能顺利地引出我想了解的内幕的话题。想来想去，我决定从果子姐强迫症的"源头"——床入手。

天气已冷了，一天，阳光微微透出云层，我又去找果子姐。她还是不愿意睡床，而是坐在一个塑料凳子上，紧贴着窗户边透进来的一片窄窄的光影。和往常一样，我带着她边拉伸身体，边耐心听她说着各种真真假假的地方志。

运动了十分钟，她已经微微出了点汗。我估摸着她的心情，假装欣赏着她的床铺："啧，果子姐，你这床铺真是绝了！为什么会这么整齐？"

果子姐鼻孔微张，哼笑一声，有些得意。我又趁热打铁："你得教教我，我妈总说我的床像猪窝。"

果子姐笑得花枝乱颤，走到床前，双手果断地把它掀乱，对我说："看好哟，我就教一次啊。"

她很仔细地把床单、被子、枕头分成三个区域，一一规整，再拼凑到一起，而后她半蹲在床的侧边，眯着一只眼睛，左右审视，观察床角、被子、枕头是否对齐。最后，再从床头到床尾巡视一遍，像刮奶油一般，把每一个褶皱都抚平。这套动作下来，半小时过去了。

这期间，我一直跟着她左右腾挪，不住地点头，等好不容易摆好了，我立即拊掌赞叹："学到了，学到了，果子姐真厉害啊！"

果子姐叉着腰，牙龈都笑出来了，我见时机已到，略带羡慕地说："这么整齐的床，睡起来都开心，是不？"

果子姐咧开的嘴角明显有些颤抖，停顿一会儿，我又问道："果子姐，这么整齐的床，为什么不睡啊？"果子姐的笑容完全消失了，双手有些无措，但没有出现大的情绪波动。我暗自狠了狠心，凑近一步："你为什么不碰自己的床？你到底在怕什么？"

"我不知道，我不知道……"果子姐摇着头，想哭但又忍住了，回身坐到塑料小凳上。

我意识到自己的提问太过心急，她一时间接受不了，于是蹲下来，凑近她："果子姐，你说……床，咱们一般拿来干什么呀？"

她扶着膝盖，有些局促。我又重复了一遍问题。

她声音如蚊："睡觉……"

"对，还有呢？再想想。"

她抬起头，疑惑地盯着我。我提示着："比如，夫妻呀，男女朋友呀，在床上……"我忽然闭住了嘴。虽然我此时有一个职业身份，但谈到这种事，还是略有些尴尬。

果子姐也低下了头。我又狠了狠心，清晰地问她："你有男朋友吗？"她微微点了点头。我立刻提高了语速："那你跟男朋友在床上的时候，你会惧怕床吗？"

她盯着我的眼睛，不一会儿又低下头去，眼皮飞快地眨动。

"你根本就不是害怕床，"我一字一句地说，"你是怕在床上的一段经历，一段可怕的经历，你其实一直记得。"

果子姐捏紧了拳头。其实我心里也很紧张，怕她的情绪波动，我甚至已经假装在调整姿势，实则偷偷把手放在身前——以防意外。但事已至此，我只能添了最后一把火："我们和你妹妹单独谈过了。"

说完，我紧张地静等着果子姐的反应，但她并非如我预想的那样"火山爆发"，而是缓慢地放开捏紧的拳头，抚上自己的脸庞，掩盖住嘴巴，发出像是虚弱的鸟儿鸣啼一般的"呜呜"声，由小变大，最终融成了一片惊涛裂岸般的悲鸣。

我没有打断她。她需要这场"正常"的悲伤，如同在装满水的高压锅底，钻了一个规整的孔，要让她的情绪顺着"这个孔"，朝着一个方向安全地流出去。

冬日昼短，窗角的窄光已经偷偷走了，等我注意到，屋子里已经暗得快看不清全貌。我走到门边打开灯，屋子里又明亮了起来。明亮的白炽灯管，晃到了果子姐的眼睛，她双臂往后撑着墙壁，扭着立起身子，走到床边，毫不犹豫地一屁股坐下去。

我在思忖着今天是否该结束谈话，果子姐却先向我提问了："我妹妹都跟你说了什么？"

我拿起塑料小凳子，坐下来，慢慢把妹妹讲过的话说给她听。自始至终，果子姐都面色平静，如同听着旁人的故事。

"其实……"果子姐打断了我，"他没强奸我。准确地说，是没有成功地强奸我。"

❻

那个暑假，果子姐发现父亲的"龌龊事"后，第一时间就告诉了妈妈。"但我不知道妈妈是怎么'警告'爸爸的，反正我和她都挨了打。"

果子姐父亲早年从设计院出来单干，赚了不少钱，其长久以来的"暴怒形象"，还有他经济支柱的身份，让他将这件在他看来"莫须有"的事，硬生生在家里按了下去。

"他还跑到我房间里来，哭得涕泗横流，说自己是因为太爱我这个女儿，求我不要误解他的爱。"果子姐摇着头，耻笑的表情异常明显。

此事后，父亲确实"收敛"很多。但恐惧已在果子姐心里生根发芽，她开始刻意地在一切场合躲避与父亲的接触——肢体、语言甚至眼神，她都将其视为"不能碰的毒疮"。父亲可能意识到自己"不可弥补"的错误，开始用各种方式关心果子姐，辅导功课或者是"大把大把"给她零用钱。

"毕竟……唉！"果子姐停了下来，但又没把话说完。

我尽量适当地插了句嘴："其实，他也用力在弥补，毕竟，你们还是亲父女，会不会其实是你误解了什么？"

果子姐一脸诧异，看向我："误解？误解？！"而后，她森严地盯着前方，"狗改不了吃屎！"

某个周末，父亲忽然说要带大家去动物园，提前一天把票买了。果子姐当时毕竟是个孩子，玩乐的兴奋立刻冲淡了她对父亲的恐惧。父亲把票给果子姐的时候，妹妹正在洗澡，等妹妹回来，果子姐立即直起腰，扬起两张印着狮子老虎图片的门票，炫耀似的向妹妹摇晃。

可妹妹完全没有理会果子姐，低着头爬上床，在紧靠墙壁的一边盖上被子，缩成一团。果子姐以为妹妹故意做一副哭丧脸和她玩，上前去猛地把被子掀开，却发现妹妹泪水涟涟。"不出我所料，"果子姐拳头又捏紧了，"他就是狗！改不了！妹妹他也没放过。"

原来，妹妹在洗澡时，发现父亲也在对她的内衣裤做一样的"龌龊事"。谈到这里，果子姐停了下来。左右手交握成团，发出"咯咯"声。

我冷静下来，想起以往与其他人的谈话经历——不少人在回忆起痛苦的经历时，有故意回避事实的现象，还会试图给它套上一种尽量合乎常规的解释——类似一种"合理化"的心理防御机制。其实作为治疗师本身，并不会将重点放在挖掘来访者具体的"真相"上，而是尽量引导来访者正视这种"真相"。对现在的果子姐而言，强烈的回忆，逐渐升温的情绪，可能对她正视"事实"会造成阻碍。

我又决定停止谈话，因为浮出来的信息太多了，虽然不知道这到底是真事，还是果子姐基于病情的"臆想"，但她越来越激动的样子让我对她的病情很担忧。我故意拍着膝盖，发出"啪啪"声，起来伸了个懒腰，说："有点晚了，要不……"

果子姐歪头，斜着看我："你是不是觉得我要发癫了？"

"没有没有！"我赶紧挥手。

"我冷静得很，既然决定说出来，我就说完。"

我只好又坐下了。

此后，父亲在果子姐的眼里，彻底成了一团恐惧和厌恶的"烂肉"。"无论他在人前多么风光，对我们装作多么爱护，但我知道他就是一团烂肉，家暴、重男轻女、猥亵自己的亲生女儿！"

在这里，我意识到一个问题：果子姐对于父亲的看法，都基于他对自己两个女儿所做的两件"龌龊事"。当然，我不是为这位父亲辩解，但一个很清晰的事实摆在这里——果子姐若有若无地提到过，父亲有时候也尽力地在弥补他的错误，但为什么，作为女儿的果子姐，对父亲的恨是如此彻底？

还有一件不能忽略的事摆在这里：果子姐对"床"的恐惧，跟这事到底存在哪些联系？在她接下来的描述里，我看到了一个比较"合理"的解释。

果子姐十九岁时提出要跟妹妹一起，搬出去住。"我想了，妈毕竟还是他老婆，那我就跟妹妹出去躲开吧。"但是父亲坚决不同意。

"吃晚饭时提的，他摔了碗就出去了，"果子姐嗤笑着，"好像受了多大的侮辱一般，呵呵。"

母亲跟果子姐说："你不要惹他行不行，算我求你了。"果子姐心冷了半截，夜里睡不着。到了后半夜，迷迷糊糊感觉身上压了一个人。"我……猛抽了他一巴掌，"果子姐声音时大时小，断断续续，"他把我压住……按着我的嘴，眼睛像……狼一样……想把我整个人按进床里去。"

我很明显感觉到果子姐的情绪已经到了接近崩溃的边缘，立即拍着她的手安慰她："好了好了，我知道了，知道了，不说了。"

果子姐挪开我的手，继续说："但他最后还是把我放开了，也许是我的样子让他害怕了，或者说，让他心软了。"

其实说到这里，基本上很明朗了，如果果子姐说的都是事实，那么，她的强迫症、她的愤怒，都有了来源。

果子姐说，自从那晚以后，她就对躺在床上"异常恐惧"，甚至还日益加深，最后，一切跟床有关的事，都能引起她"深深的焦虑感"，类似一种泛化。（编者注：泛化，指某种反应和某种刺激形成联系后，对其他类似的刺激，在严重的情况下，也会引起某种特殊的反应。）

意识到自己的问题后，2016年，她便独自来心理门诊求助。

现在，只剩一件事情还没有搞清楚：她为什么会砍了父亲一刀，被当成精神病患者关进来？而果子姐给我的答案，却有些"荒诞"，甚至让我有种感觉，她砍伤父亲的理由，完全符合她现在"精神病患者的身份"。

一个中午，全家人都在客厅，父亲因为太热，把上衣脱了。他裸着身子的样子，让果子姐想起了那个夜晚。内心的恐惧、烦躁、愤怒如同洪水决口一样，涌出心头。果子姐忍无可忍："你能不能把衣服穿上？"

"你看看外面的太阳，"父亲委屈地用手顺着腋下抹向肚皮，手心里聚起一窝汗，直直伸到她面前，"看看，鬼热的天气！"

果子姐眼睛瞬间瞪大，急速往后躲开。父亲保持着委屈的表情，没有再进一步。从恐惧里暂时回过神来，果子姐看着眼前的父亲，只觉得一股难以压抑的火气在体内蹿起，她一脚踢翻了垃圾桶。

"造反！你跟谁摆脸！"父亲捏起拳头，高高举起来。果子姐强挺起身子，眼光不移。猛然间，她发现父亲手里的汗液，顺着手臂，一路往下流，又淌回腋下。

"恶心，真的恶心！"果子姐说到这里，咬着牙，身体不住地颤抖，描绘当时的场景，"他就不知道自己多恶心，强奸犯！"

果子姐站起来，开始慢慢后退，摸索着向厨房退去。"其实我躲进去后，心里只剩害怕。"果子姐说到这里，眼神有些黯淡。她不知道，要不要出去，也不知道，外面的父亲会不会冲进来。

"于是，我拿了一把刀！"果子姐眼神又亮了。她拿了一把几寸长的水果刀，用左手藏在背后，打定主意，出去后，只要"那团烂肉"敢冲上来，就捅了他，然后自杀。

职业习惯又在提醒我，该说些什么了。我打断果子姐的回忆，说："其实你有没有冷静地想过，当时，自己有点过于激动了？"

其实我是想提醒她，当时她的做法跟想法，已经有些趋于医学意义上的"精神问题"。但果子姐现下明显没有能力读懂我的意思，而是完全沉浸在自己的回忆里。

"打开门，他果然在那里，那就怪不了我了，既然他一而再、再而三地这样，那我就捅他，捅！捅！捅！……"果子姐不断地拿手比画着，向着空气使劲做出捅的动作。

我最担心的情况还是发生了——果子姐情绪波动，又发病了。

我赶紧用双臂箍住逐渐无法自控的果子姐，大声唤着值班的医生护士。三个护士冲进来，把果子姐按住，不断地安抚。卢医生也来了，我看看她，无奈地苦笑了一下。卢医生什么都没说，只是点点头，出去了。

第二天，卢医生找到我。她沉默了很长时间，开口对我说："你们说了什……算了，你就告诉我到底有没有这回事。"

我摘下眼镜，不断揉搓着自己的脸，犹疑了一会儿，猛地点头。

"行，"卢医生说，"我知道了，不管几分真，几分假，这姑娘肯定受了委屈，唉……世道啊！"

再后来，卢医生又找了果子姐的家属谈了几次，大约二十天后，果子姐的母亲来到医院，接她出了院。出院时，她还是被确诊为急性精神障碍，但已经缓和许多，只是在没有发作的时候，认知说话情绪，还在普通人的范畴。

"我跟她爸谈过了，"卢医生跟我说，"她爸答应，让妈妈陪着两个女儿出去住。"

"完了？"我诧异地问。

但卢医生似乎很疲惫，摇了摇手，示意我出去。

能说服果子姐父亲让她们搬出去住，我想这应该是卢医生在自己职责范围内和果子姐父亲"谈判"所得，这也是一名精神科医生在治疗之外，所能做到的极限了。

作为一位确诊的精神病患者，在这件事里，果子姐既没有实证，她的话也无法作为准确的、具有法律效应的"证据"，这种情况下，父亲仍旧掌握了绝对的话语权。而且，就算果子姐去报警，考虑到她的精神病患者身份，精神专科的意见，大部分也只能拿来作为参考，并不能对她有很大的帮助。

很多事，其实都没有一个所谓的"答案"。这的确是很无奈的事。

争了十年的精神病院"一哥"，他突然放弃了

2019年3月，天气在绵绵春雨中暖和起来。

"'刺毛儿'把他隔壁床新入院小伙子的头打破了。"同事老乌两指夹烟，瞄着远处一个五大三粗、穿白衣的小伙子，"你看看，挨打的就是那个，下手也太狠了。"

小伙子背靠树干蹲着，抱着膝盖。他的头被包扎了起来，像个菠萝。

我看过"菠萝头"的资料，是一个智力发育迟滞患者。老乌告诉我，昨日中午，病房放饭，"刺毛儿"把他哄骗到厕所，想趁人少抢他手里的牛奶。没想到"菠萝头"是个耿脾气，没拉扯两下，直接跟"刺毛儿"动起手了。

"小王八蛋矮人家半头呢，哪儿打得过呀？被人一脚——"老乌夸张地做了个跌倒的姿势，"蹾尿池里啰！"当天晚上，怀恨在心的"刺毛儿"趁"菠萝头"睡着，拿痰盂底儿对着他脑袋狠砸了几下，被循声赶来的护士按住了。

我叹了口气："这'刺毛儿'真是越发不像话了。"不光是这次，最近"刺毛儿""闹事"越来越频繁，也越来越没谱。

还好，"菠萝头"的伤口只是看起来有点吓人，除了"刺毛儿"家里的赔偿，医院也积极赔偿了一部分，家属没有揪着不放。

为了体现院里的"重视"，当晚值班的护士医生全挨了罚。"刺毛儿"被关进"特护病房"，护士用约束带把他的一只手拴在床边的窗户上，除了上厕所，只能在半径不到一米的范围里活动。

一周后，病房里的工作人员还没有放他出来的意思。做治疗时，我路过他的房间，"刺毛儿"大概是认出我了，大嗓门吼道："哎，兄弟！借手机用一下？"

"兄什么弟啊兄弟！"被罚的男护士亮仔冲过去，猛捶了一下门。"刺毛儿"不甘示弱地怒视着亮仔，"咚咚"地往墙上擂拳头，咬着牙愤骂："× 你妈！× 你妈！"

亮仔无奈地向我摇摇头。我出病房的时候，被绑住的"刺毛儿"又大声吼住我："我想给我妈打个电话，就这一个要求啊！"

亮仔脸色一变，哆嗦着拽出钥匙，要打开门进去教训"刺毛儿"，我连忙拖着他往外走。"刺毛儿"在房子里吼得震天响："进来喂！不给老子打电话，老子弄死所有人！"

我想，他可能是真想家了吧。

❶

"刺毛儿"二十上下，但已经是个有近十年"院龄"的老病号了。

据他大伯说，第一次查出问题是八岁，癫痫，在当地县医院治了大半年没治好。"刺毛儿"的父母私自断了医院开的药，给"刺毛儿"办了休学，带着他全国各地寻医问药，吃了不知道多少偏方。

拖了一年，癫痫没治好，却又多了个新诊断——癫痫所致的精神障碍。隔三岔五发次病，书是彻底读不成了。再后来，"刺毛儿"完全失去了自控能力，不让人靠近，家里人稍不注意，他就拿东西砸人、砸自己。"刺毛儿"的父母实在没办法，就把他送到我们这里住了院。

老乌说，"刺毛儿"除了逢年过节回家几天，一直住在这里。仔细算算，他的青春期全在医院度过。

类似"刺毛儿"这样"长在医院"的年轻患者其实挺多，但能像他这样，家里一直坚持送来住院治疗的没几个。从这个角度来说，"刺毛儿"也算是不幸中幸运的那批。

以前，这样的年轻患者多是跟普通的患者放在一起，但现在医院大了，科室划分也明确，有了专门的青少年病区。"刺毛儿"没赶上这种待遇，他的青春期就一直混杂在一群糙老爷们的汗臭里。

"家里算是管不住啰，"老乌半躺在靠椅上，"说小时候还行，打几巴掌就老实了。十几岁的时候个子猛蹿，壮得跟头牛似的，打不动、骂不听。在家就只会伸手要钱，后来还学会喝酒了，有钱就喝酒，喝酒就闹事。不给就出去偷，偷不到就抢，抢不到就动手打……最后就这样啰，也不敢让他回去。放在外面，家底儿都要赔穿的。"

自我在这里工作，只见过几次他的家人。"刺毛儿"的父母、大伯隔几周就会来看他一次，带一大堆东西——炖好的汤、盖得满满的烧卤饭、各种应季的水果、档次不低的烟——那是"刺毛儿"最得意的时候。

"刺毛儿"的家离市里不远，就在下面的县城。大伯据说是个大老板，垄断了县里大半的砂石生意，家底颇为丰厚。"刺毛儿"父母就这一个儿子，大伯常年奔波，没顾上成家。全家就只有"刺毛儿"这一根独苗。

"刺毛儿"很"贱格"，每次吃东西的时候都喜欢故意趴在探视室的窗户旁，拿着食物，钓鱼一样勾引着那些平时无人探视的患者。等人家凑近了，又立马抽开，一口吞进嘴里，发出"咂咂咂"的声音。病房里的人看得直撇嘴，但也没人喝止过他。

亮仔很不屑地跟我讲过："人家爹妈在旁边都不管呢，我们操什么心？"

"刺毛儿"的父母对医护人员的态度倒是"很到位"，时常送来很多土特产，像茶叶、腊肉之类，但病房从来不收——因为不仅是患者，包括工作人员，绝大多数人都不喜欢"刺毛儿"，甚至有一些讨厌。我对"刺毛儿"的初次印象也不甚好。

大概是2016年9月，我试用期结束，跟着老师巡视大院。那是我第一次"见识""刺毛儿"——他拦在我面前，一把扯掉我的工牌，上下打量着说："新来的啊？认不认识我？"

我笑着伸出手，想跟他讨回来。没料想他却故意躲开，又慢慢伸过来，把工牌缓缓插回我胸前的口袋，用力拍了两下："记着啊！这里我说了算。"

老师一副习以为常的模样，没理会，背着手往前走。我有些无奈，心想大不了再去领一块吧，准备离开，"刺毛儿"却忽然一把死力攥住我的肩膀，手指掐得我生疼，又把头伸到我面前，目光十分凶狠："嗯？我让你走了吗？"

"滚一边去！"我实在是压不住火，猛地把他的手打掉，"你再这样……"

"打人啊！打人了啊！"没想到，"刺毛儿"立马变了脸，一屁股坐在地上，面色痛苦地大声叫嚷，"医生打人了，我要投诉！"

我晾着手，目瞪口呆，完全没料到他来这一出。老师停下脚步，扭过头，对着地上的"刺毛儿"不耐烦地喝道："你这半个月不想下来了？给我起来！"

"刺毛儿"闻言，一轱辘从地上蹿起来，表情立即切换成谄媚："开玩笑，开玩笑！"极度恭敬。他暗暗向我瞪了两眼，示威一般。往后很长一段时间，我在巡视大院的时候，"刺毛儿"时常拉几个人，远远指着我说什么，而我一靠近，他们便散开，只有"刺毛儿"一个人在原地，捂肚跺脚大笑，要笑得整个院子都关注他才作罢。

老褚偷偷告诉我，"刺毛儿"逢人便说，我这个新来的治疗师，"尿憋一坨"，被他吓得"屁都不敢放一个"。

"他这是侮辱你，"老褚很气愤，一点没有老年人风轻云淡的样子，"你要教训一下他才行，太嚣张了！"

我也只能对老褚笑笑，默不作声。

❷

老乌告诉我，在"刺毛儿"之前，老褚才是这个大院患者里

148

的"一哥"。

老褚快七十了，在这个大院住了近二十年。老乌年轻的时候，老褚就来住院了。如今，老乌差几年就要退休，老褚还在。虽然一个穿白大褂，一个穿病号服，但两个人之间有着深厚的"同院情谊"。

老褚的父母年轻时曾为了躲避战火，远赴南亚。成年后父亲将其送回国，就职于本市华侨办事处。1982年，老褚被确诊精神分裂症，在当地住过院，疗效不好，迁延反复。大约是2002年来到我们院，家里也许是不愿意折腾了，他便一直住到现在。

老褚是个"体面人"，穿着打扮都很讲究，喜欢在病号服外面套一件马甲，脚上无论套鞋拖鞋，都要穿一双白袜子。家里人隔段时间会来看看他，送一些东西来，给他送得最多的就是书。自打我工作，手里书大多是从老褚那里借的，什么《蛙》《人间词话》《风俗歌曲三百首》，各种各样的书，老褚都看。跟"体面"的老褚一比，大家眼里的"刺毛儿"，完全就是个"没有被教育过"的社会闲杂之人。

老乌对老褚十分信任，大院的器材管理都交给他。例如，球拍的分配，新旧球的替换，象棋麻将的补位更替，平日里都要经过老褚的"首肯"，大院里，老褚等于是老乌权力的"代言人"。幸而，他是个知道分寸的"体面人"，不会因私损公，分配器材只按先来后到，十分公允。

大院里人来人往，口口相传。无论是常住的还是新来的，大都认可老褚的地位，尊称他一声"褚老师"。

而这一切，都被逐渐长大的"刺毛儿"搅浑了。

大概是2015年夏季，"刺毛儿"十四五岁，他找到老乌，要求承接老褚手里"分配器材"的权力，还不服气地说："怎么总是他分呢？我都玩不到，老东西从来不分给我。"

老乌反驳他："你自己说说，糟蹋了我几个拍子，打烂了几个球？力气跟头牛似的你，玩命地夯。"

"球不是拿来打的？""刺毛儿"很嚣张，"你不给我就去投诉，你偏心眼，区别对待病人！"

老乌说他当时都要被气笑了，指着"刺毛儿"的头："行，给你管一个星期啊，你管得好，就让你跟老褚轮流来管。"

头几天，"刺毛儿"还马马虎虎，发出去的器材都按时足量收了回来，可"没好三天，这个小王八蛋就乱来了"。

"刺毛儿"似乎被"特权"冲了脑子，他跟要器材的患者讲，自己收拾东西很辛苦，想玩，得拿东西跟他换，还明码标价——羽毛球、乒乓球，一包饼干（还得是他想吃的口味）打五个回合，一盒牛奶任意打；麻将扑克，两包饼干一个位置，屁股离了凳子就算弃权，再想玩儿，得"重新计费"。

老褚发现后上去叫停，"刺毛儿"根本不搭理。老褚便"威慑"他说要去跟老乌告状，撤了"刺毛儿"的官位。

"刺毛儿"担心事情露馅，又不愿跟老褚低头，气极了就乱来。在病房里，他趁老褚往头上套短袖的空当，拿着凳子，要往老褚腿上打。还好被巡房的护士及时吼住。事后，器材还是都归老褚管，"刺毛儿"因当护士面打人，被关了几日禁闭。

"打那时候起，这小子就没消停过。"老乌说。

❸

老乌和病房医护们的态度终于让"刺毛儿"意识到，他很难从正面渠道挑战老褚的"一哥"地位，毕竟老褚有深厚的口碑基础，背后还有老乌这样的"大人物"支持。"刺毛儿"开始剑走偏锋。老乌说："不知道这么屁大个小孩，哪儿学的江湖那一套。"

这话让我一下想起此前见到的"刺毛儿"的家人。

他的父亲和大伯，都穿着印满草书的文化衫，两手各戴一串手串。见到工作人员，两人立即把烟踩熄，一左一右，上去与人握手，热情至极。若是同样热情回应的，他们的热情更甚；遇到不愿意搭理的（比如我），他们便晾在一旁。

老乌说："做生意的人，是这样啦！"我不置可否。

大院里，除了器材等物资分配，还有一些东西，也会带来"权力和地位"，甚至更高——比如烟。在精神专科里，烟是明面上绝对禁止的东西。一是有可能会影响治疗效果，二是容易引发火灾。但在这儿住的大多是男同志，有烟瘾的又占绝大多数，完全禁止似乎也有些不近人情。所以大院里时不时有人偷着抽烟，只要不过分，工作人员也当没看见。

烟多是来自探视的家属，护士医生都会强调抽烟对治疗效果的影响，所以家属们也不会给很多。"下大院"的时候，烟民们大多揣着一两根散烟，当宝贝一样来回传，你一口我一口。

"过个瘾呗，还想咋的，放开抽啊？"老乌总结道。

老乌自己就是大烟鬼一个，只要那些偷摸抽烟的人不乱来，他也不会去"撕自己的脸皮掀别人的摊子"。老褚自己不抽烟,但作为老乌的"代言人",他也"识趣"地不去打搅。大院里的"烟态环境"一直维持在一个微妙的平衡里。

青春期的"刺毛儿"也开始抽烟了,他家里人似乎也知道,每次来探视,都会给他带一些。刚开始成条地带,病房里自然是竭力禁止,还试图要把"刺毛儿"这个小烟民纠正过来,劝他家人不要再带烟来。

老乌告诉我:"这小子就在病房里上蹿下跳闹事,说人家能抽,为什么他不能。关起来也没用,再说,也不能拿这个当理由一直把他关着吧。说不过去。"

病房里后来还是妥协了,与"刺毛儿"约定,每次跟家里拿烟,不能超过两包,更不能在房间里抽。他这才作罢。

我还问过老乌:"他家里就这样由着他?"

"嚯,你以为呢?"老乌立起身子,"说个不该说的,人人都是妈生爹养,但教成什么样的没有?"

"刺毛儿"背靠着家里的纵容,手里捏着大院里几乎最丰富最高档的"香烟资源",开始在大院里笼络人心,试图争夺"一哥"的地位。

每天"下大院","刺毛儿"都会揣着一整盒烟,蹲在墙根的花坛上,只要那些烟民靠近,他就点一根递上去,轮一圈。等抽完了,又继续点一根续上。

烟民们乐得不知所以,有免费的烟抽,球也不玩儿了,牌也不打了,抱着器材的老褚被晾到了一边——"刺毛儿"的地位迅速提升。

老褚找老乌告状:"乌司令,这小子这样搞,是不是不把你放眼里了?"老乌也有些哭笑不得:"褚老师这不是急眼了吗……但我去哪儿说他去，烟是人家自己的。再说，家属跟病房里都不管，你说我怎么管？"

我知道老乌其实很无奈，"刺毛儿"家里"这般心疼"这个家伙，医院都不知道该怎么管了，更何况他一个"看大院"的老技工。

"刺毛儿"的"香烟外交"让他收拢了不少人心，一群年纪比他还大的烟民成天在他身边前呼后拥，还"毛哥毛哥"地叫。有时候，他还故意领着那些人在大院里转圈，在各个工作人员面前经过，"跟周润发似的，不知道的，还以为他是院长呢……"。

不过好景不长，大院里来蹭烟的越来越多，大小也有几十号人，香烟的消耗量与日俱增，"刺毛儿"之前攒下的库存慢慢开始捉襟见肘了。"刺毛儿"不敢再大手大脚浪费香烟，但又怕好不容易获得的"地位"流失，所以每天只给几个熟面孔。给之前他又舍不得，自己先猛吸几口，干掉一大半，导致后来一圈"轮烟"还没传递几个人，就熄了火。

几个只是想蹭烟的"老油皮"当着"刺毛儿"的面挖苦他："把我们当要饭的？不愿意给就拉倒，逗傻子玩呢你！"

由于得不到有效的补充（主要是病房不准），"刺毛儿"的"香烟供应量"持续走低。可老褚的器材供应，那是一直都有保障的。那些觉得在"刺毛儿"那里受了"侮辱"的人，逐渐又回归到老褚身边，继续按老规矩去老褚那里领器材，该打球打球，该玩牌玩牌。

老褚的地位又渐渐稳固了。

很快，"刺毛儿"又想了个歪主意——"做生意"。他拿家里送来的其他东西，跟别人换烟。"刺毛儿"家里送的都是成箱的牛奶、饼干、蛋黄派，平日里，都存在护士那儿，按时发放。为了收集到别人手里的烟，他宁愿自己饿肚子，也要把这些吃食攒下来。

"刺毛儿"的零食，质量好、味道棒，非常受欢迎。他继续发挥着自己"定价"的本事，一包饼干换一根烟，一盒牛奶换三根烟——蛋黄派他不舍得，自己吃了——平常不仅收，也允许别人拿食物来换。这样一进一出，"刺毛儿"等于成了大院里的"烟食交流平台"。

如此看来，"刺毛儿"的确有做生意的"家传绝学"，一直发展下去，迟早能掌握大院里所有的香烟，借此跟老褚分庭抗礼也不是痴话。

不过，眼见来换烟的人越来越多，"刺毛儿"也越来越膨胀，用收回来的过期零食换别人的好烟，又拿放潮了的香烟换人家质量好的零食，拿别人的胃口消化自己的存货，十足的奸商模样，很快就引发了大家的不满。

"这不是自己找坑跳吗？"老乌叹口气。"刺毛儿"不懂一个道理：这个大院毕竟不是外面的社会，住的大多是精神病患者，某种程度上说，这里既有规则，又没有规则。比如，"刺毛儿"能打别人，别人就能打他，这都可以是病情波动的结果。而这种不满，迟早会爆发。

男病区新来了一个大个儿，据说是练过功夫，身高体壮。一天，"刺毛儿"不小心惹到了这个"硬茬儿"，大个儿很气愤，揪着"刺毛儿"的领子，让他把零食退回来或者换好烟给他。

老乌说："这小王八蛋哪受过这种委屈呀，梗着脖子跟人家来硬的。"

"刺毛儿"先是拿出大个儿的零食，扔在地上，一脚踩炸包装袋，很嚣张地说："你敢得罪老子？等着啊，以后在这里你没有……"

话还没说完，大个儿就一拳打在"刺毛儿"腰肋上。

"打架啦！打架啦！"场面乱作一团，躁动四起。

后来，病房里以大个儿病情波动为由，将他单独关了三天。至于挨揍的"刺毛儿"，病房里找外科看了一次，没大碍，这件事就算过去了。

"刺毛儿"不服，说要跟院长投诉病房里不作为，任由病人打病人，工作人员却说："由你去，只要你把前因后果说清楚。""刺毛儿"不敢，毕竟是他拿"烟"这种上不了明面的东西"哄骗"别人在先。

"刺毛儿"后来又威胁要告诉家里人，让家里人去投诉。男病区的护士长更乐了："你去，打是你自己找的，跟我们没多大关系，但以后你烟也别想要了，禁止吸烟的牌子医院里到处都贴着呢。"

"刺毛儿"只能自己吞了这个"闷亏"，"生意"一落千丈。在这场闹剧里，看似参与不多的老褚，最后成了"受益"最大的那个。他一如既往地任劳任怨，公正无私，与"刺毛儿"形成强烈的对比，这无疑更加夯实了他的"一哥"地位。

工作满一年以后，科室里安排我接老乌一部分工作，先把大院的三分之一交给我来管，我接触"刺毛儿"的机会越来越多了。

自打我有了"实权"，"刺毛儿"对我客气多了，不敢再纠集"小弟们"骚扰我，甚至还有点巴结的意思。他时常在我巡视的时候跟在后边转悠，把自己知道的一点"趣闻"绘声绘色地说给我听，什么老褚跟女病房的谁谁眉来眼去呀，谁在花坛那里借下棋赌烟之类。

"谁有你牛啊，这对你来说不都是小意思？"我揶揄他，他也不恼，只是嘿嘿笑，说我说得对。

大概是2017年秋天，某日，"刺毛儿"不知道听谁说我喜欢看书，拿了一套格非的"江南三部曲"来，非要送给我。我不敢接，问他："你哪儿来的呀，不是抢人家的吧？"

"哪儿敢啊，""刺毛儿"态度谄媚，"家里带来的，我又不识几个字儿，你拿去看，拿去看。"

"那不行，你拿回去，医院规定不能收患者的东西，你这不是害我吗？"嘴上这么说，但我还是把书接到手里，看看封面又瞅瞅印刷，爱不释手。

"嘿嘿，""刺毛儿"凑上来，"你就踏实看吧，我不说谁知道，就是……你以后多照顾我一点，啊？"

我"啪"地把书合上——原来，他是拿书做投名状，想找我当靠山哪！

我假装为难地说："我呀，就是个底层工作人员，在这儿我也得听老乌的，他说了才算。"果然，"刺毛儿"一把把书薅了回去，脸色立刻变了。他瞪着我，撇着嘴嘟囔半天，一句话都没说出来，愤愤地走了。

我很快就发现，"刺毛儿"还是聪明的，知道自己在患者群体里的名声算是臭了，于是想在更大的空间里，找到一条更"直捣黄龙"的路——巴结工作人员。而且就算在我这儿吃了瘪，"刺毛儿"也没有放弃。那段时间，他竭尽所能地在大院里"大范围"地讨好工作人员。

比如，指挥着"小弟们"，帮在大院值班的护士们扇风、拿凳子；又亲自下场，帮着晒被子的阿姨把几十床棉絮从储藏室搬出来，晒好了又搬回去；有患者发生冲突，不等老乌过去，"刺毛儿"就会先上去挥手挥脚把人轰开。

虽然"刺毛儿"的方法多少有些欠妥，但大伙还是对他不吝夸奖。老乌甚至偷摸给了他一把零食："哎，不错不错，小家伙懂事儿了啊。"

不过，没好多久，"刺毛儿"就又犯事儿了，还是件大事。

大约是2018年春节，"刺毛儿"的家人没接他回家。年假结束我一回来上班，就听老乌说，"刺毛儿"又被关起来了，而且是从大年初二开始，还没放出来。

"为什么呀？"

老乌哼了一声，说："想跑出去呗，没出院子就被抓回来了，还把我挠成这样，你看。"老乌伸出手，小臂上有几道疤。

从年三十的晚上，"刺毛儿"就开始闹，非要护士给他家里打电话接他回去。"不是护士不打，打了也没通啊。再说，大过年的，谁愿意往医院跑啊？"老乌说。

初二一早老乌来值班，大院里只剩几个护工，配合老乌照看那些不能回家过年的患者。不知道"刺毛儿"从哪里搞了一张家属放行条，又偷了几件陪护家属的衣服，趁工作人员检查的时候，拉开门跑了。

平时这样的事是不太可能发生的，但初二那天，很多家属都赶来医院看望那些病情不稳、不能回家的患者，大院门口车水马龙。

再加上看管大门的又是新来的护工，经验不足，这才给"刺毛儿"钻了空子。

还好护工及时发现，老乌当机立断，嘱咐大伙把所有门都锁上，带着两个男护工追了出去，在医院的大门口发现了逃跑的"刺毛儿"。

"刺毛儿"被抓住后猛烈挣扎着，咬人、挠人，三个人费了很大的劲才把他制住。老乌被挠了一把，忍不住扇了"刺毛儿"的脑袋一巴掌："你爹妈哪个月不来看你？你就急这一时半会儿？"

"刺毛儿"像只地鼠，上蹿下跳，回骂老乌："你知道个屁！"

那次出逃后，"刺毛儿"就像忽然变了个人，似乎完全放弃了"一哥"目标，不在乎之前所做的那些努力，成了一个无恶不作的真"刺毛儿"，不配合治疗，故意损坏器材，跟患者、工作人员挑事儿，而且闹事的规模越来越大。

这一年，"刺毛儿"光因为闹事就被关进去不下十次，几乎每个月都有他闹事的消息从病房里传出来。

那时我也很疑惑，以前"刺毛儿"家里来得还算勤快，这一年却屈指可数。病房里说，给"刺毛儿"家打电话也没用，只有一堆客套话：什么给医院添麻烦啦，什么医院该怎么做就怎么做，我们家属极力配合。男病区的护士长很气愤："这是医院不配合吗？这就是他家里没管教好，这么闹也不知道来看看！"

我也不明白了。

❺

我的疑惑直到"刺毛儿"打"菠萝头"事件，才慢慢解开。

打了"菠萝头"半个月后，"刺毛儿"被他大伯领回了家，但第二天就又送回来了。这次，"刺毛儿"的爸爸也来了，但场面远没有之前那么温馨。

"刺毛儿"不愿意进来，死命扒着病房的栅栏门，把自己整个手臂都穿到栅栏门的缝隙里，几个男护士一起拉都拉不动。"刺毛儿"的两条腿像脱了水的泥鳅一样四处乱蹬，裤腿儿都钩破了，把按他的护士累得满头大汗。僵持了好一会儿，几个护士都有些恼火了，但又不敢使蛮力，只能跟他接着耗。

大概过了二十分钟，楼梯口传来声音，是阿姨推着饭车上楼，这是到饭点了。但"刺毛儿"把门堵着，人车都进不去。阿姨疑惑地问了一句："干什么呀这是，别挡着人家吃饭啊。"

现场忽然沉默下来，增添了一点微妙的尴尬气氛。"刺毛儿"的爸爸忽然冲了上去，一脚踢在"刺毛儿"的大腿窝，怒吼："给老子滚进去！"大伯赶紧上前拉，大声说："别打别打，都到这儿了，我来劝好吧，你别打孩子啊。"

"刺毛儿"缩着被踹疼的腿，手还是没放开，哭号道："我就是想在家，我又没做错什么。"这是我第一次见"刺毛儿"哭。

"刺毛儿"的爸猛然间情绪崩溃了，蹲在地上，喉咙间发出高亢的悲声："算我求你了，你进去吧，老子养着你行不行啊……"

"哎，这是闹哪一出啊？"阿姨又好奇地问了一句。但所有人都不知道该说什么。

"刺毛儿"最终还是被拽了进去，毕竟这里不缺力气大的男护士。住进来之后，跟之前一样，"刺毛儿"更是频繁挑事——把护士拿过去的药、饭全部倒在门口，坐在污物上不让阿姨扫。大伙看电视的时候，他脱掉鞋子，把电视机的屏幕砸花，有其他患者表示不满，他就脱掉另一只鞋，掐着人家的脖子，扇别人的脸。

病房里又把他关到"特护病房"，跟他说，什么时候听话了，什么时候出来。但"刺毛儿"说："老子就是要闹事，除非你们叫我爸妈把老子接回去，不然老子一直闹！"

"刺毛儿"家里态度很坚决——就是不接，电话里也不说原因。老乌说："就搞不清了，都放这里住十年了，这是闹的什么呀？"

到了2019年5月，许是闹够了，"刺毛儿"终于平复了许多，但病房里被他闹怕了，还是准备了个单独房间，只是没再把人绑起来。医生让我单独去给"刺毛儿"做心理疏导。

去之前，我照着"刺毛儿"资料上的家属联系人电话打了过去，接电话的是他大伯。"我弟弟把他大儿子过继给我了，"大伯口吻平静，"以后我管他，您这里多费费心。"

大儿子？我内心很讶异，没表现出来，问道："就是……他不是独生子吗？是不是……"

"早就放开二胎了，他们就再要了一个嘛，"大伯语气听起来很"轻松"，"我这把年纪了还没成家呢，过继给我挺好，再说，亲上加亲嘛。"

我没有继续就这个话题再问，简单跟他说了几句医生的意见，就把电话挂了。虽然我这个说法很武断，但看起来事实应该如此——

"刺毛儿"是被自己的爸妈，以一种温和而折中的方式，放弃了。

原来，他放弃长久以来为了争夺"一哥"位置做的那些努力，成为一个彻头彻尾的"刺毛儿"，真的只是想回家而已。

我心下感伤，劝"刺毛儿"："大伯跟你爸其实没差多少，以后又不是不能回去，烟照抽，零食照吃，还多了个弟弟，你说是不是？"

"你知道个屁！""刺毛儿"隔着门，像之前骂老乌一样狠狠骂了我一句。

后记

现在的"刺毛儿"，过节都很少回家了。

他大伯也来接他，但"刺毛儿"不愿意回去。跟之前一样，大伯还是隔三岔五来探视，带的东西一样也不少，但"刺毛儿"再也不在探视室的窗户上向其他人炫耀了。

今年疫情，原本过年回家待一天就得回来的"刺毛儿"，因为封了村，一直待到4月中旬才回来，听对接的护士说，那些时日"刺毛儿"常常偷跑出去喝酒打架，大伯也管不住他，天天盼着送回来。

我去过不少精神专科交流学习，几乎每个精神专科都有长期住院的患者，但是像"刺毛儿"这样年轻的，真的少之又少。见惯了各种患者的老员工，说起"刺毛儿"也是充满唏嘘："癫痫也不是什么绝症，怎么就他一步一步长成这样，这该去哪儿说理呀！"

在精神病院说不清的东西真的太多了。我真心希望他有一天能走出去。

二十年了，到底谁才是精神病

很多朋友都问过我这样一个问题："精神病院里面，是不是都是精神病患者？"其实这个问题可以反问："没在精神病院里，是不是都不是精神病患者？"

以前，我会很认真地跟他们解释，什么叫一般心理问题、神经症、精神疾病，以及鉴定流程和标准大致如何。并非因为我是一个多么较真的人，而是有限的专业知识和浅薄的斗争经验在提醒我，必须用这样煞有介事且带着界限感的语言，才能止住"专业上毫无讨论价值"问题的讨论。

前些时日，同门前辈给我讲了一个故事，让我第一次意识到，人不是都只用一种身份活着。很多人都有两面，在病态与清醒间来回挣扎，最后连他们自己也分不清。

以下为前辈自述。

❶

初识"老核桃",是2009年初秋,我还是康复科的实习生。

一天,我坐在大厅门口,背后忽然袭来一股刺鼻的味道。一个颇壮实的老头儿立在门口,顶上寥落,老人斑出奇地多,裤裆里不正常地鼓鼓囊囊。他向我讨好似的笑着,满口黄牙,小心地伸过手。又是一股味道袭来,更加猛烈,我后跳几步:"多久没洗澡了,阿叔?!"

他不理会,又往大厅里面跨了一步。我顾不上那么多,伸长手臂,用两根指头夹住他肩部的上衣往外拽:"快让护士带你回去洗个澡!"大厅里做治疗的人群也嗡嗡地发出抗议声。

老头儿眼神有点慌了,白了我一眼,愤愤地踏下台阶,我则转身立即冲向洗手池。

男病房的护士小林告诉我,脏老头叫"老核桃",六十多岁。"本姓何,前后来住过好多次院,最早估计得是1999年了。以前叫他老何头儿,慢慢就变成了'老核桃'。"

给"老核桃"洗澡,是男病房"最要命"的事,他真是太脏太臭了。而且他不仅臭,还横,半夜懒得去厕所,竟尿在隔壁床下的洗衣桶里。别人给他讲道理,他反倒抄起"尿桶"往人家床上泼,气得别人原地打转,却无可奈何。

久而久之,男病房里所有人,"老核桃"几乎都得罪完了。最后只有老褚愿意跟他睡一个屋。大家赞叹老褚的好心,老褚私下却说,自己鼻塞,闻不着味儿。

没几日，我巡房路过探视室，门大敞着，就见"老核桃"与一位看起来四十来岁的中年女人坐在角落，女人整个人都耷拉着，"老核桃"絮絮叨叨，声音却很是清晰，像故意让人听到一样。

"你好一点我们就回家了，嗯？""要听话，别跟其他人吵架，啊？""儿子期末考试成绩出来了，很好，我答应他等你出院，咱们一家三口去公园转转……"

一旁的小林告诉我，女人叫刘佩，是"老核桃"的夫人，每两个星期会来探视一次。我有些惊讶，"老核桃"的老婆这么年轻。再往里看，刘佩双膝夹紧手掌，不住地揉搓，像一座立在空旷展厅里的雕塑，在单薄的烛光里，显得温柔又孤苦。

"大家都说这女人可怜啊。"小林跟我感慨。

像刘佩这样的家属，我们见过太多。的确，家里有一个长期患病的人，没有生产力不说，还要生生耗去家庭成员大部分的精力。生活的轮子滚滚向前，谁又能保证，自己不会被碾成一副孤苦模样。

每次刘佩来了，"老核桃"便能老老实实擦擦身子。刘佩总会自己准备个小桶，去护士站讨盆热水，在房间里给"老核桃"擦洗。但也许是"老核桃"的"包浆"太厚，抑或是他不甚配合，每次擦洗完，屋子里的味道反而更甚。碍于刘佩时时挂在脸上的哀容，病房里也只是暗地里抱怨："嘻，这洗还不如不洗呢！"

护士也跟刘佩提过，如果"老核桃"不洗干净，以后就"不收"了。刘佩则次次"眼周通红"地在办公室里哀求，一副走投无路且求人通融的哀伤模样，让人"起鸡皮疙瘩"。

"但老是这样谁受得了啊，"小林说，"也就是老褚能忍，要是没人愿意跟他睡一起，早赶出去了。"

可是，好心的老褚差点被"老核桃"勒死。

某日午休时间，"老核桃"把老褚踩在地上，用一条小毛毯使劲捆住他的脖子。值班护士听到响动，及时赶了过去。几个男护士制住了"老核桃"，把他锁在了单独病房。而老褚则被转到内科，说是要观察几天。

小林告诉我，"老核桃"平日里裤裆里"鼓鼓的一坨"，就是他拿来勒老褚的那条小毛毯。而他之所以要对付老褚，是因为老褚"多管闲事"，把他放在床上的小毛毯顺手拿去洗了。

就这件事情，院里顺势开展了一次安全大讨论，组织年轻职工去现场学习，增强一下安全意识。

"像这种有可能造成危险的东西，要绝对禁止带进病房。"临时任安全讲解员的小林，把毯子挑到地上，那条毛毯大概是白色，肉眼可见的粗糙，绒毛稀疏，内衬也薄，估计是使用时间太久，早已斑斑驳驳，"看完我就拿去扔了啊，垫狗窝都嫌脏。"

"啪嗒"，毯子在地上半铺开。猛然间，一股浓烈的蛋白质变质的味道在房间里腾涌，几个年轻女护士同时呕出声。

小林捂着口鼻，拿脚把毯子全部挑开，露出里面的内衬，上面满是一摊一摊的黄渍。

女护士们低头退了几步，屋子里的男性同胞们不约而同地缩紧身子，谁也不愿先发出声音。

❷

"老核桃"不服管，又脏，还有些"乌七八糟"的爱好，病房里彻底没人愿意"沾"他了。周一的例行晨会上，男病区主任主持讨论"老核桃"的事，大伙七嘴八舌地，你一句我一句"控诉"着，最后得出结论——"关着再说"。

"老核桃"的四肢被约束带绑在床的四个角，腰部也加固了一条，整个人只能像蠕虫一般稍稍活动。他的力气极大，隔一阵就在床上"挺动"一番，震得整层楼都要抖起来。上去喂药喂饭，喂一口吐一口，还转着方向吐，让人手忙脚乱擦不过来。病房里指派照顾"老核桃"的人，个个巴不得早点下班，远离这头"疯牛"。

"打一针镇定算了，他哪儿像个人啊？"一位老护士抱怨着提出意见。

但究竟该怎么办，医生还没讨论清楚，"老核桃"就又闯祸了——护工阿姐进去做卫生的时候，本来被绑住的"老核桃"，忽然从床上暴起，拿约束带捆住她的脖子。护工猛烈地拍门求救，护士站里的几个女护士立马冲了过去。"老核桃"用肩膀把门死死顶着，几个女护士根本推不开。最后还是病房另一侧的男护士赶过来，冲势猛撞，顶翻了门后的"老核桃"，这才把人救下来。

事后，病房里检查发现，约束带是从缝线根部断裂的，"老核桃"的手腕已被磨得几乎没有一块好皮。医院紧急开会得出结论："要上更强制的措施，但必须征得家属同意。先通知他老婆来一趟吧，不行就转院。"

考虑到刘佩几次在办公室的"表现"，医务部提出建议，要找个"会说话的"来通知，避免家属"情绪波动"。男病房找到康复科，任务落在了我头上。

电话里，刘佩并没出现预想里的"哀求"语气，但是，在听完我转达的医院的意见后，她却用一种质问式口吻，说了一句莫名其妙的话："那条小毛毯，你们没弄丢吧？"

"嗯？您是指……"

"小毛毯，他总是塞在裤子里的那条。"她强调。

"哦……"我磕磕巴巴，"我问问病房。"

"不用了，我明天来一趟。"说完她挂了电话。

我向男病房护士长转述了通话内容，他也莫名其妙："这是几个意思？难道……还是个恋物癖？"

刘佩一大早就等在了病房门口。天气有点冷，她穿一件很旧的黑色夹棉上衣，合着双手，在门口的避风处缩着——又是那副哀苦的模样，丝毫看不出昨日电话里的淡漠。

我陪她等着男病区交接班，大约过了半小时，小林和"老核桃"的主治医生才出来，刘佩一步冲上去，贴得很近："对不起，是我……我的错……"说完，她渐渐耷拉下身子，竟伏在医生怀里哭了起来。医生下意识地搭住刘佩的身子，莫名地看着我，又看看身前的刘佩，完全怔住了。

在场的几个人都没说话，大家互相试探眼神。还好，没过多久，刘佩直起了身子，我们才松了口气。

"你们放心，"她退后几步，"我保证他不会再犯错，请你们……

请……"她似乎又有要哭的趋势。

"哪！"小林赶忙往刘佩怀里塞了一团东西，"毯子在这儿，我们不会动患者的私人物品。"

刘佩的嘴巴半开，定住眼神，半天才说了句："好……"然后默默裹起小毛毯。随后又要求单独跟"老核桃"说说话。

医生同意了，又私下里嘱咐我跟小林从病房一侧的小窗口看着，保证安全——这个刘佩并不知道。

只见刘佩双腿叠坐，身势如受阅的礼仪小姐一般优雅。她单臂托住窝成一团的毛毯，缓缓地绕圈挥动。刘佩面前不远，就是端正地蹲在地上的"老核桃"，他双手呈爪状俯在身前，像只饿狗一样，仰高脖子，节奏稳定地闻寻着刘佩手臂的轨迹。如同一场仪式。

"这俩作什么妖呢？"小林凑近半个脑袋，冷不丁问了一句。我也蒙了，完全不知道这是在做什么。听到我俩的动静，刘佩的手急速往回缩，毛毯隔空掉在了"老核桃"脸上。我有些生气地看了一眼身边的小林，从另一侧的大门走进房间。"老核桃"搂住毛毯，迅速攀到床角，把脸埋进毛毯里来回蹭，十分享受的样子。

刘佩双手局促地埋在膝盖中，又恢复以前的"孤苦"模样。

"还是老样子。"她满面哀容。

"嗯，我找时间跟他聊聊。"我错开眼神，望着地上的"老核桃"。

刘佩撑住身体，缓慢地从床上下来，不复方才的"优雅"，步履蹒跚地走了出去。

❸

随后几日，刘佩干脆请了假，每天都在医院陪护。像是生怕"老核桃"被赶出去似的，日日趁"下大院"病房里空了的时候，在房间里陪着"老核桃"。

她自己说，是为了"防止他闹事"。病房里出于安全考虑，提醒她尽量少单独和"老核桃"待在一起，她却说："真有那一天，就报应在我身上吧。"

刘佩在的时候，"老核桃"很配合，甚至可以说有些过分"听话"。刘佩对他的生活安排严格按照医院的时间，"老核桃"没有丝毫异议。

病房里的生活其实很无聊，治疗、吃饭、睡觉，也有不少像刘佩一样陪护的家属。时间长了，大家打发时间的方式，也就只剩下聊家长里短了，刘佩也不例外。平日里，只要刘佩说，势必有人爱听。不出几日，刘佩和"老核桃"的爱恨纠缠，就在爱八卦的人嘴里传得有鼻子有眼儿了。

据说，"老核桃"以前是一个高中老师，幽默风趣，高大帅气，深受情窦初开的女学生喜欢。刘佩就是其中之一。她说，自己跟"老核桃""定了调子"的时候还不满二十岁，那时"老核桃"都三十四了。

刘佩二十岁的时候，"老核桃"跟她结了婚，虽然差点被老丈人打死，但生米下了锅，也只好"捏着鼻子认了"。"老核桃"眼看自己快步入不惑之年，着急跟刘佩要个孩子，也是"安了两边老人的心"。可是万万没想到，刘佩先天"有问题"，生不出孩子。

知道刘佩生不出孩子后，"老核桃"对她的态度急转直下——刚开始还端着架子，话里话外劝刘佩，趁年轻，不要耽误在自己这个"糟老头子"身上。"但刘佩哪能干哪，人人都知道她跟自己的老师搞在一起，又生不出孩子，这时候离婚，日子还过不过了……"小林讲给我的时候，义愤填膺。

后来的剧情，就像伦理剧中的情节一样，"老核桃"出轨了——当然可能情节还更糟心，"老核桃"的出轨对象，是自己曾经教过的另一个女学生。

风言风语满天飞，像狂舞的刀子，既是控诉"老核桃"始乱终弃，也是讥讽刘佩有眼无珠。但哪怕"人言可畏"，"老核桃"也没有回心转意，他甚至做了一件更绝情的事，把临盆的女学生安排在当地的一家医院里——就是刘佩当护士的那家。

"杀人诛心啊！"我也跟着感慨。"老核桃"是要用一种不留余地的方式，根除刘佩心底的"妄想"。

但故事到这里来了个急转弯。那个女学生竟然难产了，大的小的都没有保住。看着婴儿尸体，"老核桃"疯了。

"就疯了？"我睁大眼睛。

"疯了。"

我怎么也想不通，刘佩故事里铁石心肠的"老核桃"，会就这样疯了。小林耸了两下肩膀，言语凝滞："我……也不知道啊，她跟谁都这样说。"

后面的故事，让大伙对刘佩的同情之心更甚——她没有就此离开"老核桃"，作为原配，刘佩担起了照顾"老核桃"的责任，"怕'老核桃'绝后"，还四处想办法，领养了一个男孩子。

"都这样了，还养个孩子干什么，不是造孽吗？"小林唏嘘不已。

刘佩自述的与"老核桃"的这段往事让不少人反复咀嚼，常有陪护家属吃饭遛弯都拉着刘佩一起，听她讲话，陪她流泪。我似乎也受了影响，再到病房里做治疗时，看着终日抱着毛毯亲昵的"老核桃"，心里竟不自觉地涌起厌恶之情。

"老核桃"的"风流史"很快在病区里传开了，肮脏的"老核桃"成了大伙公然唾弃的对象，跟可怜的刘佩相比，他是一个无法被大家接受的人。

甚至有人故意把"老核桃"的毛毯扯掉，嫌恶地在地上踩踏。每次都是刘佩去央求着要回来，小心翼翼地放回"老核桃"的怀里。刘佩贤惠隐忍的模样，让作怪的人羞愧无比，更让"老核桃"败坏的形象更加深刻。

❹

刘佩有工作，不可能一直陪护。一晃到了新年，正值寒假，养子何重接替了照看"老核桃"的工作，毕竟"老核桃"也没其他亲人了。

何重十五六岁，颇为清秀，瘦瘦高高的，带来的几套衣服很旧，已经有些不合身，但洗得很干净。每日除了照顾"老核桃"，何重就拿着课本，在房间的灯下静静地看。大家都很喜欢这个知书达理的孩子，有几个护士，还把家里小孩的旧衣服带来送给他。

每次我去病房做治疗的时候，何重都会在"老核桃"身边细心照看，不同于刘佩，"老核桃"在何重身边时，有一股发自内心的安详，没有半点精神病人的模样。

我有时会讲一些关于疾病的小知识，何重听得比谁都认真，还记在小本子上。有几次，我观察到"老核桃"竟然微笑着、静静地看着何重奋笔疾书。那一刻，"老核桃"就像是一个合格的父亲，两人相处时的那种温和，甚至让我忽略他们不是亲父子这个事实。

"他或许也没那么坏吧。"久了，我心底甚至冒出这样的想法。

何重很喜欢找我聊天，说自己以后想学心理学。久了，我俩成了几乎无话不谈的朋友。他时常抓着空隙来找我，问一些书里的问题。虽然多半我也不会回答，但很享受和他一起找答案的过程。寒假快过去一半时，忽然一连好几天，他没来找我，我也没在病房看见他。

我专门找了个时间去问小林，他说，何重跟病房里的黄仔（一个年轻的癫痫患者）打架，手臂受了伤，在治疗。小林很气愤，说本来何重不招惹谁，可是黄仔挑何重在场的时候，把"老核桃"那些事当说书一样唱，说些"老淫棍""野种"一类难听的词儿。

何重大声叫他闭嘴，黄仔就跳到桌子上，指着他大骂："看看！不愧是老淫棍的崽子，小淫棍！"

何重忍不住抱住黄仔厮打起来。只是瘦弱的他不是黄仔的对手，被推倒后手臂撑地受了伤。还好没有骨折。病房里给刘佩打了电话，她匆匆来了一趟医院。奇怪的是，她并没有责难病房里管理不当，也没有去找黄仔的家属讨公道，而是重重扇了何重一巴掌。

所有人都蒙了。

刘佩大哭，在病房里怒斥他为什么要在医院惹事，又说自己"造了多大的孽，摊上如此父子两个"。医院只能向刘佩保证，会负责何重的治疗。何重不说话，任由刘佩打骂，打完骂完，自己默默去厕所洗把脸回房间。

一个年纪大的同事后来还说："到底不是亲爹妈，可惜了，这么好个孩子。"

南方的冬天还耍着夏天的脾气，骤风骤雨。我去看望何重时，也没有跟他聊什么糟心的事情，只是天马行空地聊了起来。何重不断地提问，我不断地想尽办法回答，对的错的，争来争去，很开心。

"哥，你知道什么是边缘型人格障碍吗？"他忽然问了一个这样的问题。

何重的目光让我意识到，这可能是个不能贸然回答的问题。我思索一会儿，拿出手机，搜出词条递给他——边缘型人格障碍，又称BPD，以人际关系、自我形象和情感的不稳定为基本特征，显著冲动。他随意地看了一眼，默默放在床边。我收起手机："下次再聊吧？"

"刘佩……"他忽然说话，又停住，"我妈就是边缘型人格障碍，我见过病历本。"

我脑子里忽然激烈地思考——接不接茬儿？有没有必要？合不合规矩？会不会对"老核桃"的治疗有影响？这些职业的、私人的顾虑，一股脑涌了出来。

"我妈有记日记的习惯，我都偷偷看过。"何重又说。

"等等！"我认为必须打断他了，"你想清楚……"

"哥！"何重眼睛发红，"我爸不是这样的，他们不该是这样的！"

他激动的情绪一反常态，而且他告诉我的故事，与刘佩的故事脉络相差无几，但又多出了不少内容。

❺

刘佩跟"老核桃"结婚后，过了一段十分开心的日子。那段时间里，日记里多是两人四处游玩的记录。"我与他定是前世因缘错过，相见恨晚。此生要多与他出去走走，见多多的人情景物，多于世上相爱的任何一对人，把欠下的时光补回来。"——日记大致是这样，何重描述得很淡然，不激动，也不羞赧。

两个版本的故事转折都一样——刘佩检查出来无法生育。"老核桃"的变化，"敏感"的刘佩立刻察觉到了，"他跟以前不一样了"，这句话反复出现在日记里。

刘佩对"老核桃"的变化还处于懵懂的状态，以为她和"老核桃"之间，只是男女久伴后，"爱情到亲情"的"恼人"变化，抑或是所谓的"熟悉的厌倦"，等等。毕竟那时候的她还体会不到，那个年代处于不惑之年的男人，对传宗接代的执念。

而真正击溃刘佩的，有两件事：一个的确是她发现"老核桃"爱上了另一个女学生，另一个则是刘佩父亲的态度——这一点在刘佩自述的故事里并没有提及。

"我怎么也想不到，会被父母赶出去。他们再不爱我，与我不该有养育之情吗？是，他的女儿不听话，做了让他蒙羞的事，不要脸！但现在，把我赶出去，就是对我的惩罚吗？他还骂我什么，不会生蛋的烂母鸡，这是一个父亲应该对女儿所说的话吗？呸！父亲！呸！夫妻！呸！令人作呕的男人！"——何重似乎早已背下这段话，我不忍打断他。

从这里看，刘佩在发现"老核桃"出轨后，曾向自己的父母求助，只是没想到，父母没有给她预想的帮助。这更加剧了她的崩溃。

原生家庭和自己的家庭都让她没了退路。刘佩那段时间的日记，大多是对自己内心挣扎的描述——再到后来，"老核桃"夜不归宿，干脆搬了出去，甚至要做爸爸了——这些消息日甚一日，像是大把的木柴，把刘佩的"妒火"烧得更旺。

刘佩的日记里，开始出现"报复"一词。何重讲了一句他印象深刻的话："应该天降诅咒，报应在我和所有欺负我的人身上，永生永世，缠斗下去！"而在此时的日记记录里，刘佩出现了明显的"自伤"行为——她会点燃火柴，然后熄灭，在火柴快要燃尽的时候，猛刺自己的头皮，"让刺痛带走心痛"。

我这才意识到，何重为什么要以刘佩的"边缘型人格障碍"为话题的起点。

边缘型人格障碍，通俗来看，更像是一种人际关系处理无能，多是基于童年的创伤经历，也有遗传的可能。我曾接触过这样的患者，他们身上有几个共同的特征：极端害怕被抛弃，甚至会想象被抛弃的场景，将它当作现实，与人争吵；极差的情绪控制能力，情绪高低起伏，常出现突然的情绪崩溃，甚至有冲动行为。

如果何重所说的刘佩那本"确诊边缘型人格障碍"的病历是真的，那么，刘佩的所有情绪，从这时候起，已经是"顺利"而又严重地内化到她的心底，成了一个巨大的脓包。"老核桃"把临盆的女学生安排在刘佩所在的医院，是彻底刺破刘佩脓包的那根刺。

"他的心到底是怎么长的……"整整几十页"控诉"出现在了刘佩的日记里。刘佩的日记，从这里开始，天马行空，有时候是大段的内心描摹，极其"鲜活且令人窒息"，有时候是想象里的"罪恶现场"，比如，"杀掉××""毒死××"，细节翔实，像一个完整的故事。而且，从这里开始，刘佩的日记开始多了"插图"，她时常会在结尾的空白处，画一个简笔的跪拜小人。

"祷告的姿势。"何重补充了一句。何重说，在日记里，刘佩接下来想做的，竟然是"杀掉"那个女孩跟她的孩子。日记里这样写道："我只是单纯地报复，也是解放两个可怜的女人和一个不该出生的孩子，顺便惩罚一个有滔天大罪的男人！"

"兴奋！""期盼！"这段时间的日记，刘佩都是这样的心情。

听到这里，我实在过于紧张，何重却看着我摇了摇头："不是你想的那样。"

刘佩并没有彻底"丧失人性"，随着女孩预产期的临近，她似乎开始犹豫了："我是个护士，不能这么做，不能这么做……"这段时间，日记的内容多是这样的内心独白。

然而，命运似乎恰好站在了刘佩这边，她反复挣扎，并没"下手"的女孩真的难产了。因为大出血，女孩被抢救了两天一夜，最终还是没能救回来。

何重特别强调了一个细节，这里的日记，只有半截："是被撕掉了。"

我这才明白过来，刘佩把当时记录的日记撕掉了一半。剩下的半截，描述的大致是这样："报应？哈哈哈，真是报应。天意啊！可怜的孩子啊，你为什么要降生在我的仇恨里！该死的男人啊……"戛然而止。

撕掉的后面一篇，刘佩记录说，她抢过用毯子包住的死婴，"狠狠地"摔到"老核桃"的怀里，接着，她对目瞪口呆的"老核桃"，一个字一个字地说："我给你儿子起个名字吧，叫报应！"——原来那条毛毯的"出处"在这里，我不禁心头一颤，再联想到那天刘佩和"老核桃"在屋子里拿着毛毯的举动。想必刘佩是想用这样的方式，彻底反击"老核桃"之前"杀人诛心"的做法，或许也一步步让求子心切的"老核桃"，从伤心欲绝到彻底"疯了"。

疯了的"老核桃"，被单位除名，去世的女孩家人去市教育局、法院闹得天翻地覆。而尝到"报复"快感的刘佩，并未打算就此收手。

再往后，两个版本的故事重新合向一个轨道。

作为原配的刘佩，此时却没有离开，而是主动地承担了所有责任，成了"老核桃"的依靠，或者说是"主宰者"，继续她的报复。

"让他坐牢，或是住进精神病院？不可能，太便宜他了。我的机会来了，上天给我的机会，折磨他，永生永世地折磨他！"刘佩在日记里说，她要日日想出各种不重样的办法，让"老核桃"日日面对自己的丑模样，扒开自己的罪恶，"我要让他这一辈子，都活在痛苦里！"

讲到这里何重停了一下，有点语无伦次，因为之后就是关于刘佩收养他的事了。

"我需要人养老，毕竟我不能生孩子。他（'老核桃'）需要后人，这是大家都看在眼里的。况且，我需要一个人了解我的仇恨，毕竟，我不是一个坏人，我也不想成为一个坏人。"

何重语气冷冷的，我示意他可以结束了。身处其中的何重，知晓了父母的所有秘密，但未成年的他，还不能完全理解里面的爱恨情仇，他只能从一个孩子的角度，对"老核桃"有怜悯，对于"癫狂"的刘佩有抗拒和惧怕。

他讲述的这个故事里，有没有其他信息？"老核桃"清醒的时候，和他讲过些什么呢？刘佩对"老核桃"还做过什么？我没有再去求问，也没有机会再问了。

因为在我跟何重谈话的第二天，刘佩来医院把他接了回去，也给"老核桃"办理了出院。

❻

原本以为"老核桃"的事也就这样了。没承想，不到半个月，"老核桃"又回来了，这次他是被派出所押进来的。没有送到病房里，直接送到了单独的监护室，用更结实的约束带绑住。

小林说，"老核桃"在家里"要杀人"。

"杀谁？"

"他老婆，听说拼命躲在厨房的煤气灶下面，才没砍到要害，在市医院抢救呢。"小林简单答了我几句。听说被砍伤的刘佩伤情有些严重，但因为送医及时，没有危及生命。因为涉及接下来"老核桃"的问题，科室吩咐我去见见刘佩。

"快二十年了，"病床上的她嘴唇翕动，但声音依旧清晰，"他不是精神病，他应该坐牢，关死一辈子。"刘佩嘱咐何重到我们医院，要求给"老核桃"做精神鉴定。刘佩坚持认为，那个要砍死她的"老核桃"，并不是一个精神病发作的精神病患者，而是有明确动机的。

"他应该去永无天日的监狱。"刘佩的声音微弱而有力，面色泛白，一对眼睛却灼灼发光，让人犯怵。我默默走开，向站在门框处的何重说："我会向鉴定科提你母亲的要求。"

离开的时候，何重在病房外拉住我，心事重重："如果我坚持不做，会不会对我爸有不好的影响？"

"不会怎么样。"我安慰他，其实，何重根本没有这个权利去"坚持"，决定权是在刘佩手里，但我还是说，"无论做不做，对结果影响都不大，你爸爸可能真的要一辈子住在医院，你妈妈这情绪，也需要一段时间来平静……你把自己的书读好吧。"

"嗯……"何重点点头。

何重的意思我明白，他对"老核桃"存有怜悯，或者也是不希望既有的家庭被破坏——如果不做鉴定，那么这次事件就会被定性为精神病人症状发作伤害监护人，只要监护人不追究，这对"老核桃"就没很大的影响，他还能如往常一样来我们这种精神专科医院治疗，虽然不能随意进出，但有一定的自由。

若刘佩坚持要给"老核桃"做鉴定，并坚持追究到底，那么，如果鉴定结果显示"老核桃"是一个正常人，"老核桃"将会面临牢狱之灾；如果鉴定结果显示他依旧是一名精神病患者，那么法院和当地有关部门会找一个合适的办法来协助、补偿刘佩，存在严重伤人行为的"老核桃"便会一辈子住在特定的医院，条件也有可能大不如前，而且短时间里也没有自由了。

当然，也可能刘佩确定"老核桃"是精神病患者后，不再追究他的责任，继续做他的监护人，那么"老核桃"便也不会受什么惩罚——但看刘佩当下的"歇斯底里"，这种情况基本不可能。

回到医院后，我跟医务部主任汇报了刘佩的要求，也提到了何重的想法，说是希望医院在"老核桃"的精神鉴定上"网开一面"，不要让他处境太难堪。

典主任只说，我们只负责如实描述病情，剩下的交给法院。

给"老核桃"做鉴定前，需要对他进行情绪评估。评估是由医院直接指派精神科医生去做的，我作为配合治疗师也去了。我有些忐忑，毕竟，这是我第一次与"老核桃"真正地谈话，而且，是在这样的情况下。

"你们觉得我疯了吗？""老核桃"目光灼灼，口吻出奇地平静且富有逻辑。

医生连忙摆手，笑着说："不会不会，你现在可能只是情绪不稳定。"

"小伙子，你有点恶心啊，""老核桃"调侃意味颇浓，"年纪轻轻说话不要那么虚伪，保持真诚，要说真话。"

医生没答话，他却自顾自说起来，像是一出独幕舞台剧：

"刘佩的力气不能反抗，柴刀像是劈在木头上。

"她可能是……忍不住疼痛呻吟了吧？

"'我爱你！'她最后说的，大概是这三个字。"

"但这又有什么重要的，"他靠在白瓷砖墙上，诡异地笑着，"我真正的爱人，是毛毯呀。"

那条布满精斑的毯子此时被"老核桃"紧紧地拥在怀里。"老核桃"现状如此，我很纠结，但还是问了一个很想问的问题："'老核桃'，你为什么要杀刘佩？"

"我？嗯？"他看着屋顶的灯泡，"没杀人吧？你们是不是搞错了？我杀了谁？"

"你尝试杀死你老婆，何重可以做证。"

"她没错吗？她有错！""老核桃"凑近，恨恨地笑着，"她令我痛苦！我惩罚一个对我犯错的人，我有错吗？我没错！"而"老核桃"认为刘佩所犯的"罪可致死"的错，就是那天，她彻底洗掉了他那条心爱的毛毯。

"什么都没有了，气味、颜色，""老核桃"半跪在床上，举手托天，"那是我的爱呀！"

最终，按照刘佩的要求，对"老核桃"做了精神鉴定。

从医学上看，他是精神分裂症患者无疑，后面的事并非精神病院的责任，这一结果按流程提交给了法院。

至于刘佩最终会不会追究"老核桃"的责任，让他一辈子关在医院，还是把他继续留在身边，我们无从知晓。何重未来会怎么看待自己这对养父母，我也无从知晓。因为，那以后"老核桃"一家再也没有出现在我们医院。

我是傻女，不配有爱情

老同事说，以前来住院的精神病患者是中老年居多，近十年，年轻的患者越来越多。起码在我工作的这几年，接触的大多是二三十岁的患者。很多这个年纪的女患者，一旦与我熟识，大多会问我这样的问题——得这个病，会不会影响结婚生子？

如果要客观地回答，我会说明白：在病情稳定之前，尽可能不要先考虑这件事情，如果想要小孩，一定要咨询医生，看是否要调整服药，避免对胎儿有影响。但往往这种回答会造成两种结果：要么彻底打消掉她们恋爱的热情，要么增强了她们和家人一起隐瞒自己病史的决心。

现在，若有女患者问我这个问题，一旦有空，我总会跟她们讲讲麻姑的故事。虽然谁都有爱的权利，但对于精神病患者，爱，或许就是一把双刃剑。

❶

麻姑是由庵里送来的。庵叫水月庵，在离市区不远的一座矮山上，说是几个有钱的香客合伙修的，水月庵香火鼎盛，堂里还愿的红牌堆成了山。近年来，市里把它划成管辖单位，不时派人去修缮，还新请了个驻寺住持。

2019年10月中旬，南方的暑气还很重，太阳炙烤了几天，热得人发躁。麻姑是由老住持亲自带着两个年轻小尼押车拉下山的。来的当天，俩小师父左右开弓，拉着麻姑的腿往下扯。麻姑双腿被拉成一字马，抵着五菱车的后门。三人角力，脸色通红。

“帮帮手呀！”坐在副驾驶位的老住持愤然探出身子，念珠砸在车门上哐哐作响。三个男护士几步拥上去，抓住麻姑的脚踝、手臂将她举下车。住持神色戚戚：“作孽，阿弥陀佛！”

办公室里问诊，廖医生和麻姑相对而坐。麻姑两只手被反绑在凳子靠背上，光溜的脑袋枕着肩，目光如炬，看起来也就二十岁出头。廖医生提一些诸如年月日、基本加减乘除等问题，她均对答如流。问最近有没有听到什么，看到什么，多久了（检查是否存在幻听、幻视等精神症状），麻姑笃定地否认。

廖医生压得椅背嘎吱作响：“那送你来干什么？”

“那不是咯！”麻姑使劲蹿了两蹿，楼板闷闷地抖了两抖，“送我来干什么啰？我能有什么问题啰？”

廖医生暗暗向坐在一边的我眯了眯眼。我扬了扬早就准备好的量表，吸引着麻姑。

"师父，您看是想……"廖医生朝老住持稍稍探过去。自一进诊室，老住持便坐在门口的塑料凳上，双目半闭，扒拉着手上的念珠。听到廖医生开口，她腕一抖，把念珠托在手心，言语稳重："阿弥陀佛，该住院就住院吧。"

"凭什么要我住院！凭什么要我住院！"刚安静一些的麻姑又激动起来，"哐哐"地拖着凳子往老住持方向猛摔。老住持几步闪到门边，两手紧紧把念珠攥住。麻姑无法平静下来，向着老住持的方向大喊，胡言乱语，说自己是王母下凡，质问老住持为什么胆敢把神仙关进精神病院。房间里闹哄哄的。廖医生无奈，催几个护士过来，先把麻姑箍到了隔壁的单独病房。

按照问诊的程序，廖医生又向老住持提了诸如麻姑日常表现、前后变化之类的问题，她都回答得很简略。当问到麻姑到底为什么会被送进来，老住持忽然异常愤怒："她羞辱佛像，佛像啊，那是能乱来的？"

廖医生听得颇为认真："噢？具体是……"

老住持拉着凳子坐近，压着嗓子："她把底裤套在佛像头上！哦哟……阿弥陀佛……"

"哦……"廖医生不住地点头，"那她最近遇到了什么事儿，促使她性情变化？嗯……我的意思是，可能有点什么，让她最近有点不高兴，有些出格的行为。"

"只是出格？"一层红晕在老住持脸上铺开，她似被人拽着脖子从凳子上提起来，"她……她扒的是我的裤子！"

❷

给麻姑办理入院手续的时候，收费处犯了难，因为她的身份证几乎磨白了。照片暂且不论，身份证号后面已经看不清，只有前面表明省份的几位能辨认出来。收费处电话里说："要不……你们跟医务部商量商量，看能不能收？"

廖医生答得爽快："没事，收吧收吧，以前也不是没有过，资料有机会再补。"

"真是问得奇怪，总不能把人扔出去吧。"放下听筒，廖医生小声抱怨了一句。她不答应也不行，从麻姑目前的状态来看，必须接受治疗。况且，送她来的也是有名有姓的"大单位"，不至于成一个没人管的患者。

麻姑进了女病区。女病区一共有三层，像麻姑这样行为难以控制的，大多是安排在进出便利的一楼，方便平时带去做检查。麻姑被送来得匆忙，私人物品一概没有。病房里从别处匀了两件病号服先给她换上，然后给庵里打了电话，让她们尽快送来。

麻姑挺霸道，自己摸到平时患者存放私人物品的地方，把好一些的盆啊、碗啊，"哐哐"地堆到自己的床上。被拿了东西的人自然是不干，大概是怕她生狠的面貌，只是将她团团围住，七嘴八舌让她还回来。

麻姑不理会，坐在铺上打了个莲花坐，嘴里念念有词。

"这是我的！"一个小姑娘出了声。

"别吵！"麻姑不耐烦地砸一下床板，"念经开光呢。"

平日里，病房也有老患者喜欢讲些这类故事，麻姑这不知真假的作态，大伙不敢靠近。麻姑嘴里含含混混，每嚷嚷一句，就吐一口口水在一个物件上，几句下来，个个物件都沾了她的"口味"，一股子消化酶的恶心味道。

"喏，沾了我的口水，就是我的了，你们还要不要？"麻姑颇为得意。

被拿了东西的几个患者，眼睛嫌恶地要滴出水。之前出声的小姑娘更是哭出来："呜……这是……这是爸爸买的，是我的。"

廖医生当时正好带着我查房。麻姑识时务，看到白大褂，立即从床上跳下来，一副手足无措的样子："我跟她们开玩笑呢，真是。"

我上去把哭泣的小姑娘扶起来，她声泪俱下地控诉着。廖医生眯着眼睛，安静地听了几句，脸色慢慢开始不好看。她瞧着麻姑："我先跟你说好：第一，大家都是住院，好好相处，别欺负人；第二，住院就好好治疗，现在不要搞这些，对病情不好。"

"当谁想在这里住院呢，搞笑。"麻姑很不屑，一屁股坐在床上，背过身去。廖医生也没再说什么，嘱咐大伙拿回自己的东西，沉着脸出了门。

麻姑在病房里住了才几天，无论是患者还是医生护士，都不愿意跟她说话，她身上总是有股让人讨厌的劲。

她说自己是出家人，要吃素："你们要满足病人的需求，我吃素，需要用单独的锅，单独的灶，不然破了戒，你们都有罪过。"

住持说，麻姑只是个挂单（在庙里帮忙，没有报酬）的居士，按理说忌口没有真正的出家人那么严格。但每每食堂阿姐送饭来，麻姑都要这样说教一次。阿姐开始还会耐心劝哄，但时间一长，阿姐也不耐烦了："人家吃得，你吃不得？不吃就别吃！"

阿姐跟我们员工都是老相识，私下里丝毫不留情面："笑死个人，装模作样的，饿几顿，后面吃饭时，夹肉快得很呢。"

麻姑跟病房里的患者说，自己集儒、释、道三家大成，有无上的法力，要是愿意拿些瓜果零食让她晚上念念经开开光，吃了保证能早日康复。开始还真有人信，把家里送来的吃食都给她进贡，可是，总有人发现拿去的东西再拿回来就缺斤短两，甚至"货不对版"。

给麻姑进贡多次的杨阿姨（一位长期住院的患者）直接质问她："你是不是自己吃了？"

"神仙吃的！"麻姑很笃定。

"屁！"杨阿姨瞪眼，"神仙吃东西是闻气儿的，梨上怎么有牙印儿？"

❸

麻姑让我想起我大姐。小时候，我每次与人吵架吵输了，大姐总是痛心疾首地教育我："简直傻得喊妈都不会！吵架有什么好怕的，人只要横不讲道理，不要脸皮，谁不怕你？"

现在看来，麻姑大概就是大姐口中人人都"怕"的那种人。大家都把麻姑当个麻烦。既然是麻烦，惹不起，总躲得起。自从领教过几次麻姑"抢骗"的本事，一楼女病区的患者们就改掉了随处乱放私人物品的习惯，自己的盆杯、衣物，不用护士提醒，都整整齐齐地收在自己的床头，不让麻姑有下手的机会。

吃饭，决计不会有人坐在麻姑的身边，谨防她用吐口水的方式把自己碗里的肉骗抢过去。"下大院"活动时，大伙打球看书，只要麻姑走近，他们便把东西扔在原处，任由麻姑挑拣，决不再碰。麻姑表面上十分硬气，每每被人冷眼相待，总会及时用白眼回敬。若有人敢跟她开腔，麻姑就会瞬间进入战斗状态："怎么！不服？"

麻姑吵架泼得很，脏乱浑的词儿，能毫不烫嘴地溜出口，说得那些拙舌的人面红耳赤。麻姑更不惧肢体冲突，而且往往先冷不丁地推人一把，试试架势。打得过就使劲招呼，打不过就往地上一坐，呼天抢地："打人了呀，打死人了呀！"

病房里是不论这些的，一旦有冲突，立即两边都约束起来，捆到大家冷静下来为止。麻姑后来学聪明了，欺负人都是找"呆呆"（认知能力受损较重，交流能力差）的下手，那些平日里清醒且强硬的，她不敢惹。

麻姑这种"识时务"的行径，让那些见多识广的护士也没办法，毕竟老是约束也不符合规定。最后只能把她移进人少的病房，减少她跟其他患者的接触。

就这样住了快一个月，庵里也没有要来接她出去的意思，住院费倒是按时在结，病房里不好去催。廖医生也说："谁知道呢，总这样，是我也不敢接回去。"

麻姑头上的头发茬已经长成了圆寸，天也已经有些凉了。病房里没有多余的棉袄，庵里捎来一身麻灰色的旧僧服，麻姑才能过个冬。穿着僧服顶着圆寸，这副打扮，走在人堆里确实有些另类，再加上旁人厌烦的眼光，让形单影只的她显得异样孤独。

一个下午，我到病房做完治疗，麻姑拦上来："医生，我要咨询。"

"你……你想问什么呀？"我紧靠着窗户。

"就是……"她吞吞吐吐，"怎么，她们都不跟我说话呢？我……我也没怎么样啊，你说是吧？"

她殷切地看过来，我哑口无言。

我脑子里不知道怎么又陷入回忆：小时候在大姐多次痛心疾首的"殷殷教导"之下，我变得极其好斗，三言两句不合就跟人"勇敢"地干起来。在数次被叫家长后，我自豪地向我妈承认，这都是大姐教的——结果可想而知。大姐揉着被扇红的屁股，在厕所里"耐心"地重新教育了我："与——人——为——善——嗯？与！人！为！善！"

"你倒是说说呀！"麻姑不耐烦了，一下子把我拉出记忆。

"噢噢……"我揉了揉僵硬的脸，"与人为善嘛！多跟大伙说说有趣的事情，这样都……就喜欢你了嘛。"

"真的？"她上下打量。

"真的，你试试，肯定有……有些效果的。"我胡乱抱起带来的东西，钻出病房。

只是我没想到，这应付的一句话，竟成了麻姑出逃的导火索。

麻姑可不是一个愿意去逗人家开心的人，她自以为"有趣"的打开话题的方式，是讲得自己爽快，至于人家爱不爱听，不在她考虑范围内。

一开始，她讲自己家里多么多么有钱，有人聚堆，她就凑进去冷不丁开口："我家，大几百平，别墅！别墅你们知道吗？游泳池，什么什么一梯一户，楼下是大车库，能停好几辆车，娘博……娘博比基尼，知道吗？就是豪车，豪车懂吗？"

没人理会她，患者们都默契地散开——在这里，绝大多数人对于这种不着边际的牛皮早就见怪不怪，比麻姑妄言还狠的多的是。更何况，她们也看得出来她有些想"投靠组织"的意思，可麻姑之前劣迹斑斑，怎能随便让其如愿？杨阿姨是"反麻姑联盟"的头头，她告诉我，麻姑后来还试过说家里有人身居高位，自己曾跟过世外高人修行术法，曾偶遇外星人等各种剧本，但无一例外，没人附和。久了，大伙甚至能把在一旁吹牛的麻姑当成空气，任其在一旁说得眉飞色舞，众人却都干着各自的事情，显得她异常可怜。

杨阿姨咂咂嘴，意犹未尽："看着她吹，我都觉得累。"

我不敢随便搭茬，想来想去只能嘱咐一句："您就当个趣事听吧，别去惹她。"

过了几天，又到了廖医生的教学查房时间，我一早就到病房等着。早上的药还没发，大伙都围在活动室的桌子旁闲聊。

杨阿姨踱着小步跑过来，悄悄扯了扯我，笑得很神秘。她朝着坐在桌上的麻姑大声喊道："哎，麻姑，上回说的那个什么什么……未婚夫？你再给大伙说说呗。"

"是是……是啊，都没听明白呢，说到哪儿了？""听说有才有钱长得帅，也不知道是不是真的。"几个患者也附和着。

麻姑低下了头，从桌子上挪下来，往角落的凳子靠过去——她竟然会害羞？杨阿姨笑得更开心了，往麻姑那边走近几步，在人堆里扬着手："哟？是谁说的来着，自己在这里疗养呢，出去就跟人家结婚，是不是吹呀？"

人群发出闷闷的笑声，我拉了拉杨阿姨。

"吹牛？！"麻姑从凳子后面钻出来，步子"啪啪"作响，"你个老寡妇，有什么证据说我吹牛？"

"你骂谁？"杨阿姨猛地把我的手扯开，朝麻姑冲过去。

"骂你！"

两人瞬间扭在一起。发药的护士赶紧冲了过来，跟我一人拉开一个。

杨阿姨喘着气，隔着人愤骂："我是寡妇，你是什么？傻的，你是傻的！谁会要个傻的？！"

麻姑趴在护士膀子上，号得很伤心："你才是傻的，你才没人要，老寡妇……唉……老傻货……"

早上的查房被冲乱，廖医生跟护士全跑过来，杨阿姨和麻姑被关进不同的病房。我不知道她们口中说的什么未婚夫、结婚来源于何处。我更加想不通的是，一贯强硬且脸皮厚的麻姑，怎么几句就给杨阿姨"突破了防线"。

不过自从这件事后，病房里的其他人对麻姑的"惧怕"降低了许多。麻姑的身影，或者她冷不丁的话语，再也不会让她们噤若寒蝉地走开。也许麻姑上次突然的崩溃给了大伙一个"瞧不起"她的突破口。就像一座金闪闪的雕像，一旦上面有了残破，破坏欲总会慢慢地在人心里散开。

女病房的男护士小林告诉我，麻姑口里说的未婚夫，可能确有其人。据麻姑说，这个男人在我们市做生意，有钱有才有颜值，与麻姑相识于网上，麻姑从家里到我们这里，本是受他"邀请"的，但是在与他相处中，觉得自己以往"罪孽重"，于是就到庙里挂单一段时间，等人"干净"了，就出来结婚。

"罪孽重？"我不明白。

"哎哟——"小林摇头，推着治疗车走开，"不懂。"

我明白他的意思。在这里，除了治疗，真真假假，谁与谁如何，都不是很重要的事。

❺

杨阿姨和麻姑都没有被关很长时间，过了两天，我就在"下大院"时看见了她俩。杨阿姨毕竟是"老人"，知道自己再上去招惹是非，我们工作人员就会"不高兴"，所以特意和麻姑离得远远的。麻姑恢复了一些神采，背着手四处转悠，看到有人凑堆就把脑袋伸进去，先听听人家在说什么，伺机插话。麻姑可能还没有体会到人家对她的"惧怕"已经悄悄转成看笑话，只要插上了话，就讲得眉飞色舞，别人也听得饶有趣味。

"麻姑，是不是真的呀，别大老远跑来这里是一厢情愿哟？"旁听的人里总是不乏促狭者，有一个人喊出来，大伙都笑嘻嘻地盯着麻姑，等着她说话。

麻姑双手挺着腰："那还有假？跟你们说也不懂，我是手机不在身边，不然拿出来看看，羡慕死你们。"

"哟！有什么呀？是不是又是 good night baby 呀？"杨阿姨不知道怎么又挪到旁边，怪声怪气。

麻姑沉沉呼口气："怎么，从没人跟你个……你互道'晚安'是吗，羡慕？"

杨阿姨像被激起斗志，忘了在一边盯着的我，大声驳斥："装什么呀，谁听不出来是你编的。来来，把英文写给大伙看看，能写出来，我就跟你道歉。"

"你说的啊！"麻姑毫不示弱，在地上抓起一个小石块，就要在水泥地上写。

G—O—O—D，N—I—B……她想了想，拿手心把 B 抹掉，又写了个 A。停下来看了看，又抹掉，把石头攥在手里，眉头紧皱。

杨阿姨大笑起来："看，吹吧，哈哈！要不要我告诉你呀？"

不知道是趴在地上憋久了还是害羞，麻姑的脸红得像去了籽儿的草莓，她使劲把石头摁在地上，扭得"吱吱"地响。杨阿姨不断地拿话激她，大伙饶有趣味地看着麻姑，十分开心，甚至有人跟着起哄："写，写呀！"

"好！"麻姑噌地站起来，身子摇了摇，"都不信，我证明给你们看！"她使劲把石头往大院外面扔出去，跨着大步走开，身后的人如一群四散的麻雀，叽叽喳喳。

那以后，麻姑意志消沉，安静了不少。谁都没料到，不久后她会偷偷跑出去。

按照医院现行的制度标准，十来个值守岗，病人从封闭式病房跑出去的机会微乎其微。但麻姑确实逃跑成功了。逃跑前的麻姑一反常态，话少了很多，吃饭吃药参加治疗都十分配合，也不跟人吵架，有时候还会帮助护士做点事情。

小林事后说："我才反应过来，她这是了解大院的情况呢，谁敢说她是傻的，精得很！"

麻姑是钻了"点人"的空当。她提前了解了点数岗位每个人的点数方式，挑了一个点数比较马虎的护士，等着机会。出逃那天，点数的护士没有等人点够，就下令开了大院的门，放探视的家属进来——这在以往是没问题的，因为还会有人巡逻一次。但是，当天巡逻的人，没有仔细巡视女病房墙角的花圃，那里已经被麻姑悄悄腾挪出位置，正好可以藏一个人。

换句话说，麻姑的出逃计划，完全是周密计划好的，只等工作人员出现漏洞。

病人出逃，是精神专科最怕遇到的事。既怕病人在外面出事，又怕他在没有治疗的情况下症状发作，伤人或自伤。麻姑出逃的事第一时间就被上报给了医务部，医务部的典主任听了一半就截住了报告人的话头："还讲个屁呀，组织人去找啊！"

保卫科调了监控，显示麻姑出了医院大门后右拐上了人行道，她身上没钱，不可能去坐车——这说明她跑远的可能性不大。

从资料里调了麻姑的照片，打印出来，人手一份，我们打算用最笨的方式，一路搜一路问，尽力在短时间内把附近排查一遍。笨办法最磨人，一路问过去，几乎没有得到什么有用的信息，不是说不认识，就是说不知道，更多人是摆着手快速走开。

"要是不行啊，只能报警了。"小林很丧气。

这时候，手机抖了抖，我立即掏出来，点开群消息："麻姑找到了，在西菜市场，卖干货这里，快点过来！"

"等人到齐，不要轻举妄动！！！"典主任立即补上一条。

我猛拍小林："菜场，走！"

几分钟后，在附近搜寻麻姑下落的七个科室的十四个人，全部集中到定位地点。

日头很大，晒得人发痒。麻姑蹲坐在市场大棚的承重柱底下，望向一处干货摊。她像是看呆了，一个看起来三十岁上下、老板模样的男人，坐着一把靠椅，无聊地玩着手机。

我们按照一早的计划，躲开麻姑的眼神，呈一个半圆从后面向她慢慢靠拢——麻姑是个聪明人，若是被她发现跑进人群，又不知道去哪里找了。所有人都在看着领头人的手势，准备一拥而上。

麻姑忽然站起来，大伙的精神立刻绷紧，还好麻姑没有跑，而是朝着干货摊，犹犹豫豫地走了过去。玩手机的男人很快就发现了麻姑，仔细盯着她看了几眼，大惊失色，推开凳子就要往里钻。麻姑几步赶上去想攀住他，半路停住了手。两个人说了几句，越来越激动，男子大喊："我又不认识你，干吗哟？"

不能再等了，我们一拥而上，小林和另几个护士团团把麻姑拥住，我和另外一个治疗师在一边驱散慢慢围观过来的人群——不能再让麻姑受刺激了。

"我不会缠着你的！"麻姑伸着脖子在人圈里哀喊，"求求你，就跟我去说一说，你不要我，我回自己老家。"

我从没见过麻姑这样哀求别人的模样。聚集的人越来越多。男子脸上的惧怕早就没了，他拉住小林，语气很强硬："你们是附近精神病院的吧，要负责啊，她这样闹我还怎么做生意？"

小林看了我一眼，我明白了他的意思。我把男子拉到一边，小声问："你是不是认识她？"

男人双手飞快地摆动："没有，我怎么会认识个傻子呢！"

麻姑忽然安静了，她慢慢蹲下，号哭声成了低沉的呜咽。

"你不是这么说的，我不是傻子啊……"

菜市场外面，医院的车已经到了，女病区的护士带着约束带赶了过来。小林拦住了要上去绑麻姑的护士，慢慢把麻姑拥住。典主任也来了，他在远处跟我们了解了一下情况，沉思了片刻，说："要搞清楚，万一这个男的对麻姑……那要报警，哄拐精神病患者，真做得出来！"

那男人当然不愿意跟我们说什么，但典主任一句话降住了他："你说你不认识她，那她找你干什么？"

"哎哟，我招惹个傻子做什么！"男人丧气地蹲在地上，久久不语。

❻

男人说他姓李（姑且称李老板），与麻姑确实是相识于网上。说话的时候，他依旧是一副无辜的姿态："小生意赚不了几个钱，打了三十多年光棍儿，也没有其他爱好，就喜欢上网跟人聊天。"

"说正事！"典主任很不耐烦，"聊就好好聊，你乱撩做什么？"

李老板脸色稍微泛了一下白。

麻姑是他一年前在网上乱逛的时候加上的，按他的说法，他自己都没想到，麻姑那么好"哄"。他把自己伪装成一个年少继承了父亲残破家业的落魄富二代，谎称自己经过数十年的打拼，把家族企业带回了正轨，但误了自己的终身大事，一直单着。没想到麻姑很吃这一套，对他的仰慕几乎要溢出屏幕，天天贴上去要听他的"事迹"，丝毫不掩饰自己的爱慕之情——李老板以为自己"钓到了"。

典主任别过脸去："你不知道她是个精神病患者？"

"我哪里懂啊，来了才知道！"李老板十分委屈。

麻姑自己提出要来这里跟他见面，李老板觉得是白捡件好事，兴奋地答应了，让他没想到的是，麻姑一下车，李老板就问她："咱们去哪儿？"麻姑想也不想："你家啊！"

此时，我看到典主任使劲捏着手机，脸色铁青。我往前迈了半步，隔开两人。思忖了一会儿，我问李老板："你有没有……跟她……嗯？"

"没有！"他像被扎了一针，"不敢的呀，这谁敢啊！"

典主任呼出的气吹得我脖子都痒了，他快速拍我两下，一把推开我，问李老板："你说她去你那儿了，那为什么后来她又去了庵里，又为什么回来找你？"

"就是我……"

"你要讲实话！"典主任打断他，语气平稳下来，"她是精神病患者，有家人，你这样做他们可以追究。"

李老板眼角颤抖，愣了好久，如实交代了：麻姑在他那儿住了不到两天，他慢慢觉得这个姑娘不对劲。虽然大多数时候是个正常模样，但时不时说话颠三倒四，前言不搭后语。有几次他出去，回来时发现麻姑坐在地上，对着空气聊天，像是对面真有个人。

"你们精神病院就在附近，都说那里住的全是傻的，我就知道，可能碰到了个傻的嘛。"他这么说。

他自然是想把麻姑赶出去，但是又怕麻姑发疯找回来闹。他假借带麻姑出去玩，开车把她带到市郊的水月庵，趁麻姑上厕所的空当，开车走了。

典主任盯着他，眼神不善，我都觉得发毛。

我说："你不怕她出事？可以打我们医院电话啊。"但是说完这句话，我忽然觉得没什么意思了——他肯定是担心会出钱。

"行行行了！你这几天哪儿也别去，有事会找你。"典主任不耐烦地挥手。

李老板声音发颤："找我干吗，谁找我？"

"废话！警察不找你找我？"典主任鼓着眼睛，撂下一句就走了。我赶紧跟上去。

其实这样看，麻姑应该也没有跟水月庵里说实话。她可能是用了某种"精明"的方法，让水月庵以为她是一个来挂单的居士，换句话说，她不觉得自己是被"丢了"，还抱有找回去的"希望"——当然，这也是后来跟水月庵证实过的，麻姑确实在里面当了一段时间的挂单居士。

对麻姑来说，水月庵其实做了件好事。

❼

考虑到麻姑在外面并没有出什么事，不必大张旗鼓，所以院里只把麻姑暂且转到单独病房，观察一段时间再说。

麻姑回来后就整个变了个人，跟那些住久的老病号一样了：该吃药就去领药，该吃饭就去排队，困了就睡，醒了就发呆，眼神麻木，没有目的地四处晃荡，依靠本能和时间做伴。

精神专科就是这样一个神奇的地方，一旦你融入其中，所有"奇行怪状"大家都习以为常。对人家说的趣事，甚至讥讽，麻姑在一旁听着也能哈哈大笑出来。但也只是笑一会儿，开心便无影无踪，只剩下发呆。

在这段时间，我们有一件重要的事情要做——联系麻姑的家人。本来这件事的直接责任人应该是李老板。典主任又找过他，可他一直强调："我真的不知道，她没跟我说过啊！"

我想报警，被典主任拦住了。他说："报警没什么用，没证据证明他做了什么，白扯皮。"

我们又联系了水月庵，老住持在听过麻姑的事后，大叹一声："唉，痴女。"她告诉我们，麻姑来的时候，说自己是邻省某个地方人，但没说具体地点。她做事挺勤快，吃得苦，架势也"摆得熟"，住持真以为她是个居士，就让她留了下来。

至于当初麻姑"发病"被送来住院的缘由，是因为麻姑偷拿香客的手机，被住持"教训"了几句，话说得"不好听"——现在看来，麻姑大概是想偷个手机，继续联系这个李老板吧。

找不到麻姑的来处，医院还是选择了报警，希望警方能协助我们联系到她的家人。警方很快就查到了结果，电话是廖医生接的，接完电话，她回头看了看典主任，眼神很复杂："这两天就来接，办出院！"

典主任没有说话，我忍不住插了句嘴："那个李老板呢？就……"

"咱们说了不算。"典主任打断我，"对她家里来说，人能找到就不错了。"

麻姑出院之前，我去看了看她，虽然不知道要跟她说些什么。从心底而言，我从没把她当作一个不可理喻的精神病患者，特别是知道她的经历后。我去到病房，麻姑正在大厅和大家一起看着电视剧。她没有再穿那套麻灰的僧服，两鬓的头发悄悄长过了耳郭。我记得她今年似乎也就二十六岁，终于有了这个年纪的女孩该有的样子。

我们两个人的对话很尴尬，麻姑就像一个病人在面对严厉的查房，我说一句，她应一句，老老实实，没有了之前的霸蛮模样。

"药要按时服，吃完了跟医院打电话，定期复查，哦？"

"好。"

"回家后不要再乱跑了，家里人担心的，嗯？"

"不会再乱跑的。"

说了几句，麻姑低头拉扯自己的裤脚，不再理我。这让我把接下来要说的话全忘了，想趁着闹哄哄的电视声离开。

"你说——"麻姑忽然扯住我的白大褂，"是不是傻子，没有资格拥有爱情？"

我蹲下来，使劲摇头："没有的，没有的，我们这里好多出院的姑娘都嫁人了，不是别人说的那样！"

麻姑嘴角扯开，眼神微微明亮，她声音稍大了一些："那你说，我是不是个傻子？"

我心里想立刻回答，但话到嘴边又噎住了。假装开心地大笑了几声，我仰着头打岔："你精得很呢，换我，我可没本事跑出去。"

"呵。"她苦笑了一声，又低下头去。

快走出门口的时候，麻姑喊住了我："老师，谢谢你啊！"

"啊？"

"谢谢！"

我做了个挥别的手势，关上了铁闸门，心里五味杂陈。

麻姑第二天就要回去了。

她的父亲在门口，不住地感谢廖医生和典主任。他告诉我们，麻姑十来岁就得了精神分裂症，情况时好时坏，好时待在家里，坏时在当地的精神专科也住过院，时间不短，次数也不少。

"这次就是从家里跑出来的，也不知道遭了什么罪。"说到后面，他已很是无奈，"这次还好有你们，以后我死了，谁管我这个姑娘？"

"又不是什么绝症，"典主任使劲拍拍他，"我妹妹也是精神分裂症，也闹心这么多年了哟。老大哥，好日子多着呢！"

麻姑站在大门外面，手里提着庵里送来的旧僧服——她唯一的私人物品。她的父亲再次感谢了几句，拉起麻姑的手，钻进了医院特地准备送行的车。

当阿秀嫁给了阿森

❶

初见阿秀时，她二十八岁，身高一米五左右，全身略浮胖，小腹突出稍下垂，是典型的长期服药的体形。但她眉眼清秀，皮肤白嫩，或是天生的，或是长期住院少见日光的缘故。

在我的印象里，阿秀没留过长发，一直是寸头，跟男孩子一样，前不遮额，耳际以下的四周刮成乌青，稍长点就剃了。我猜多半是家属为了省时省钱，但开始也会问她："你这么漂亮，留长发不好哇？"

阿秀大笑，抚摸颅顶，瞧向热烈的太阳："凉快呀！"

阿秀爱笑，遇着人，认识或者不认识的，冷漠的或是热情的，她都"哈喽哈喽"，率先笑着打招呼。我总觉得，快乐如果有具体模样，就该是阿秀的样子。

有时候笑久了，阿秀的面部肌肉会突然失去控制：从眉头到嘴角疾速抽搐，五官挤成一团，随机拼成各种表情，很久才会停下来。阿秀的主治医生曾认为这是药物副作用，可调来调去，也没有好转。

大多数时候，阿秀意识不到自己的异常，也看不懂旁人的眼光。人家说她是小时候就"发癫"，吃了太多乱七八糟的药，把脑子里管"表情"的那块（神经）给吃坏了。阿秀从不羞赧，更不懂什么反讥，像没听见一样，自顾自地抱着双臂站在人堆边上，任由别人把她揪进话题里说长道短。

阿秀一直住在我们医院收治长期精神病患者的"成四病房"，她病历上的诊断是"青春型精神分裂症"。按照她大伯的说法，是在阿秀十五六岁时，"忽然就变得奇奇怪怪，乱讲瞎话，越来人越讲，吼不听，也不怕打"。阿秀本来就没读多少书，最开始是说定了她家镇上一户送煤气人家的小儿子，办了身份证就嫁，结果这一"疯"，啥都没了。

阿秀的大伯讲得愁眉苦脸，我也听得苦脸愁眉。趁着他酝酿下一个话题的空隙，我抓紧问了阿秀父母的情况。

"阿秀她爸妈，是不是也……"

"死了，都早死了！"

"嗯……"我应了一声，小心翼翼地，观察着他莫名而至的冷淡。

这是阿秀。

认识阿森时，他三十三岁，是我们医院和市残联合办的日间康复中心的一位居家患者，只在我们白天上班时间来医院参加治疗活动。相较"成四"，日间康复中心是一个公益组织，治疗完全免费，主要是为了照顾附近登记在册的居家患者，但会经过较为严格的筛查，总共二十多个人。

阿森相貌挺普通，圆头圆脑，小眉小眼，塌鼻厚嘴，可他的身材在南方小城绝对算得上"珍奇"——身高一米八六，体重三百零四斤。再加上他皮肤黑，又总是一身乌麻麻的肥佬装，活脱脱一只熊，举两把笤帚就是画里的程咬金。

事实上，阿森很老实，近乎怂。忘记谁跟我讲，阿森有个游手好闲的瘦弱表哥，曾妄图拉着体形壮硕的阿森进军本地的"催债"行业。没料到，表哥执行首笔业务，绕着棍子跟欠账者耍威时，阿森却在摩托后座睡厥了过去，呼噜声比排气管还响——"开局一辆摩托两个人，结局每人都被（对方）给了两巴掌"。也不知道这是真的，还是个笑话。

其实阿森的家境也算不错。阿森妈讲，从阿森爷爷辈儿他们家就是城里人，市中心拆不掉的城中村里，几代人努力留了一栋自建楼。阿森爹运气爆棚，城建还没下禁令的头一年，他又往上加了三层，一共五层，十多间套房，每个月光收租就有上万块钱。

只可惜这都是过去的光景。

阿森很小就被确诊了"智力发育迟滞"，大了之后又显现出一些精神症状，其脸相、心性都和八九岁的小男孩差不多。他爹还在时，勤勉务实，守得住家底儿。他爹走了之后，远远近近的亲戚都找上了门，有的硬说（阿森家建房的）地是本家的，他们有权分房，有的假托照顾孤儿寡母，有的拖家带口地卖惨，到头来，十来套房被占了个七七八八。

以往父母俱在，家里阔气，阿森大小也是个傻少爷。可爹一早走，娘就受欺负，久病患者家庭的那些凄苦便一滴不漏地全撒了出来。这些年，阿森除了饭量见长几乎"毫无长进"，自从2012年加入康复中心就没再出去过。阿森妈说就算自己铆足了劲儿，只能说刚够"活着"。

与我聊这些的时候，阿森妈一如阿秀大伯那般愁眉苦脸："就不知道，我死了他要怎么办。"

严格说，我最先认识的既不是阿森，也不是阿秀，而是阿森妈。

2015年，我还有半年就要毕业，在医院实习。阿森妈就在医院的门口推着车卖早点。几乎是每回，大概七点半，我下公交车，她刚出摊。医院的门口开始人头攒动，阿森妈的早餐排档内容丰富，肉包子、素包子、玉米、豆浆，还有她自己蒸的糯米饭，价钱还不贵，起码比起隔壁装修精致的早餐店实惠不少，医院的员工几乎都在她那里买。

大概是早餐店的女老板嫌阿森妈抢了她的生意，干了件馊事儿——她也学阿森妈推个三轮车，每天比阿森妈还早出档，先把地方占了。说到底，阿森妈家里是没有顶事儿的男人，争不过家里人丁兴旺的老板娘。被人抢了地儿，自己便默默地把车推到医院侧门的小路上。

一来是同情阿森妈，二来早餐店老板娘的东西确实贵，我每天都绕远路去光顾阿森妈的摊位。一来二去就熟稔起来，她见我回回都是匆匆扫码付账，再看见我，就直接按照我的习惯拿出早早装好的小米粥跟馒头："你先去上班，钱下班再给。"

我把这件事说给带教的马老师听，她掏出手机，翻出阿森妈的微信给我看转账记录："阿森的妈妈呀？很会做生意哟，医院的人基本都是下班再给钱。"

我很佩服阿森妈的"大气"。没过多久，她的早餐排档又开始人声鼎沸，虽然隔壁的老板娘一直没让位置，但这反而越是衬得阿森妈做生意诚心诚意。再往后，阿森妈的摊子越发兴旺，干脆把隔壁的报刊亭盘了下来，算是有了自己的门脸。

2016年7月，我正式入职这家医院的精神专科，在日间康复中心轮转，做了阿森的治疗师。阿森妈知道后，对我更加热情，每次都给我多装一个鸡蛋："吃吧吃吧，不要钱，你总吃馒头可不行，得补充蛋白质。"

当然，钱我还是照给。

认识阿秀，是连同她大伯一起认识的，因为阿秀的大伯老是拖欠住院费。

其实，"成四"收治的几乎都是阿秀这样的患者——长期服药，家庭困难，出不了院。本来以阿秀的条件是可以拿到残联补贴的，不必这样紧紧巴巴。可是阿秀的档案有缺失，医院跟她大伯提过很多次，让他去办齐手续，这样他们经济上会轻松很多。但她大伯一听补贴是直接"补进住院费用里",到不了他的手,而跑手续还得花钱、花时间,就不愿意去了。

我不止一次听过护士给阿秀大伯打电话。

"阿秀的大伯吗?医院呐,阿秀的住院费要交了哟。"

"知道了,知道了!过几天。"

"别过几天哟,拖好几个月了。"

"哎呀,过几天就交嘛……"

阿秀大伯总是"过几天""过几天",谁也不知道他到底要过几天。医院也拿他没什么办法,只能月月催,季季催,直到说"再不交钱就把人送回去了啊",他才会来交钱。

真正将阿森母子、阿秀伯侄四人联系到一起的,是一场联谊。

2016年的中秋,医院说,要在患者群体里面举行一场"包饺子"中秋联欢。本着"小事大办"的原则,医院邀请了日间康复中心所有患者,病房里也把"灵醒"一点的患者都请来了,包括能来的患者家属。

中秋的前一天,大家齐聚医院的康复大厅。阿森妈特别积极,她说饺子馅她全包了,韭菜猪肉、白菜豆干,拖来了整整四大盆。

阿秀大伯却跟质检员似的,拿着盆里的木勺把馅儿搅来搅去,一脸嫌弃:"稀汤寡水的,肉呢?全是菜啊。"

我抢过木勺:"人家家属自己出的钱,说什么呢你?"

他倒是一点都不尴尬，反而跟我打听起阿森妈的事儿来，什么她家里是干吗的呀，她旁边那个胖子是谁呀，在这里住多久了呀，等等。

"你问这么多干吗？这是人家隐私。"

自阿森妈开始煮饺子，阿秀大伯就一直跟在她身边团团转，端碟子、分饺子，倒饮料、分碗筷，干得顺手又热情。我当时以为他对阿森妈起了心思，想做阿森的后爹。

联谊结束后没几天，阿秀大伯忽然跟开了窍似的，来医院找"成四"的主任，说自己已经把阿秀缺失的手续跑完了。知道阿秀大伯的为人，主任摸不清他这又是几个意思，再次强调，补贴是到不了他的手的。

"你们别误会啊，我要我侄女的补贴干吗？你们放心，以后的住院费我一定不拖。我就一个要求，她现在什么手续都是全的，能不能转进日间康复中心？"

主任不敢立即答应。

日间康复中心其实自设立开始就一直是入不敷出的状态，满员之后，人员数一直在控制，塞一个人进去，不仅要跟残联报备，院里也得开会讨论。主任让他去找领导，没想到阿秀大伯竟然拿出了一张残联的申请表，上面批准了阿秀加入日间康复中心。

谁也不知道他到底是怎么拿到批准的，主任给医务科典主任打电话，可典主任也表示医院同意阿秀转入日间康复中心。

"没办法，不知道他去找了谁，资料什么都是全的，转就转吧。"

两天后，护士帮阿秀收拾好东西，她顺利转进了日间康复中心。

原本日间康复中心患者需要家属接送，阿秀大伯也没有说什么，每天兢兢业业，上午九点送阿秀来，下午四点再把人接走。就是一点，其他的家属都是送到了就离开，他不是。他是直到康复中心下班，再和阿秀一起走。

后来，我从日间康复中心的协管员口里听到，阿秀大伯只提了个要求："每天听课，参加治疗，阿秀和阿森必须坐在一起。"他自己也不总是待在康复大厅，一有空就往阿森妈的报刊亭跑，帮她拣包子、递豆浆，跟个伙计似的。

后来是协管员点了我两句，我才明白——阿秀大伯不是看上了阿森妈，他是看上了阿森。确切地说，是"替阿秀看上了阿森"。

对于阿秀和阿森这样长期反复发作的精神病患者的恋爱婚姻，我们精神卫生从业者就一个原则——不提倡、不反对。

说不提倡，原因很简单：虽然病理学上没有确切的论断，但就统计数据来看，阿秀和阿森的后代遗传精神疾病的可能性还是有的，而且概率不算低。况且哪怕运气好，孩子不遗传，但两个精神病患者父母，又如何能对孩子的成长教育负责呢？

说不反对，也很简单：跟人生病有权利看病一样，恋爱结婚也是人的自由，在法律允许的前提下，没人有资格阻止。

其实我大致能猜出阿秀大伯为什么会看上阿森。阿森家里有营生，阿森妈目前看起来还身强力壮，能做事，阿秀嫁过去，大概率能过上好日子，起码不会缺药少吃。最重要的是，他能把这个亲兄弟留给自己的大麻烦甩出去。

当然，这些都是在我心里瞎转的想法，只要阿秀和阿森不影响康复中心的日常运转，没人会去说什么，起码医院里的人不会。

❹

然而，后面的事儿就让我很意外了。

我好像一屁股坐在了阿秀和阿森故事的快进键上，等我再听到他们的消息时，"成四"的护士长告诉我，阿秀怀孕了，"怀的是阿森的孩子"。

其实后来想想，这件事有过征兆。大约是阿秀转进日间康复中心后的第二个月，好像有十来天的时间，阿森妈的报刊亭没开门。等她再回来开门做生意时，阿秀大伯就不来了。护士长跟我说，那十来天，阿森妈领着阿秀，到处去找医院抽血，要鉴定她肚子里孩子的父亲是谁，还闹到了我们医院里。

"闹什么，有什么好闹的？"

"闹什么？"护士长扯着嘴，"说我们医院管理不严啰！这跟医院有什么关系？怀孕就嫁呗，她大伯不就是想把阿秀甩出去？"

我很讶异，在我的印象里阿森就是个大点的男孩，怎么会通男女之事？我更讶异的是，阿森和阿秀每天只是在治疗期间有接触，医院下班，他们各回各家，去哪儿怀的孩子？

可没过多久，我就收到了阿森妈给我的请帖，阿森和阿秀，要结婚了。不少医护人员也接到了请帖，都是在阿森妈早餐摊上承过情的人。但到了当天，去的只有我一个，其余的都是包了利市托我

211

带过去。

阿森和阿秀的婚宴就订在城中村的一家茶餐厅里，地方极偏，门脸极小，我举着导航在门口路过了好几轮，直到看见门口迎宾的大红纸才认准地方。大红纸上正贴着一张大照片，应该是阿秀和阿森的登记照：两个人穿着白衬衣，发亮肤白，红嘴粉腮，脑袋像是硬挤似的靠在一起，不知道在看哪里。

我进去的时候，里面已经满满当当，一共六张桌子。阿森妈撑在门口的桌台上，大声催着老板赶紧上菜。阿秀大伯在她身后屡屡想插嘴："那个……讲点……讲几句，几句……"他大概是提醒阿森妈要讲几句场面话，可看阿森妈这个意思，她应该是没有考虑过什么礼俗流程。

老板尴尬地赔着笑，最终还是得听阿森妈的话，大手朝后一挥，后厨服务员阿姐们鱼贯而出。菜一上，席面立即沸沸扬扬，拿出袋子搂菜的，端着杯子劝酒的，抱着孩子喂饭的，终于是热闹得像个婚宴。

阿森妈领着我坐在了阿森和阿秀身边。阿秀一如既往，抱着手臂端坐，眼睛时不时瞟向在对面桌划拳的大伯。阿森倒是淡定地左顾右盼，仿佛结婚的不是他，只是屡次想拿起筷子夹肉时，都被他妈一巴掌拍掉。

"秀儿啊，秀！"阿秀大伯喊一声，朝阿秀扬着空杯，"敬酒，去敬酒！"

阿秀神色一惊，站起又坐下，脸上的肌肉抽搐起来。阿森妈脸色沉下去，眼神朝阿秀大伯射过去。大伯没看见似的，抓起酒瓶塞到阿森的怀里，不由分说地讲："哪有结婚吃席不敬酒的，快去！"

阿森抱着酒瓶，无措地看向阿森妈。席面的声音压抑了一些，阿秀大伯见拽不动阿森，又朝阿森妈抱怨："哪户人家接媳妇跟你们一样，酒也不知道去敬？"

我吐掉口里的鸡骨头，一把将阿森怀里的酒瓶抽了出来，塞回一瓶可乐："他们还在服药呢，不能喝酒。"

阿秀大伯打量了我几眼，伸手又要把酒瓶塞过去："不能喝也要喝，今天该喝！"

"哎呀医生都讲了，不能喝酒！"阿森妈挥手挡开大伯的酒瓶，像赶苍蝇一样把阿森和阿秀驱起来，"拿可乐去，去去去！"

阿秀大伯终于是心满意足地住了嘴。

席吃得很快，除了大伯几个人四处喝酒，大多数人都是吃几口过来讲两句祝福的话便走了。人一散，场面冷下来。阿森妈皱眉看了几眼还在咋呼的阿秀大伯，起身大声地招呼老板"赶紧来结尾账"。

阿森如释重负，抓起筷子在汤里戳起块鸡肉。阿秀也不抽搐了，低着头一点一点的，大概是困。看着阿森没心没肺的样子，我不知为啥，就是忍不住想"说教"两句。

"以后晚上出去遛弯要把阿秀带上，记得别走太快，看着她点，嗯？"

"你妈要是弄好吃的，那都是给阿秀做的，别跟她抢，知道吗？"

阿森没反应，又嘬起烟来，小口小口地，悄悄往桌子底下吐。

烟雾画个弯儿，弥漫而上，阿秀被熏得直捂鼻子。

我气不打一处来，拍掉阿森手里的半截烟，一脚踩灭："最后一件事，以后把烟戒了，再让我看见就跟你妈说！"

他终于警觉了，连连点头。

结婚后，阿森和阿秀都没再来日间康复中心。

大概是又过了半个月，有天，我带着老婆在城中村附近的小吃街闲逛，正路过两栋建筑之间的天桥，忽然，一个黑乎乎的身影蹿到我眼前，跟个抢桃的胖猴儿一样，弯腰、挥臂、起身，捡起别人丢在地上还没熄灭的烟头，就准备塞进嘴里。

定下神，我这就看出来是谁了。

"阿森！"我喝了一声，把他和我老婆都吓了一跳。

我朝他摊开手掌："拿来！"

阿森悻悻地低着头，把烟头藏在身后。

"你怎么答应我的？"我只记得生气，"叫你别抽烟了，阿秀怀着孕呢。"

阿森脸红了一会儿，很快恢复如常。他转过身去，像是与我不相识一般，看着下面来往不息的车流，抽着刚捡的烟屁股。

我气性越发旺盛，恨不得立即一步跨到他脖子上。老婆立刻扯住我，她悄声说："这里不是医院。"

我立刻惊醒过来。确实，现在是在医院外面，我没有权利对他大呼小叫。我走到阿森身边，从口袋里掏出烟盒，拽了一根给他："脏不脏啊，舔人家口水。"

阿森望了望手里的烟蒂，没有接我的烟。

"阿秀呢，不是跟你说了遛弯带上她吗？她现在怀着孩子，出来走走才好。"

"哎呀，麻烦死了！"阿森忽然把烟头朝桥下一扔，"阿秀天天占着我的床，我又不想理她，烦死了！"

"她是你老婆啊，不睡你床上睡……哎，阿森，阿森，你去哪儿？"

他不管我，直往下桥的楼梯走去。

❺

日子一天天过，日间康复中心里老有人念叨阿秀和阿森，说他们命好，还能找个伴。但也有些人表示要等着看笑话，说这种话的大都是结过婚又因为精神疾病而离婚的人。

好像是又过了两个月，忽然有天，临近下午医院下班的时间，阿森妈领着阿秀，带着大包小包来到医院，她要给阿秀办住院手续。

当天我正好在门诊做志愿者，看着面黄肌瘦的阿秀，问阿森妈："生了？这才几个月？"

阿森妈没好气地回答："孩子掉了！"

看着阿秀晕乎乎的模样，护士不敢给她办理住院手续，联系了值班医生。医生也不敢给阿秀办理住院手续，劝阿森妈把她带去妇幼医院。

"你们真是，这么麻烦干吗？我生阿森的时候都没这么娇气，赶紧！我不少你们住院费。"

我们没办法，只能给阿秀大伯打电话。他一开始不愿意来，说阿秀既然嫁了出去，就是他阿森家的人，跟自己没半毛钱关系。值班医生曾经接手过阿秀的治疗，知道里面的事，他跟阿秀大伯讲，要是他也不管，医院就只能拒绝收治，到时候，阿森妈肯定领着阿秀去找他。

阿秀大伯这才愿意来医院。

急诊的办公室里，医生跟阿森妈还有阿秀大伯讲明情况，说现在阿秀刚流产，不适合住在精神专科，必须去妇幼保健院调理身体。可说到费用的问题，阿秀大伯、阿森妈两人当场翻了脸。

阿秀大伯还是那套说辞，阿秀既然嫁到了阿森家，那就是他们家的人，流产了跟他有什么关系。

"狗屁！"阿森妈破口大骂，"当初咱们说好的，要是生了儿子，我养他们一辈子。现在呢，孩子呢？"

"你跟我要啊？又不是我怀孕！"阿秀大伯一脸诧异。

阿森妈趁势而上："那我不管，孩子没了，这个儿媳妇我就不要了。今天你也来了，人给你，阿秀从此跟我家没关系。"

"你真是，当初阿秀怀孕了，你不是也赞同他们结婚？现在孩子没了你就反悔，真是……"

"放屁！"阿森妈大喝一声，"他们怎么怀上的，你心里没数？！"

阿秀大伯像是被点了死穴，阿森妈也住了嘴，两人对视片刻，又把头不自然地扭开。与此同时，我、值班护士和医生三个人也彻底沉默下来。

我意识到，这里面怕是有很麻烦的事。我原以为阿秀和阿森是自然怀孕，但从阿森妈他们的对话里判断，事情怕没有那么简单。

如果我没记错的话，诱导精神病人发生性关系，是犯罪。就在我不知道要怎么办时，值班医生毫不犹豫地报了警。

面对警察，阿森妈直说自己什么都不知道，阿秀大伯则支支吾吾，也是什么都说不出来。其实我们也没什么证据能证明，阿秀和阿森是在被诱导的情况下发生的关系，况且距离阿秀怀孕已经过去这么久了，也不知道要从哪里查起。

警察说，如果我们拿不出确切的证据，只凭这只言片语，他们也无能为力，只能劝他们自己商量。可是一说到商量，阿森妈和阿秀大伯又扯到该谁出阿秀的治疗费的问题上，两个人谁也不让谁。

阿秀实在虚弱，我们只能把她暂时安排在门诊楼住院，请妇幼医院的医生来会诊。阿森妈垫付了一个月的医药费，直言后面的事跟她没关系。阿秀大伯则更干脆，连医院的电话都不接，好不容易换个电话打通，他也是一句"等派出所的结果"。

可哪儿有什么结果。

时间一点一点过去，阿森妈和阿秀大伯谁也不管住在医院的阿秀。医院要不到住院费倒是小事，最重要的是，阿秀有老公、有婆婆、有亲人，大小检查、治疗都要人来签字，总拖着也不合规。

医院组织了一次调解，把阿森妈和阿秀大伯请来。其实事情在我们看来挺简单，无非是落实阿秀到底该哪边负责。医务部典主任跟阿森妈说，按照法规，阿秀既然嫁给了阿森，那必然是由阿森家来负责。阿森妈很果断："那就离婚，孩子都没了，还不离婚？"

"阿姐，话不是这么说的哟，"典主任回道，"精神病患者的婚姻不是说离就离，毕竟法律上他们不算是有完整的民事行为能力，意思是说，他们也不知道自己在干什么，这个要法院那边……"

"对啊！"阿森妈大声打断，"我阿森他是个傻的，你们都知道，他怎么知道去让阿秀怀……反正我不管，你们去问她大伯，问问他，孩子是怎么怀上的。"

阿秀大伯一副懒得说话的模样。典主任停了嘴，也不知道在想什么。

典主任暂时把他们留在医务部的办公室，让我找来日间康复中心的协管员，在另一间办公室里商量对策。

典主任说，现在扯皮怕是扯不清，得"从根子上解决问题"。

我很不解："哪儿是根子？"

"孩子。"

❻

典主任是想搞清楚，这个孩子究竟是不是自然受孕。如果不是，那可就不是离不离婚的问题了，诱使精神病患者发生性关系是违法行为，谁违法，谁就要对目前住院的阿秀负责到底。

典主任让我们回忆，自从阿秀转到日间康复中心，她跟阿森除了在日常治疗期间接触，还去过哪里。我是肯定不知道，因为除了治疗的排班，我很少到日间康复中心去。

"我记起来了，"协管员忽然说，"是露营，就是上回，我们带康复中心的患者去市郊的森林公园，在那里住了一晚上，扎帐篷，嗯……也不对啊，帐篷是一人一顶……对了，还有家属，有几个家属来帮忙，阿秀大伯也来了。我们是轮流值夜，说不定就是那回……"他不说话了，三个人互相对视。协管员的意思很明显，他认为阿秀大伯是趁值夜的时候，诱使阿森和阿秀发生了关系。

我忽然感到很不安："典主任，阿森跟个孩子一样，你说……就是把阿秀塞到他帐篷里，也不会……吧？"

典主任没说话，抽了好几根烟。他让协管员回去了，再次跟我回到医务部办公室，他把阿森妈留在办公室，单独把阿秀大伯叫了出来，问道："阿秀转到康复中心后，是不是去了上回那次的露营？"

阿秀大伯答得很干脆："是啊，我也去了，是你们说要家属帮忙，我也是……"

典主任摆摆手："协管员说，看见你领阿秀进了阿森的帐篷。"

"哪儿啊！我们几个家属轮流值夜，他睡得跟猪一样，哪里能看见我……"阿秀大伯大声质疑，忽然又停住。

典主任嗤笑一声，盯着他。

阿秀大伯这才意识到，典主任是在"晃"他。但他毕竟自己说漏了嘴，支支吾吾："我就是想……想他们多接触一会儿，说不定就有感情了。我出去了，我发誓我不知道后面的事，谁知道后面怀孕了，两个……两个年轻人……"

"行了，你不用说了，"典主任再次打断他，"我不跟你说其他的，阿秀现在住院，按法律，第一监护人是她的配偶，就是阿森，现在你也知道，阿森也是个精神病患者，他无法履行监护人职责。按法律，阿秀监护人就是她的父母或者子女，孩子是没了，她父母也不在，那监护人就应该是你。当时补全她的手续是你自己去跑的，板上钉钉的事，怎么也扯不到阿森妈身上，这些我都会告诉阿森妈，随你们去闹，去打官司。"

我原以为阿秀大伯会哑口无言，没想到，他说出了一件更让我们惊讶的事。他说，阿森和阿秀怀孕，确实是他有意为之，但是，阿森妈也参与其中。

按阿秀大伯的说法，当初他的确缠着阿森妈，百般劝说，说自己跟她都会先两个孩子死的，死了之后怎么办？阿森妈听到了心里去，但她又怕两个孩子自己都照顾不好自己，结了婚又能怎么办？这个时候，阿秀大伯给她出了一个主意，让阿秀怀孕，生了孩子，只要孩子没遗传到问题，阿森和阿秀的后半生就有指望了。

典主任听得恼火："那生下个孩子就是给你们……孩子他活该啊？"

"那你告诉我怎么办？"阿秀大伯也愤怒起来，"我死了之后呢，阿森妈死了之后呢，拖着他们两个进棺材里？"

看着他们斗牛的架势，我实在不知道怎么插嘴。自从进了精神专科，我听过不少患者和他们家属的故事，这样无可奈何的情况在我们这里太多了。

阿秀大伯闷着头蹲下来，典主任就直直站在一边，谁也不知道接下来还要不要说话。

我蹲在阿秀大伯身边，想了一会儿词儿，我拍了拍他："他们怀孕的事儿，您没有……没有用什么违规的做法吧，我是说……药物什么的……"

"手把手教呗。"他闷闷回了一声，头埋得更低。

典主任来回踱步，看看他，又看看办公室。他朝我点点头，自己走进办公室里，关上了门。我一直陪着阿秀大伯蹲在外面，屋子里时不时传出几声争执，啜泣，最后彻底归于平静。

后面的事都是典主任告诉我的。

阿森妈承认，她确实默许了阿秀大伯的做法，她自己也认为，阿森有了孩子之后确实能有条活路。阿森妈其实早就有这个心思，她原本是希望能给阿森找个正常人，家境什么的都不在乎，只要能过日子，可只要一听到阿森是个精神病患者，媒人们都摆摆手。

后来，确认了阿秀怀的确实是阿森的孩子后，阿森妈按照约定，接了阿秀过门。医生说，怀孕期间，服药要慎重，最好调整一下药物。她心里怕，到处问服药会不会对胎儿有影响，有人说不会，有人说会。她生怕服药会影响孩子，干脆就直接不给阿秀吃药，还用绳子把阿秀绑在家里，不准阿森靠近。阿森妈自己当初怀阿森要生的那段时间也是成天哪儿都不去，她觉得不会有事的，一切等阿秀把孩子生下来就好了。

只是她没料到阿秀会流产。

妇幼医院的医生检查过阿秀的身体，说阿秀常年服药，身体条件本就不适合立刻怀孕，需要调整一段时间才行。"怀孕后又哪儿都不去，还绑在床上，任由精神症状发作，流产本身就是件大概率的事。"

221

后来，阿秀和阿森离婚了。

他们作为两个精神病患者怀孕的事，说到底，谁也无法举证他们是出于自愿还是强迫，最后只能不了了之。

阿秀大伯自知理亏，表示愿意负担阿秀继续住院的费用，阿秀又被转回了"成四"。阿森从结婚后到阿秀流产，一直没在医院出现过，直到这件事彻底完结，阿森妈把早餐摊儿挪到其他地方后，他才回来，继续在日间康复中心当一名居家患者。

这整件事就像空中燃烧的一张纸，落到地上只剩灰烬，风一吹，什么都没了，好像什么都没发生过。

随着我在康复科定岗，往后的几年，我只在治疗室见过阿秀。"成四"的护士说，阿秀还是那个样子，人白了回来，见谁都乐，就是忽然抽搐的毛病越发严重。在病友群里，知道她结婚又离婚的人不多，阿秀的变化在他们看来，就跟自己多年反复不断的病情一样，早就可以接受了。

阿森我是几乎见不到的，只零星地在上班路上见过几回他抽烟的背影。他不怎么理我，我也不想理他。

我总觉得，这些精神病患者，都像背着壳儿一样，缓缓地往前走，除了像我这样日日陪着他们的工作人员，谁会知道他们的壳儿里装着什么，谁也不知道。可说到底，他们跟我们一样，都是一群想好好生活下去的人罢了。

（文中人名均为化名）

他说，我就老老实实做个女人，行不行

❶

阿贵年纪其实不大，三十岁。清瘦，背有点驼，不知怎么的，须发有点泛白，病房里没有像样的刮胡刀（因为算危险物品），脸上总是刮不干净，人看起来就老了。

第一回帮阿贵出头，是2017年春末，我刚刚调到大院（患者日常活动场地）不久。一名年轻的癫痫患者"刺毛儿"扬着一件衣服跑，阿贵在后头跟着。"刺毛儿"年轻力壮，跑跑停停，诱着阿贵上来，阿贵体弱，"刺毛儿"停了他也停，又在原地怒斥。

"你……你……拿回来！"

"来拿呀！"

看热闹不嫌事儿大，院子里鸡飞狗跳的。我扔下东西去拦，和"刺毛儿"撞了一满怀。

"又惹事！"我把"刺毛儿"胳膊架着，"又想关几天？"

"哎……哎！不是啊，你自己看。""刺毛儿"把衣服塞我怀里——一条女士内裤。

我瞪回"刺毛儿"："偷谁的？"

他胡乱指着停在几米外的阿贵："不是我！他！"

我望向几米外的阿贵："你……偷的？"

他不作声，往后缩了几步。"刺毛儿"撇开胳膊，从我指尖抢走内裤扬起来，大声说："什么呀，这就是他的内裤，女士内裤，有花呢！"

阿贵杵在原地，像根颤抖的柱子。

"滚蛋，该干吗干吗！"我把"刺毛儿"推开。他也识时务，见我发恼，放下东西灰溜溜地逃了。阿贵还杵在原地，我叫也不是，不叫也不是，眼睛往四周巡一圈，看热闹的自觉散开了。

"嘿嘿，你家里太马虎了，内裤都能拿错。"我笑了两声，绕着他打量，"这尺码也对不上呀。"

原本以为阿贵能会意地笑一下，没想到他却只勉强地扯扯嘴角。见我不说话了，试探着从我手里拽走内裤，捂在怀里，转身跑了。

听大院的管理员老乌讲，阿贵在我们这儿大概有五年了。"家里剩一个老娘，好像家境还行，不然也住不了这么久。"

"媳妇跟娃儿呢？跑啦？"

老乌把烟弹出窗户，把头别到一边，大概是嫌我问得多余。

我查了阿贵的资料，独生子，没结过婚，也没有小孩。住院的原因是精神分裂症，具体的病史上面没有记录，每日的查房记录也是千篇一律——换一句话说，自他住到我们这里，情况一直很稳定，早可以出院回家的。

我不断翻阅着阿贵的信息，一条备注跳出来：年少时，他曾经在其他医院有过"性别识别障碍"的诊断。

性别识别障碍，指对自身性别的认知与自己真实生理特征相反，如男性行为女性化，持续否认自己身体有男性特征，甚至厌恶自己的生殖器官。性别识别障碍多发于童年期或者青少年期，极大可能会伴随终生，一般治疗效果不好，预后欠佳。它与同性恋最大的区别在于性别识别障碍者不接受自己的性别，追求异性装束或者变性，而同性恋者坦然接受自己的性别，性亢奋对象为同性。

阿贵的诊断明明是精神分裂症，但病历上为什么要标注"性别识别障碍"？究竟是不是阿贵的某一任医生有意为之？我不得而知。回想起阿贵扭扭捏捏的模样，还有他非要夺回去的女士内裤，我好像抓到了什么，却又不敢大胆地握紧。

没过多久，医务部打来电话，说阿贵已经很久没有缴过住院费，通知过他母亲，但是他母亲说什么都不愿意来。医务部希望我们派一个心理治疗师，协助他们去一趟阿贵的家里，问问具体情况。

去的当天，趁中午下班，我和医务部的典主任在路边嗦粉。他使劲往碗里撒辣椒酱，嘴里絮絮叨叨："就两件事，要么把住院费要回来，要么劝她带儿子出院。"

以阿贵现下在医院的状态，出院去适应社会生活，对他的病情更有好处。我拿舌头小心试了试味道："最好是能劝出院，大老爷们，家里还有个老妈呢，再住下去就废了。"

骑着车几经踅摸，我们找到了阿贵的家。见了阿贵的母亲，我才知道他的家境可不是老乌所说的"还行"而已——在我们这儿最大的交易市场，阿贵家里有个三层的门脸儿，专卖玉器。

一个浑身珠光宝气的老太太立在柜台后面。店里来往询问的客人挺多，她不厌其烦，一件一件拿东西出来给他们过眼。等了十几分钟，我有点不耐烦，准备上去"客气"地开场，但她立即往我们这儿不善地扫了一眼。典主任倒是很有耐心，熟门熟路地从门口饮水机下面的柜子里翻出茶叶跟杯子。

"坐着吧。"他小心翼翼吹开浮叶，"好茶呢，喝，平时尝不到。"

等了快两小时，茶叶都泡得没了颜色，店里终于安静下来。典主任抬抬眼，背着手慢慢踱过去。

"生意好啊，梅姐。"他撑在柜台上，"难怪老是说没空呢。"

"又让你来追债？"老太太——阿贵的母亲梅姐，眼也不抬，一件一件地擦着柜台里的玉器，"我待会儿就去银行取钱。"

典主任咧开嘴傻笑，搜不出词儿。我更是不敢看这位梅姐，低头在柜台里假意四处欣赏。这时候典主任做了件我始料未及的事——他一把把我拽到老太太前面："这是你儿子的医生，他特地来有点事跟你说。"

梅姐停下手里的活儿，点了一根烟，抬头打量了我几眼。

我的苹果肌微微抽动，不用看镜子都知道笑得很丑："梅阿……梅姐姐，大概是这么个情况，您看，阿贵的病情早就稳定下来了，尽快办理出院吧。"

"喊……呵。"她蔑笑一声，戳熄剩下的半截烟，"他住他的院，我守我的店，待会儿你们谁跟我去银行，医院我不去了。"

典主任保持着撑着柜台的姿势，深深叹了口气："你就这一个儿子，难道让他一辈子住医院啊？"

"儿子？他也算个儿子？哪儿来的呀你，出去！"

"去哪儿去，来就是……"我有些躁了。

"走走走！"典主任拽着我往外扯，走到门口，他又回头觍笑着，"梅姐，明天再……"

"滚！"

❷

第二天，梅姐还是将住院费转来了，还专门给医院打了电话："住院费我以后按时结，叫你们那个矮胖子别再带人来了！"

我猜阿贵根本不知道母亲欠住院费的事儿，有一次又跟老乌聊起阿贵时，老乌颇为不忿地掸掸烟灰，鄙夷道："熬吧小子，我守大院十几二十年了，什么病人、什么爹妈没见过，一个一个的，你恁得过来？"

老乌告诉我，自从阿贵住进来，梅姐来的次数屈指可数，来了也就是缴住院费，从不到病房去看儿子，甚至都不跟医生打听病情。"跟个后妈似的，儿子也不像个爷们儿……唉，算了。"

转眼就到盛夏，大院活动时间改为下午四点，日头缓和后，人在院子里稍稍待得住。北边的草坪一般是被女患者占据，一堆一堆地坐在一起，聊些闲话。南边的球场和东边的花坛一般是男患者扎堆，奋力打球的，偷摸抽烟的，互不打扰。工作人员躲在北边的屋檐下面，只要患者不闹事，也不上去讨嫌。

阿贵哪儿都融不进去，就坐在病房铁门的楼梯口，铃声一响就躲开，等大伙都排队进去了，他才回病房。他怀里总是抱着一团东西，有人路过时就紧紧身子把它护在怀里，仔细看看，又是内裤。我有时候想去问问清楚，但老想起老鸟的一句话："你管不过来的，就当没看见吧。"

一个周五的下午，"刺毛儿"又去惹阿贵。他悄悄绕到阿贵的后面，伸手从他怀里一掏："哟，新品种啊，蕾丝儿！"阿贵扑上去要抢，被"刺毛儿"一脚踩住手。阿贵埋着脑袋发抖，"刺毛儿"越发得意："看啊，大老爷们穿女士内裤。"

我把掏出半截的烟揎起来刚要冲过去，老褚却站了出来："小王八蛋你干吗！"

"刺毛儿"扬起胳膊："滚，关你屁事，啊？"

老褚身子明显地抖了抖，他往后偷偷瞥了一眼，看见正在过来的我后，放心地背过手，挺直身子，中气十足："你怎么能在大院里欺负其他患者呢？我看不过去，赶快放开他，诚意地道歉。"

"我道你个……""刺毛儿"侧头看了一眼，正对上我的眼神，嘴里的脏话吞了回去。

他把腿抽回来，假装要扶起阿贵的样子："哎呀，不小心踩到了，阿贵阿贵，对不起啊！"

"哟，小赵老师啊。"老褚"恰好"回头，像忽然发现了我，"小矛盾，都解决了。"

他紧蹚两步，推开"刺毛儿"，弯腰准备将阿贵扶起来。快接触到阿贵时，又止住身子，用拇指和食指小心翼翼将那条蕾丝内裤捏起来，轻轻甩到阿贵怀里，然后眼巴巴看着我："我去给花浇水了啊。"

"刺毛儿"躲在阿贵的后面，也想溜。我把他拽到大院的一边，低声呵斥："你别老找他麻烦行不行，让我休息一会儿。"

"没有啊，嘿嘿。"

我料想到他不会白白地给我面子，朝着老褚努努嘴："有种惹他们，去挑有本事的搞。"

"刺毛儿"甩我的手，大退一步："嚯嚯，那几个老东西，私底下比我骂得还难听，说什么男不……"

我大致能体会到阿贵终日小心翼翼躲着人群的压抑，只是没想到忠善如老褚们，原来也不接受他。走到浇花的老褚旁边，我思忖了好久才开口："褚老师，问件事，听说……老哥儿几个私底下也嚼阿贵舌头？"

老褚专注地看着眼前的一盆百日红："我不知道哟，还有人干这种事？"

"'刺毛儿'说你领着头呢。"

老褚"啪"地一把将水盆掼在窗台上，愤愤地骂道："那个小王八蛋？嗬！我就只掺和了两句……你不信就算了。"

我看着老褚坐到球场边，掏出随身带的书"呼啦啦"翻来翻去，"刺毛儿"钻到了花坛那儿，从人家手里抢过半截烟，眯着眼睛嗍。阿贵重新把内裤抱回了怀里，坐在铁门边的楼梯上，仿佛刚才发生的一切都与他无关。

❸

那段时间，主任总是爱找我们刚来的治疗师"谈心"，扯闲的话说完了，就只能提工作的事儿，催我们做"个案"。可能是我们几个年轻人无动于衷太久，主任下了通牒："一个月，每个人都要写一个'个案'报告给我。"

我一下子就想到了阿贵。

阿贵住院的诊断是精神分裂症，但这明显只是"因素"导致的一个"结果"。虽然阿贵不愿意显露，但他的"异性"特征还是十分明显，因此受到男病人们的"排斥"。阿贵究竟是如何从性别识别障碍一步一步变成了一个需要长期住院的精神分裂症患者，我觉得是件值得去搞清楚的事。

我献宝似的将想法报告给主任，他却劈头盖脸地批了我一顿："你是做'个案'还是查案呢？这么好奇去考警察啊！"

我不敢争论，老老实实地将阿贵的"个案"目标改为：增进与人交流，改善社会功能。

自我帮阿贵出过两次头，大院里的病人们对他稍微客气了一点，至少不会再有人当着我的面故意上去撩拨。阿贵也不再一直缩在阶梯上，偶尔会起来走走，但走不远，只在球场侧边的石刻棋旁伸长脖子看别人玩棋。看样子，他喜欢下棋。

一次"下大院"时间，我带着一贯的厚脸皮，一屁股坐在阿贵身边，端出一副五子棋："来？"

"嗯嗯嗯！"阿贵挪开屁股，比我还兴奋。

也就下了三四把，我发现在阿贵面前，自己完全是个臭棋篓子，他套路之熟、思考之快，我根本赢不了。

"过几天再玩吧，呵呵呵。"连赢我几把，阿贵终于是不好意思了。

"行，就这个点，明天早点来！"我气呼呼地把棋盘搂起来，第一回觉得阿贵平静的脸这么"可恶"。

输棋归输棋，正事还是要做的。我预想的是，先让他跟我交流交流，再找机会跟别人交流交流，至于怎么让别人愿意去跟他交流交流，我一直没想出办法——但事情出乎预料地顺利，老褚碍于上回跟我"闹翻"，屡屡地凑上来找机会修补一下关系——在我又一次连输五把之后，我拉过一旁急得喷沫的老褚，指着阿贵："跟他下，我还不信了！"

有老褚带头，愿意跟阿贵下棋的人也越来越多。我放心地把五子棋保管权全权交与老褚，只叮嘱了一句："别让'刺毛儿'那些人捣乱就行。"

但我还是高兴早了。

过了大半个月，我休完长假，刚回来看大院，发现阿贵又一个人抱着内裤坐回了楼梯口。我四处搜寻老褚的身影，想把他找出来问问，老乌拉着我进办公室，端出五子棋："拿回去吧，以后别干这种事了，都要打起来了。"

"啊？"刚点着的烟被我一把戳熄，"谁呀？阿贵？老褚？"

老乌心疼地把烟捋直，讲道：

阿贵下棋很较真，除了老褚能偶尔赢一两次，其他人都赢不了。

有一回，老邓（另外一名长时间住院的老患者）跟阿贵下，输急了眼，死活不让位置，惹得看棋的人骂了起来。气氛一紧张，话头就乱。棋篓里有几颗子儿颜色没染均匀，半黑半白，老邓眼看着要输了，一口咬定是阿贵偷了他的子儿。阿贵笨嘴拙舌，骂不赢盛气凌人的老邓。老邓得势不饶人，踹翻棋盘："怕不是还有多少不黑不白的子儿被塞裤裆了，跟你一样，不男不女！"

阿贵攥着一把棋子儿，先是低头大口大口吸气，后是猛扑上去顶翻老邓，攥着他的下巴把棋子儿使劲往他嘴里塞。

"当时你是没看见，别看那小子瘦，加上我，几个护士都没拉开。"老乌把捋直的烟重新点燃，"以后别再随便给病人东西了，不是怕他们乱搞，是怕他们争，争出事儿来，你也有责任。"

我认真地点头，一言不发。老乌其实是好意，私下里把棋还给我，说明他没往上报，不然，领导的一顿狠批是少不了的。

原本预想跟阿贵下一些时日的棋之后，我再找机会拿一些量表测测他，收集一些"好结果"，一份像模像样的"个案"报告便会呼之欲出。只是老邓和阿贵这么一闹，所有的事都付诸东流。我有心随意写一份报告交差，但绕不过心里的坎——总不能睁着眼睛瞎编吧。

就在我绞尽脑汁思考要如何重新接上阿贵的"个案"时，典主任告诉我一个消息：梅姐住院了。

"我是想啊，借这个机会劝她让阿贵出院，孤儿寡母的，总要有个人照顾吧。"电话里，典主任语速很慢，"我不好再去了，你先跑一趟，最好能谈出点苗头，我们这儿再拿方案。"

从心底来说，我是不愿意去的。毕竟我只是一个心理治疗师，按医生开的医嘱还有主任的指示做事，阿贵的家事无论如何也与我没什么关系。但我早已经和阿贵建立了联系，算半个朋友。我在去与不去之间挣扎，急需有个人给我建议，于是，在一次"下大院"的时候，我问了老乌。

我原本以为"见多识广"的老乌会骂一句"卵仔"，叫我别管，他却很坚定地说："应该去一趟。"

"啊？"

"小子，老典没说错，你就是年轻，好像懂不少，其实狗屁不懂。"老乌甩了根烟过来，"在精神专科，哪个医生护士身上没点'故事'？个个像你这样明哲保身，事儿做了一半打退堂鼓，我看不如别干了。"

"谁说我不干？"我把烟点燃，使劲抽了一口，"下班就去。"

为了给梅姐一个好印象，我特地买了一个小果篮。但万万没想到，她竟然先给我道了个歉。

"小伙子，上回是我不对，你别记恨。"梅姐从床上立起来，笑得很讨好，"小贵儿要是在医院惹祸了，我出院去教训他。"

梅姐说什么也是长辈，我实在不适应她这样刻意的谦卑。我拿了一个火龙果，剥开个角递到她手里。梅姐没有接，望着我递去的手，眼睛眨巴眨巴，像埋了碎玻璃。我慌了神，四处掏口袋，想找几张纸巾出来。

梅姐接过水果："其实，他跟你应该差不多大吧。"

说完，她拿被子擦了擦脸，跟我慢慢说起了她跟儿子的事。

梅姐出身贫苦，家里九个孩子，她排行老七。她的老公，或者说前夫，是一个同性恋，跟梅姐结婚，只是为了"给父母一个交代"，而梅姐愿意嫁给他，是因为他是城里人。

"那时候谁还想感情不感情的，我一个农村妹娃儿能嫁到城里，还有什么求的。"梅姐轻轻把火龙果搁在桌子上。

她是个对自己很"狠"的人：前夫是个同性恋也好，对她和儿子不管不顾也好，甚至让她滚也好，她都能接受。

"但我接受不了他带人回来乱搞，竟然让我儿子看门！"梅姐指天发狠。

她当机立断，跟前夫离婚，带着儿子"跑了"。

作为一个单亲妈妈的奋斗史，梅姐讲得很简略：去工厂里点螺丝，在火车站卖假烟，帮黑旅馆拉客人，最后发现还是"打'擦边球'来钱快"。她认识了一个在边境倒腾翡翠原石的男人，两人一来二去"搭上了线"，梅姐便把母亲从乡下接上来照顾阿贵，自己跟着商人跑边境挣钱。

"只是我没想到，日子过好了，怎么我的儿子又成了同性恋？"

听到"同性恋"三个字，我意识到，阿贵可能不只是个简单的性别识别障碍，中间一定还有其他的事，所以我忍不住插了句嘴："梅姐，同性恋跟性别识别障碍还是有点区别的，我看过阿贵的病历，上面说他曾经只有过……"

"我知道。"梅姐示意我停下，"从发现小贵儿有性别识别障碍以来，我不知道问过多少医生，你说的我都懂，只是没想到他会遇到一个……唉，不说了。"

梅姐把被子掖了掖，缓缓躺平。我摸不清她的路数，只能委婉地把典主任的意思复述一遍："梅姐，我希望您还是考虑一下阿贵出院的事，这对他对你都是好的。他还年轻，您又……又年纪大了，一直下去是不行的。"

"我考虑下。"梅姐瞟了我几眼，又回到我第一次见她的冷淡模样。

我只好简单地告别两句，轻轻走出了病房。还没出医院大门，我就拨通典主任电话，将情况简单描述了一遍。他听完，叹口气："唉，形势比人强啊，老太太是服软了。你再想个办法吧，怎么把阿贵劝出去。"

我对着电话大喊："不该是医务部拿方案吗？再不济你找病房啊？"

"我的方案就是你来拿方案。"典主任说完把电话挂了。

"老狐狸！"我暗骂一声，早知道先跟他把果篮的钱要回来。

但转头想想，我又非常理解典主任——作为一个医务部主任，没那么多精力一直放在一个患者身上。可阿贵的事又必须解决，近了说，他现在只有母亲一个亲人（梅姐的亲戚都不在这座城市），母亲身体不好，他有义务去照顾。远了说，阿贵的人生还长，一直住在医院里，总不是个办法。

像阿贵这样一直住在精神专科的人，我们这里有很多，排除病情不稳定等因素，他们不出院的理由各种各样，但细究下来，根本原因就一个——长期的疾病，让他们已经适应不了正常的家庭社会生活。直接让阿贵办理出院，没有家人的引导或者支持，无异于将一只家养许久的羊扔到狼群里。所以，必须找到一个过渡的地方，让阿贵暂时能适应一下社会生活。

我想到了医院附近的日间康复中心。这家康复中心是市残联和我们医院一起筹办的，主要接收一些比较稳定的精神病患者，集中定时定点做些手工艺、洗车、缝补等简单活儿，间或穿插一些治疗活动，帮助他们回归社会。患者进去之前，需要进行完整的风险评估，证明患者有基本的自理和社交能力——这一块阿贵应该是没什么问题。

但有一个问题解决不了：按照规定，这里只接收附近的居家患者，而且需要监护人（一般是家属）接送——但阿贵可是个住院患者。

我又一次拨通了典主任的电话，将问题阐明。他在电话里沉默了很久，说："评估这块，我能帮你解决，但是协调阿贵的接送问题，可能得你跟病房……"

"什么意思？"我赶紧插嘴，"你是说，我来接送？！"

"嘿嘿嘿。""老狐狸"又笑起来，"反正看大院的又不是你一个人，接一下送一下有什么？梅姐那边我去沟通，病房你去——就这么样吧，啊？"

病房答应得很勉强，但碍于我将医务部"抬出来"，只能答应。李护士长（男病区护士长）千叮万嘱："按时接送，不要出岔子。"

但偏偏就出了岔子。

在阿贵去日间康复中心的第十五天下午，护士打来电话，嘴里像含了开水："赵……赵啊，那个阿贵跑了，你赶紧来一趟，先别上报啊！"

我赶到康复中心时，她正在门口跺脚，一见到我就赶紧把我拉到外面："半小时前，跟他一起上厕所的说，他往马路对面跑了，你赶紧去找一下。"

我不等她回答，立刻拔开腿跑了起来——马路对面只有几家酒店跟一个小公园，剩下的全是人行道。酒店阿贵肯定不会去，而且今天是周一，公园里面的人不多，我得抓紧时间先去找一圈，免得阿贵跑远了。

没几分钟，我发现了穿着病号裤的阿贵，他正在公园进门不远的溜冰场，扒着往里面看。溜冰场是一个铁网和钢架撑起的笼子，两个脸盆大的功放架成对角，电音声震得人燥热又冲动。阿贵脚跟儿悬地，五指扒着铁网，我从未见过他这般模样：双眼流光溢彩，兴奋、渴望，充满朝气。

我学他也扒在铁网上，双眼四处抓取："真带劲！阿贵，等你出院咱们来玩吧？"

"溜冰！"阿贵使劲晃着铁网。

"对，溜冰！"

"溜冰！溜冰！溜冰！溜冰！"

"对，我一定带你来。"我按住他鹰爪般的手掌，"咱先回去吧，医生护士好担心。"

场子里的音乐戛然而止，大概是时间到了。一群半大的孩子，拿着饮料叼着烟，三五一堆往外走。

阿贵甩开我，舞起双臂迎上去："溜冰！溜冰溜冰溜冰！"

孩子们缩在一起，好奇地望过来。我紧跟上去，左臂死死扣住阿贵的腰，右手掏出手机拨通了病房的号码。

"公园！"我对着话筒大吼，"溜冰场！溜冰……阿贵！让他们拿绳子啊！"

一个孩子恍然大悟："叫人啰，走啦，对面医院跑出的疯子吧？"

"叫人啦，叫人啦！"阿贵在我臂环里上蹿下跳，"叫多点，围住他们，干死他们！"

过了两天，我去看阿贵，他被锁在单人间，约束带固定了四肢。

病房说，他现在"招不得"，不知道哪个人哪句话点一下，他要么就趴在地上不起来，哭喊："别打啰，别打啰，要打死啰！"要么就跳上桌子，拿起手边的口杯牙刷四处扔，大叫："干哪！干！照头打！"

"发的个什么癫！"李护士长嘴里咒骂，指着远处换床单的年轻护士，"动作快点快点，等会儿就要发药了！"

我讨好地"嘿嘿"两声，小心退到一边，给一路跑过来的护士让位置。不怪李护士长大发肝火，毕竟当时让阿贵去日间康复中心是我出的主意。医院严厉批评了我，但是碍于医务部（主要是典主任力保）也参与了，最后只让我做了书面检讨。我考虑着要不要将这件事告诉梅姐，但是典主任劝我不要去："大不了就是再想想办法呗，你这一去说，万一老太太主意又改了怎么办？你真以为她还能熬几年？癌症！"

"啊？！"我不知道该说些什么，但我知道，阿贵确实该出院。

阿贵没有被关多久就放了出来，住回了以前的床位。

病房里说，阿贵自从跑出去一次，性情大变。他不再对自己穿女式内裤的事遮遮掩掩，而是大大方方地穿上，外裤也不穿，在病房大院四处撩人。护士强制他穿上裤子，但一转眼，他就把裤子脱下来扯烂。而且，只要阿贵出现，"刺毛儿"那些人就上去撩拨，摸屁股摸脸蛋，阿贵也不恼，甚至在原地摆造型，跳舞给他们看。

我几次想去制止，都被老乌拦住："由他去吧，不管是正常人还是精神病患者，谁没点伤心事，总要发泄一下。"

我原本以为，时间总会让阿贵慢慢归于正常，但阿贵对于显露自己的"另外一面"越发热衷，有时候甚至故意贴到其他患者的身后，四处抚摸。无论是"刺毛儿"还是老褚，都开始害怕阿贵。

在又一次被阿贵袭身之后，"刺毛儿"跑来告状："赵老师，他这完全不正常了啊！"

我十分烦躁："你不是挺喜欢撩他吗，现在怕了？"

雨季来了，一连快一个星期都放不了大院，我们只好带着器材去病房里给患者做治疗。做治疗的时候患者都集中在大厅，有时候是带他们唱歌，有时候是带他们做操。阿贵成了最"难搞"的一个，他时常趁工作人员不注意，忽然就从后面抱住某个人，要脱人家的衣服。

"阿贵，你够了啊！再这样绑你了！"在屡次制止后，我实在忍不住，大声喝住他。

"来呀！"他把自己的上衣撩开，"脱光了绑一起，有意思得很哟。"

我浑身漫起一股寒战。老褚不知道从哪里又站了出来："不男不女的你，爹妈不教的啊，嗯？"

阿贵安静了下来，他一颗一颗地把扣子扣好，像一面镜子。他指着老褚："褚老师，嗬，老褚，文化人哪，总是揣着本书，也没见你翻过几页。女病区那个老太太，不就是死了老公吗，成天跟人家眉来眼去，都看着呢。加起来快二百岁，要点老脸吧。满嘴假道德，浑身伪仁义，咱俩都不是好东西，您说是不是……"

我从没见过阿贵这手术刀一样的语言攻击，老褚面红耳赤，哼哧哼哧说不出话来。

阿贵又走到"刺毛儿"旁边，"啪啪"拍着他的脸："你！小王八蛋，连毛带肉不到四两，学着作威作福，搬弄是非，你也配？十岁住到二十岁，家里都不要你啦！你没人要，懂不懂？"

"刺毛儿"瞪大眼睛四处乱瞟，不敢直视他。

阿贵四处望了望，所有人都不敢作声。他又走到我身边，笑了笑："你呀，你呀……我说你什么好？我是不男不女，那又怎么样，我不就是想做个女人，我自己老老实实的，行不行？你越护着，他们越瞧不起我，懂不懂啊傻小子？"

我想不到他会直白地说出来，涨红了脸："阿……阿贵，过分了啊，我跟他们不一样的。"

"不一样？"阿贵仰天大笑，"我杀人放火了，还是奸淫掳掠了？我到底跟你们哪里不一样？"

说完，他冲到厕所旁边的洗漱台，撅断了一根牙刷，猛地要往自己裆里刺去。我跳过拦路的桌子扑倒了他，断茬没有刺中，只划在了他大腿内侧，内裤一片血红。

❻

阿贵又转进了单独病房，只是这回没绑起来，护士说他安静得很。他自伤的事，医院是不能隐瞒的，电话里，我简单地把事情跟梅姐讲了一遍。她听完叹了口气："这件事儿不能怪你们。"

梅姐住进了环线外的疗养院。疗养院是我们医院跟其他机构一起合作的，经常派我这样的治疗师过去，带着老人们做活动。我不知道梅姐是不是特意地选择了那里，但我每次去，她都会出现在参加活动的老人里，找到机会一定会跟我聊几句，话题无外乎是阿贵最近如何。但对于阿贵为什么会变成这样，梅姐似乎不是很愿意启齿，我也不问。

中秋节，我带着医院准备的月饼去疗养院慰问，去之前，我给梅姐的月饼里夹了一张贺卡："妈妈，祝你中秋快乐。小贵儿。"

我做完活动，骑车准备离开，梅姐忽然举着月饼冲出来："等等！小赵！等等！"

她一路小跑，到我跟前又慢了下来："这个……不是小贵写的吧？"

"是他啊，我专门去……"

"你不用哄我。"梅姐扒开月饼盒，拿出贺卡，"他很久没喊过'妈妈'了。"

梅姐靠着停车场的柱子，我没有问，她却说了很多。

阿贵从小几乎是一个人长大的。外婆年老体衰，家里小孩多，只能时不时来照顾一段时间。童年的阿贵不断辗转于各个亲朋的家庭，没有父母，没有朋友。

小学二年级时，阿贵的老师找到梅姐，说孩子上厕所老往女厕所走，不愿意去男厕所。可无论梅姐怎么教育，阿贵依然不改，他也不愿意跟男孩交往，只混在女孩堆里。初中后甚至发展到不愿意穿男孩的衣服，还偷梅姐的内衣内裤穿在里面。梅姐这才意识到问题的严重性，带他到当地心理专科检查，确诊了"性别识别障碍"。

"我一开始只以为他是调皮，没想到是出了问题，都怪我呀。"梅姐擤了把鼻涕。

性别识别障碍的治疗手段多是心理疏导配合行为矫正，慢慢引导，效果大多不好。不缺钱的梅姐送阿贵去了很多地方，但一直收效甚微。

"磨人哪，得绝症也比得这种病好。"说到这儿，梅姐一屁股瘫坐在地上。

到了初中，阿贵的同龄人都进入青春期，有了性别意识，阿贵的异常模样，自然让他逐渐成了异类，他慢慢地与"朋友"这个词绝了缘，甚至与"人"绝了缘。

我非常理解梅姐的绝望。我见过各种各样人格障碍的孩子（性别识别障碍是人格障碍的一种），对他们影响最大的往往不是疾病本身，而是疾病带来的各种社交死亡、性格扭曲。这种扭曲在人的成长中往往会越刻越深，最终变得难以扭转。

阿贵也是这种情况。即便梅姐愿意为他付出所有，他还是往"扭曲"的方向去了——他不跟任何人玩，最大的乐趣就是在房间里研究女装。梅姐在希望和失望里来回起伏，最后只能劝自己接受："人总还活着吧，活着就有希望。"

一个人的出现，给阿贵带来了转机——确切地说，是一个男孩的出现。梅姐说："大概是高中？有段时间，小贵儿放学后总是很晚才回家，脸上还有笑容，哎呀，我觉得全世界的花都开了。"

梅姐以为儿子是突然某根筋"通了"，疾病自愈。但她想错了——阿贵确实交了朋友，但是，是男朋友。

"寒假，我出国，他一个人在家待了十好几天，等我回来打开门，床上两个小伙子光着身子……唉。"梅姐使劲地揉着眼睛。

梅姐完全无法接受——她曾经也这样抓过自己的"前夫"。在她心里，还是愿意相信儿子终究有一天会"醒悟"过来，哪怕跟前夫一样，"完成任务"也好。但是她万万没想到，阿贵的行径"跟他爸如出一辙"。梅姐讲到这里，拳头砸在自己心口："他这不是拿刀戳我吗？"

那次，梅姐揪着那男孩，逼他去找来自己的父母，阿贵一把将梅姐推到地上，男孩趁机跑了出去。梅姐和阿贵爆发了有史以来第一次，也是最激烈的争吵。梅姐说，她从没见过阿贵这样坚决，甚至不惜"斩断所有"的架势。

梅姐苦口婆心地劝，凶神恶煞地威胁，阿贵不为所动，坚持要和那男孩谈恋爱。只要梅姐出门，阿贵就从家里跑出去"约会"。后来梅姐停了一段时间生意，专门在家里看着儿子。阿贵就趁梅姐睡着时从窗口爬出去。"他还到处打听安眠药，八成是想偷偷给我吃，要不是楼下药店的老板提醒我……"

梅姐知道，就算自己觉得他们的恋情"再恶心"，那个男孩也是唯一能接受儿子"异样"的人。自己终究只是母亲，代替不了儿子生命里要遇到的其他角色。

"接受吧，不害人就行了。"梅姐停下了讲述，在身上四处掏着。

我知道她是想抽烟，便掏出了一根递给她："闻闻味儿得了，别抽吧，您这身体……"

梅姐攥着烟翻来覆去地看，笑了："小贵儿唯一劝过我的，就是让我少抽烟。"

母亲的本能，让梅姐能舍了一切，觉得只要儿子过得好就行，哪怕他们之间的沟壑需要很长的时间去消除。

但是，出了意外。

阿贵又一次偷偷跑出去跟那男孩约会。两个孩子晚上去溜冰场，柔弱的阿贵被一群古惑仔欺负，男孩上去出头，被人失手捅死。这件事深深刺激了阿贵。梅姐跟我说："男孩的家里人来闹，揪着我儿子打呀，骂呀，我能怎么办，护着他吗，还是不管他？错了呀，都是我的错呀……"

说到这儿，梅姐对着我无奈地耸了耸肩膀，然后艰难地撑着柱子站起来，朝远处望着。她说后来阿贵因为无法释怀，彻底将自己跟世界隔开，也有过数次自杀的情况。一开始被诊断为重度抑郁症，治疗效果不好，后来发展为精神分裂症，喜怒无常，自言自语，到处住院，直到住进现在这里。

梅姐最后说："我给你说的这些，你别告诉阿贵，多一个人知道这些，阿贵心里就多一份负担。"

从疗养院出来，我心里知道，阿贵怕是要在医院待更长的时间了。

后记

接下来这段时间，阿贵依然"我行我素"，女性化特征越来越明显，但我知道，这样的状态，他是很难真正回到正常生活中去的。

我也曾跟几位医生聊过阿贵，天真地设想，像阿贵这样的人，是不是变个性就好了？但他们都很鄙夷地质问我，上学时到底认真没认真听老师讲课？

他们说："变性不是整形，不是你想做就能做的。"巨大的花销，漫长的评估，以及终生的药物适应等实际问题，都不是一般人能解决的。最重要的是，不是每个人都有强大而稳定的心理，可以承受自身变性、他人目光等带来的各种社会适应问题。

2019年，我们单位准备要修新大楼，住院部大部分病床都挪了出去，但老的男病区没有拆，一些住久的老病号还留在里面，阿贵也在。原本以为他会继续住着等大楼修好。没想到，典主任说梅姐病情恶化，阿贵必须出院了。

阿贵出院那天，我急匆匆地赶到老病房，想把五子棋送给他，可惜我到时，他已经走了。我只好把棋送给老褚。

我不知道阿贵未来会面对什么，以及他要怎样面对。

（文中人名均为化名）

精神病院里，那个坚持要起诉丈夫的女人

我曾经听过不少精神病医生的问诊，发现大多数都有一个共同的特点——常常聚焦于"是什么"，对于"为什么"则一笔带过——医生更关注患者的症状表现、开始的时间、和之前的区别等，而对患者为什么会这样、患病期间心理的发展轨迹等甚少主动了解。

随着工作时间愈来愈久，我总结出两个原因：其一，中国的医疗资源根本上还处于紧张状态，医生日接诊满负荷是常态，所以治疗要讲求实效，追本溯源相对于及时治疗来说意义不大；其二，也是非常无奈的一点，精神疾病患者的症状千人千面，大多数时候根本厘不清。

张哥是我前辈，2006年就到我们医院工作了，他曾给我讲了一个病例，让我印象很深。

以下是张哥的自述。

❶

我们医院是市里为数不多的具有司法鉴定资质的单位。这项工作平时由施主任负责，有业务的时候，他便在几个大科负责人里挑选成员，组成鉴定小组。鉴定案例多是附近法院委托的公诉案件，实事求是地给出结果，就算完成任务。

2009年冬季，临近元旦，施主任接到了一个不能被称为委托的委托：巴婶儿——女病房一位长期住院的患者，要求鉴定她自己。

医院只当巴婶儿是在胡闹，一直没有正面回应，但巴婶儿不吃不喝，屡次在卫生间跃跃欲试地要上吊，闹得实在太厉害，院领导临时决定由担任心理治疗师的我和施主任搭班，先在鉴定室"摸摸情况"，也算是安抚一下。

那天，在鉴定室里，披着病号服的巴婶儿不愿意坐下来："我绝不是精神有问题，我要出院。"

施主任说："你的情况怕还不能出院吧？"

"今天就要结果！"巴婶儿甚至还踩在了凳子上，"我绝对不是精神病，你们不能把我一直关着，这是违法的！"

施主任望着我，我接来一杯水递到巴婶儿跟前："医生应该跟你说过很多次啦，出院的话，只要家人同意，医生不会……"

"不行！"巴婶儿挥手打翻了水杯，"我一定要出院，把那个杀人犯绳之以法！"

"谁？谁是杀人犯？杀了……"施主任的声音里透出警觉。

"辛安！我老公！"巴婶儿几乎是喊出来的，"他杀了我的女儿，辛朵朵！"

听到这个答案，施主任没有立即回应，我也很蒙。几秒后，施主任才说："先让护士带你回病房，等通知吧。"

"那我……"

施主任没有让巴婶儿把话说完，就按响了桌上的铃铛，屋外等候已久的两位护士推门而入，将巴婶儿半拉半拽地拖走。

我问施主任："医务部怎么想的，这不明显是精神症状发作吗？弄来这里干什么？"

施主任没有回答，只说："明天还是先去病房看看。"

看病历，巴婶儿这时刚三十五岁，怎么也当不起别人称一个"婶儿"，但她的模样看起来起码五十岁。发团胡乱而蓬结，看不出是长是短，两颊的皮肤从无神的眼扯向干薄的嘴，垮成几道弯。只是说起话来还算有些光彩。

巴婶儿住单间，最靠近医生办公室的位置。她的床靠着门对角的最里面，第二天我们过去的时候，她窝在床头，背靠着墙壁，双臂环抱着一个用床单裹起来的类似襁褓的东西。施主任坐在床的另一侧："还记得我吗？昨天见过。"

巴婶儿把头深埋在襁褓里，没有回答问题。施主任上前一大步，脑袋伸了过去："这是……"

"啊——"巴婶儿忽然提起嗓子一声尖叫，使劲把怀里的襁褓抛出去，正砸在施主任脸上。襁褓顺床侧弹到床下，她扒在床沿边，像对着一道万丈深渊一般喊："朵朵！朵朵啊！"

施主任连滚带爬闪到了门口，隔壁办公室几声响动，住院医生廖医生往里探了两眼："干吗呀，施老师，她才调整完药物稳定一点。"

"稳定个屁！"施主任大力拍着衣服，"就这样？你们胡闹呢？"

我和廖医生面面相觑。

"得找她老公。"

❷

辛安的电话不好打，要么是一直都打不通，要么是接通了就说自己在忙，说几句"麻烦你们了""一定抽出时间"之类的面子话。

"怕是个麻烦哟，"施主任听完我的汇报，"干脆让小廖搞点狠手段（加快病情稳定），趁早送出去。"

他话是这么说，事儿不敢这么干。巴婶儿在病房闹也罢，家里人放着不管也罢，但她总归是来看病的患者，治病救人是必须做的事。施主任天天问我打电话的进展，可最后也被辛安的"敷衍"磨得没了脾气。"不管了，反正钱照交，她家里人都不急，我急什么？"

转眼就是元旦，城市渐渐慵懒。我们医院跟当地的大学有合作，一些应用心理学专业的学生会趁放假前的十来天到我们这里见习，寻一些"情况尚好"的患者，做做团体治疗之类的活动练练手。以往能参加治疗的都是"固定班底"：住院时间久，有眼力，不惹事。做完活动，学生们也会送大家一些手帕、糖果饼干一类的小玩意儿表表心意。

被分到我们科室的学生姓何，之前我去给他们讲过课，对这个本地姑娘我印象深刻，咋咋呼呼。正式见习的第一天上午，她递了一册计划书在我面前："老师，计划和名单在这儿，我自己下病房点人了啊。"

我看着计划书，扯出名单那一页，在巴婶儿的名字上画个叉："这个拿掉。"

"不行。这个人我要做，很有案例价值。"

"你搞不来。"

"搞得来。"

一周后，某个早班，小何见到我就说："老师，那个巴婶儿，问题很大！"

"你按计划做不就行了？"

"不行。"小何告诉我，她这几天都跟固定的几位患者一起，挨个儿演"心理剧"（注：心理剧是常用的团体活动模式，大致分为两种形式，一是固定情景，二是自由发挥。无论哪种形式，都会给参与者足够的自主性，治疗师不多做干涉。主要目的在于让参与者表达平时难以表达的情感，或是重现某些场景，勾起创造力，相互学习与自我发觉，从而进入深一层的自我认知。这种形式对一般人的情绪、人际关系困扰、失眠等问题，还有轻度的精神病患者都很有效果），"这个巴婶儿，情况有点特殊，老师你必须跟我去看看。"

"心理治疗的原则忘了？你考虑清楚，要是关于患者的私人问题，你最好保密。"我有点恼怒。

小何却依旧很坚定："你自己去看，肯定有问题。"

病房里没有治疗室，小何拿一间空置的房间当场地，又不知道

250

从哪里找来几张凳子，大概是当作了道具。她让护士将巴婶儿带来，轻声哄道："乖啊，我们昨天演到哪儿啦？"

巴婶儿紧了紧怀里的襁褓，往我身上上下打量。小何热情地拉着巴婶儿："今天换一下，我演你老公，你演辛朵朵，别怕哈，这位是医生（我戴着口罩），要看看你的情况。"

"真的？"巴婶儿的眼神兴奋了很多，"那你要好好看啊，我真的没问题！"

来之前的路上，小何跟我讲了大致情况——情景剧很简单，是巴婶儿的老公辛安与辛朵朵的一段互动。巴婶儿伏在小何（扮演老公）的怀里，小何手掌虚握（模仿拿着一个娃娃），逗着怀里的巴婶儿。巴婶儿跟着小何的手摇头晃脑，咯咯地笑。

猛然间，小何手往前一甩，把"娃娃"扔了出去。

"啊！"小何攀在桌子上（模仿攀附阳台），往下惊恐地尖叫。巴婶儿缓缓地委下身子，像从高处跌落一般，快接触到地上的时候，猛地瘫了下去。

我看向小何："没了？"

"没了。"她严肃地点点头。

我径直往病房外面走，没有理会她，小何赶忙追上我："老师，你不知道她女儿死了吗？"

我将她拽出门口："这跟你有什么关系？"

"怎么跟我没关系？你看啊，巴婶儿的女儿死了，对不对？是坠楼，对吧？"

我甚至有点不敢看她，其实我之前侧面去了解过，巴婶儿的女儿确实是坠楼。见我不说话，小何立刻说："那就对了，凶手就是她老公。"

我低声喝道："保密原则，你记不记得？！"

"保密什么啊！涉及法律问题，可以不遵循，我记得。"

"那中立原则呢？不干涉原则呢？收起你的正义感，这完全是捕风捉影的事儿！"

"这是害人哪！万一是真的，岂不是……"

"可以了。你不准再找她了。你再找她，就提前回学校，见习报告也别想要了。"

❸

司法鉴定室内，我把在病房见到的一切告诉了施主任，包括小何的猜想，但我没有提在门口与小何的争论。

"这小妮子不错啊，比你强。"施主任竟然笑了，"明天，让那个辛安必须来一趟，万一真是……那我们这儿就管不了了。"

我知道施主任的担忧。巴婶儿这段时间除了参与治疗，就是缠着廖医生给自己做鉴定，我们已经不知道要怎么应付了。但现在看来，就算巴婶儿是一个精神分裂症患者，也有基本的公民权利。虽然她提出自己鉴定自己不太符合程序，但万一她所说的确有其事，不管有几分真几分假，我们这里作为医院，都不能隐瞒。至少不能沾上一个知情不报的责任。

施主任想了一会儿，给辛安拨了电话，电话好不容易打通，施主任抓紧把巴婶儿的情况讲了一遍。两个人在电话里吵架般地讲了好一会儿，然后戛然而止。我知道，应该又谈崩了。

想了想，我拿起电话重拨了过去。

"喂，又打来啊，我确实是抽不出时间，再说家里没人能照顾她呀，她父母也不在了，你看……"

"她是孤儿？这个情况您没有跟医院说过吧，病历里没有。"

话筒里顿时没了声音。"你们到底想干吗？"辛安的声音忽然冷了下来。

"我实话跟你说，你老婆要求做司法鉴定，按规定是不合程序的，但这个咱们先放到一边。因为这几天我们又了解到一些新情况，你最好来一下。"

电话那头起先还在躁动，说警察也去过他家了。过了许久，才终于安静下来，施主任这才继续说了他的看法——辛安的描述跟病历初诊记录的出入太大，而且现在又涉及法务问题，那辛安本人必须来解决，至少要给一个合理的解释，不然就只能移交给相关部门。

电话对面沉默了。

在司法鉴定所的家属接待室里，施主任坐在辛安对面："我俩就是简单跟你了解一下情况，是吧，别紧张。"

"呵呵，我紧张什么，真是没时间，刚把事情都丢给下面了。快点吧，要赶紧回去。"辛安靠在沙发上，都能看出他有些不自然。施主任笑眯眯的，但不说话。辛安肉眼可见地透露出紧张感。

"你们到底想干吗？"辛安挺起身子，"我老婆住院，你们不去治病，来折腾我们家属？"

施主任收起笑容，掏出烟递过去。他摆摆手，从自己口袋里掏出一包好烟。

"你快点问，我没时间跟你们瞎耗。"辛安把烟点燃。

施主任语速很慢："几件事儿，你得解释一下。第一，她病历上的信息，你还隐瞒了多少；第二，你跟我解释一下，你女儿的死，到底是怎么回事。"

我默默翻开本子，准备记录。

辛安把刚抽几口的大半截烟戳到烟灰缸："信息我没隐瞒啊，可能是当时太匆忙，我忘了说。她爸爸妈妈去世得早，本来有个弟弟，我们孩子出生后不久出了意外就……这也不算隐瞒吧，再说，很重要吗？"

施主任回头看看我，继续问："第二个问题呢？你接着讲。"

辛安眉头皱起，很不耐烦："警察来过，那不关我的事儿，你们可以去查啊。再说，这个跟你们医院有什么关系？"

"嗯，行。"施主任又沉默下来。

"不是，你们到底什么意思啊，又说病历造假，又问我女儿的死，我不是在电话里说得很清楚吗？这是我的家事，怎么，医院来审我？这都是有记录的，公安局有记录，福利医院也有记录。"

"福利医院？什么福利医院？"我忍不住问了一句。

辛安立刻闭了嘴。

"你的意思是，你老婆在福利医院住过院？病历上可说她是首次住院，怎么又有福利医院的记录？"

辛安想了一会儿，很无奈地说："产后抑郁，她弟弟又突然走了，越来越严重，就送到福利医院看了一下。"我偷偷看了看施主任，他也在看我，眼神里有些忧虑——辛安明显隐瞒了很多事实。

就在我犹豫着要怎么接着说时，施主任开口了："那我跟你说清楚。第一，你老婆要求做司法鉴定，证明自己不是精神问题，至少不是严重的精神问题，然后出院，告你谋杀了自己的女儿。第二，我们在没有家属或者其他机构授权的情况下，无法私自做精神鉴定，考虑到你老婆所提供的资料，还有你隐瞒太多事实，这都超过了医院的处理范围。所以，我们要求你接你老婆出院，自己去解决，或者说，让司法介入。在彻底搞清楚或者有明确的上级指示下来之前，我们也不接受你老婆在这里继续住院。"

辛安的紧张越发掩盖不住。施主任又补了一句："你不用考虑什么其他的办法，医院确实没有权利拒绝患者住院，但这也是有前提的，比如，涉及违法犯罪之类……"

"你不能乱说，"辛安突然说，"女儿是她扔下去的，跟我没关系。"

听到这一句，施主任跟我都愣住了。

"唉，你们这是揭我的伤疤呀。"辛安靠在了沙发上。

他告诉我们，巴婵儿是个工作狂，本身有轻微的抑郁，生孩子后，弟弟忽然去世，抑郁更加严重，长时间不吃不喝，把自己和女儿裹进被子，拉上窗帘关在房间里。他把巴婵儿带到福利医院，诊断是产后抑郁，考虑到巴婵儿已经有明显的行为异常，医院建议住院治疗。但是巴婶儿不同意住院，怕没人照顾孩子，辛安拗不过，让医生开了些药回去吃。

"哺乳期不能服这种药，医生不会没告诉你吧？"施主任皱眉。

辛安回答："那有什么办法呢？再不治，孩子都给她捂死了。"

可能是母性使然，巴婶儿没有拒绝服药，但情况没有好很多。她不再把自己和女儿关在房间里，但是还不准其他人接近孩子，包括她的老公。巴婶儿成天抱着孩子，在屋子里走来走去，大多数时间是在阳台上来回晃。

"你是不知道，我心惊胆战啊，万一她一个想不开，抱着孩子往……我不敢去做事，在家里盯着，但长时间下去怎么行，谁养家？我只能让我姐来盯着，但你说，怕什么就来什么，那天隔壁邻居冲进公司找我，我还不信，她怎么就把孩子扔下去了？"辛安说到这里，满是哀愤。

他说，那天巴婶儿并不是一个人在家，还有辛安的姐姐。要不是姐姐死拖住巴婶儿的腰，巴婶儿也就跟着跳下去了。警察当时来了，知晓了福利医院的诊断，也再次对巴婶儿进行了鉴定——产后抑郁伴有明显的精神症状，"失手"杀死自己的孩子，不负刑事责任，责令家属严加看管和治疗，就离开了。

之后，巴婶儿精神状况越来越不好，辛安只得把她送来住院治疗。

辛安说完后，明显轻松了很多，恭敬地给施主任和我递烟："我现在不求别的，只希望她健健康康，以前的事不要再影响到她，日子还要过。"

施主任没有再问什么，辛安和我们简单客套两句，离开了。

关上门，施主任举着辛安敬来的好烟，翻来覆去地看，然后忽然问我："这是个有钱人吗？"

"不知道。"我品着这价格昂贵的好烟，没有细想。

施主任又问一遍，语气加重："我是说，他像不像个有钱人？"

"那还用说，这么贵的烟呢，没钱谁抽得起。"

我把与辛安的谈话挑挑拣拣地跟小何讲了一遍。我很明确地告诉她，不要再管了，这是别人的家事。

"那病历呢，你怎么解释？她老公绝对有问题，咱们医院就不管啦？"

"什么咱们医院，你还知道这里是医院？你就一个学生，任务是读书，想查案等你考了警察再说。"小何被我瞪住。

"不要再说了。"

接下来的一周，我把手上的两个案例交给了同事，每天跟着小何下病房。巴婳儿日日参与小何的团体治疗，表现得很积极，每次结束后，她都要来问我："你看，我没问题，让我出院吧，真的。"

我已经练出一套对付她的话术——"出院要你的家属和医生同意""我只管治疗，出院我没办法呀""护士要发药啦，你快过去"。

除了小何怨恨的白眼让人不舒服外，我觉得一切如常。两周见习期满，我欢天喜地地在小何的见习报告上签了字，亲自把她送上了车。

年后上班，我在办公室门口又一次见到了小何。"哎？你怎么来了，学校不上课？"

"我申请来这儿实习半年。"小何神气地站起来，抢先一步钻进办公室，挡在我身前，"我还要继续跟巴婶儿。"

过了几天，元宵节就要到了，按照医院的惯例，男女病房要组织患者搞一台晚会，会上还要发元宵。宣传科提前两天就安排人到各个科室布置会场。我也一直忙着安排病房患者的节目，没时间盯着小何。

某日，小何堵上我，又是满脸严肃："老师，那个巴婶儿，有问题！"

"你又干了什么？"我很恼怒。巴婶儿的事，施主任写了一份报告，按照领导的态度，反正辛安的解释"言之有理"，也"有迹可循"，医院就不要再"越俎代庖"、紧追不舍了。小何却大声说："我怀疑巴婶儿吸过……"

"进来！"我一把把她拉进办公室，不准她继续往下说，深吸几口气，沉下心，"吸什么？你想清楚，说话要谨慎。"

小何揉了揉胳膊，皱着眉："不是你想的那样，我怀疑她吸过笑气。"

我又沉默了。如果巴婶儿真吸过，医院的检查问诊不可能查不出来，那么只有两种可能，要么小何判断错了，要么巴婶儿是很久之前吸过，后来强制戒除了，而且辛安向我们隐瞒了这件事。

我问小何："你是怎么发现的？她跟你说的，还是你在臆测？"

"不是，巴婶儿绝对有过。"小何很笃定。

她告诉我，宣传科拿气球到科室，布置完后发现数目不对，有两个气球不见了（气球属于危险物品，精神病患者可能会误吸入气道），四处排查，发现是巴婶儿拿了。

小何描述说，隔着观察玻璃，巴婶坐在房间里，把气球吹胀，又把气吸进去——这跟学校里面的戒毒警示视频上展示的一模一样。我脑子跟团糨糊一样，十分烦躁，对她说："听我的，不要再管了，这不是你一个学生能处理的。"

住院大楼外，我犹豫很久，还是没有去病房找巴婶儿。我拨通了施主任的电话，把小何的发现讲了一遍。施主任沉默了一会儿，说："确实不能再管了，你去通知小廖，这个女患者最好尽快安排出院，这件事情你先报告医务部，按照流程处理。"

按照流程，辛安隐瞒了很多巴婶儿之前的治疗史，就算不是吸笑气，我们也必须往上报告，待所有事情都搞清楚后，再制订治疗方案，至于是不是在我们医院继续治疗，那要看巴婶儿究竟是什么情况。我同时也申请了将小何调离临床科室，去行政科室实习。小何对此也没有异议。

过几天，医务部调查结果出来了——巴婶儿确实在福利医院住过院，而且是在物质依赖科——她的确有过某种"上瘾史"。

知道消息的当天下午，小何跑到我的办公室："我就说吧，我就说吧，这里面肯定有事，咱们快去找辛安，他肯定是……"

我不客气地打断她："治疗有医院，查案有警察，你算什么？"

她愣了一会儿："她……明明是有些问题，她老公肯定做了点什么！"

"这不是你一个学生该管的！我已经跟你讲过了，"我大呼一口气，"实习报告我不签字，你看你拿不拿得到毕业证。"

其实我的想法很简单——无论巴婶儿是不是吸过笑气，也不管是谁给她的，跟她女儿的死有没有关系，这些都已经超出了医院的处理范围，更何况小何只是一个学生。

❻

通过医务部，我拿到了巴婶儿之前的资料，上面显示她确实父母早亡，留下了她和弟弟两个人。巴婶儿之前毕业于某知名大学，生意做得很大，在我们市有不少房产。资料上说，巴婶儿生完孩子后，弟弟死于溺水，她患上了严重的产后抑郁。还有一段描述，说巴婶儿去福利医院的原因有两个，一个是急性精神障碍发作（把女儿扔下楼），一个是成瘾史，且这两件事发生在同一个时间段。

看到这里，我忽然觉得，小何说的有可能是对的。巴婶儿为什么会在产后抑郁后，染上某种致瘾的东西？这到底跟她老公有没有关系？

我也把我的疑问跟施主任说了，施主任问了我一个问题："你记不记得，跟辛安谈话那天，我问了你什么？"

"有钱人？"话说完我就愣住了，难道施主任的意思是说，辛安是为了巴婶儿的钱故意设计？这怎么可能呢？我打断自己的猜想："弟弟死于溺水，她得了产后抑郁，不知怎么吸的笑气，又不知怎么的正好在阳台上，又把孩子……这哪像安排好的，那也太假了啊。"

"我没说是安排好的。但你想想，如果一根绳子上面捆着一坨

260

金子，将断不断，你又正好看到了，手里有把剪刀，你剪不剪？"

我猛然明白了施主任的意思。

这时我的脑子转得飞快："不对啊，如果真的是她老公在里面使坏，去福利医院查的时候就会露出马脚啊，人家最起码会问笑气是哪里来的吧，总不能是巴婶儿自己去找的渠道吧？"

施主任说："我要是辛安，只要别人拿不出证据，我就一口咬定是她自己找的。"

"他 × 的！"我愤骂一声，"你这推断太主观了！"

施主任拍拍我："小子，我问你一个问题。什么情况下，一个母亲会抱着自己的亲生孩子，一起赴死？"

我震惊地望着他，说不出话。

"绝望。"

巴婶儿的事，施主任又写了份报告。他向医院建议，把巴婶儿和辛安一起请到司法鉴定室，将双方所有的细节都拿出来当面对质，形成一份报告。无论结果如何，都移交给司法机关。报告上午递上去，下午院办打来电话，说要开会研究，让我们等结果。

但就在等结果的第二天，出事了。确切地说，小何出事了。

辛安把电话打到施主任的手机上，说小何到他的公司"找麻烦"，无理取闹，说他害了巴婶儿，搞得"鸡犬不宁"。施主任没有上报，带着我开车往辛安的公司赶，一路上我焦躁不安，担心小何一个人出事。

辛安的办公室在市中心的一座写字楼里。我们赶到的时候，小何正叉着腰站在入口，对着里面喊骂，两个保安把她围着。我冲了上去，两手把保安推开，把小何护在后面。有十几个穿着员工制服的人堵在门口，辛安在最里面。他踮着脚往我这儿看了几眼，扒开人走了出来："哎！你们今天最好给我一个解释，不然我就报警了。"

"你报……"身后的小何又要蹿出去，我右手往后使劲一搂，指着辛安，"你报，现在就报警，你老婆的事，这姑娘的事，咱一起说。"

辛安瞪着我，过了一会儿，他向后面挥手："走走走！精神病院的一群神经病！"

我跟小何坐在后座，一路上我都摆着老师的架子，苦口婆心地"细数"她这样做的危险性。小何摇头晃脑，心不在焉地一路"嗯嗯嗯"地敷衍。我也没有再对小何"遮遮掩掩"，而是把所有的事都跟她说了。

"难怪呢，我问过他公司的员工，这家公司的老板原来是巴婶儿，辛安以前是给她开车的，真有本事啊，泡老板，把老板变成老板娘，我估计啊，他肯定……"

"算我求你了好吧，"我止住她，"这都是没证据的事，不管他是不是干了什么，咱都没证据。再说了，咱们是医院，不是公安局，没权利去管这些。"

"医院怎么啦？医院的职责也是保护人民！"

我哑口无言。施主任在前面笑得好大声。

❼

回去后，我就申请把小何调回我们科室，让她天天跟着我下病房。我实在是怕她又去搞点什么"新手段"。

一连几天，医院也没有说这件事到底要怎么办。施主任给院办打电话，院办说，这些事都是患者自述，再加上我们的片面了解和推测，贸然要求家属来对质，万一还是抓不到"鸡脚"，怕会惹上麻烦，医院毕竟是单位，有可能造成不好的社会影响。

这件事就这样打了一个死结。

其实我没有放弃。我试过很多次单独去找巴婶儿，每次信誓旦旦地要去"发掘发掘"，可次次都很无奈——只要我一提到辛安，巴婶儿的情绪就无法控制，要么是害怕地缩在床角，抱住襁褓发抖，要么是愤怒地四处捶打。

就在这不断地鼓起动力又失望而归的循环里，我跟小何和施主任的话也越来越少。

可是，偏偏事情就出现了转机。一天，忽然有个人来找我，是辛平——辛安的姐姐。

一个周末，我接到一个陌生电话，自称是辛安的姐姐，说有些话要跟我说。"我本来是想找你们领导，但还是先找你，因为我怕直接找领导事情就……"

我们在医院对面的公园见了面。辛平看起来约莫四十岁，穿着一套灰色的女士正装。见面后，她没有跟我客套，直接递给我一个灰色的金属罐子。

我翻看几眼，心里有了数，但还是问："这是什么？"

她回答："打笑气用的罐子。"

"哪儿来的？这私人拿不到。"

"不是我的，我在……在我弟弟（辛安）公司车的后备厢找见的。"

我毫不客气："那还不是你弟弟的公司吧，你到底想跟我说什么？我只是个治疗师，不是……"

"我不说不行啊，他快要把我逼死了——"辛平忽然就崩溃了，她好不容易才平静下来，告诉我巴婶儿弟弟的死，不是意外，"准确点说，是一场不是意外的意外。"

辛平说，辛安娶了巴婶儿后，从一个司机逐渐升到了公司决策层，直到巴婶儿生完孩子，在家休养，辛安便顺理成章地彻底接管了公司。那时候，巴婶儿的弟弟多仔已经大学毕业了，巴婶儿没有跟辛安商量，直接安排弟弟做了他的副手，要辛安"事无巨细"地好好教导多仔。

"对于这事儿，他（辛安）有点不高兴，但我也没想到事情会到那个地步。"辛平叹口气。

巴婶儿公司的业务很广，有一个项目是跟近海的渔民合作，要实地考察，辛安就借这个机会把多仔带了过去，说是要带他去出海。就在出海的时候，多仔溺水了。

"当时没有其他人在场？"我有点疑惑。

"本来是有的，"辛平有些心虚，"当天天气预报说要刮风，但是多仔非要辛安带着他出海，说是就在附近转，很快就回，谁知道最后就……"

警察事后搜寻，还好出海的地方只是个小湾，在附近礁石处，发现了多仔的尸体，身上没有任何救生装备。辛安告诉警察，起风后，他们控制不住船，多仔却很兴奋，趴在船沿上大声呼吼，结果被一个浪打到了水里。辛安拿起船上的救生圈抛下去，但是没抛中，只能眼看着多仔被水卷走。

警察将辛安和船夫一起带走调查，船夫也说，确实看到辛安在尝试营救落水的多仔，但是浪太大，他也不敢下水，找到救生圈的时候，辛安一把就把救生圈拿起来扔了出去，但没扔中——这跟辛安的叙述是一致的。

我听到这里，问了一句："你一直强调救生圈，又说这不是一场彻底的意外，你是不是说，辛安是故意把救生圈……丢歪？"

辛平被我问得愣住了，她支支吾吾："本来……本来我也没想到这些，后面才……"

她说巴婶儿对弟弟的死，反应很剧烈，她本来就患有产后抑郁，弟弟去世，她的情况更加严重。辛安彻底放下了公司的事，天天陪在巴婶儿身边，"害怕她走极端"。

"不是，她没有对弟弟的死表示什么疑问？"我又忍不住问。

"她当时都很癫了，又有个孩子，哪会想到这些。"辛平说，当时辛安的家里一直处于压抑的气氛，巴婶儿捂着孩子跟自己，稍不留神就把房间门锁住。过了一段时间，辛安怕公司久了没人管运行不下去，就把自己的姐姐请到家里盯着巴婶儿，自己每日两头跑，"死死撑着"。

讲到这里，我觉得要切入重点了，举着罐子问辛平："这个，是不是辛安故意给他老婆吸的？"

辛平点了点头。她告诉我，过了段时间，她忽然发现，巴婶儿的情绪稳定了很多。确切地说，是状态稳定了很多。

笑气最早是用于牙科领域，有轻微的麻醉作用。现在多是作为食品添加剂，但属于管制物品，私人是购买不到的。适量的使用并没有太大的危害，但是它有成瘾的危害，在短时间内反复吸食，是有可能造成中枢神经受损的，长期下去可能会有记忆力下降、反应迟钝、精神障碍的问题。

"本来我也没想那么多，我去问过做医生的朋友，适量吸食没事的，但辛安几乎是……"

"无限供应，是吧？"我接上话，辛平沉默了。

我忽然想起施主任举的例子，不管辛安之前是不是故意将救生圈丢歪，导致多仔溺水，但他给巴婶儿"无限供应"笑气，某种程度上来说，就是他故意拿起了"剪刀"，要剪断巴婶儿摇摇欲坠的神经。

❽

随后，辛平话锋一转，说起她和辛安的成长经历。她告诉我，辛安跟她都是农村长大的，父亲走得早，母亲是外嫁而来，在本家四处寄人篱下，受尽欺负，辛安跟她从小就没有安全感。辛安为了追巴婶儿花了很多心思，自己这个姐姐也在里面出了很多力，本来巴婶儿怀了孕之后，辛安很兴奋，"但是没想到，生了个女儿，就……"。

"就没办法顺理成章把人家的变成自己的，"我又接上话，"是吧？"

辛平低下了头。

"女儿也是自己的孩子啊，他想要个孩子可以再生，有什么必要这样？"我有些气愤。

辛平语气也急了："她不愿生啊，还把我们叫到一起，说这间公司是留给弟弟的，让我们不要打主意。"

其实听到这里，我心里越来越明朗。我问她："那你发现之后，你做了什么？"

"我还能做什么，肯定是要劝他收手啊！"辛平很激动。

某天，她到公司把辛安拦住，当场质问，包括有关多仔的死。辛安当然极力否认，但是辛平十分害怕，便威胁辛安，要去报警。辛平跟我解释："最起码他给自己老婆吸笑气是违法的，这件事爆出来，也能让他停手。"

可辛平没想到，辛安拿自己的外甥，也就是辛平的儿子威胁她，如果辛平敢去报警，他就要"全部一了百了"。"他见我怕了，又跪在地上求我，说什么让我安心，以后什么都是我们老辛家的，他不会亏待自己这个亲外甥的……"

辛平说不下去了，我也没有理她，而是继续提问："那辛朵朵到底是怎么回事，是不是你跟辛安做的？"

"不是啊！真不是！是她自己！"辛平一连三个短句。她说，那段时间，巴婶儿对笑气越发依赖，状态也越发不正常，像是一个飘忽的灵魂。辛安怕出事，就把笑气停了。可巴婶儿一停止吸食，戒断反应很明显。

"整夜整夜不睡，浑身汗涔涔，抱着孩子在屋子里转来转去，越来越不像个人。"辛平这样描述，"辛安当时也害怕，变得暴躁易怒，时不时就跟我诉苦，告诫我千万不要把真相告诉巴婶儿。"

"可你还是说了，是吧？"

辛平哭诉："我能怎么办？那里像座牢一样把我困住。我就是一个家庭妇女，也有自己的家啊，我得逃出去啊。"

她把事情的真相告诉了巴婶儿，原以为，巴婶儿会鼓起勇气，振奋精神，跟辛安"自己把事解决了"，她装作一个"毫不知情"的人，能顺利脱身。只是她没料到，巴婶儿的精神状态早已经破碎不堪。"她就笑了一下，慢慢走到阳台，"辛平举起双手，做出一个抛物的动作，"一下就扔了下去。"

其实听到这里，我心里已经有一个大概了，看来此前辛安说的也是事实，警察已经定性。但我还有一个疑问——辛平来找我，讲这么多，究竟是为了什么？我没有思考那么多，而是直接问她。

没想到，我正想着，辛平竟直接朝我跪下了——她提出一个在我看来有些奇怪的请求，希望我"帮帮忙"，控制一下辛安现在的状态。

辛平挪到我身边，近乎哀求："你们是不是有一个物质依赖科，专门治这种吸毒的人？他毕竟是我弟弟，你能不能……"

"不要说了。"我赶忙往后躲。我明白了她的意思。她是想从我——所谓的"专业人士"这里找到"某种针对吸毒人员"的方法，暂时缓解现下的状态。辛平很急切："多少钱都行，你卖给我，多少都行！"

我语气坚定："我没有办法，医院更不是法外之地，你只能报警。"

辛平站起来，一把将我手里的罐子夺走。

"你就当我没来过，我什么都没说。"说完她就要离开。

我脑子里闪出施主任说的那句话："什么情况下，一个母亲会抱着自己的亲生孩子，一起赴死？"

我大声喊住辛平："想想你儿子！"

辛平停住了，背影在剧烈地颤抖。她慢慢地回头，对着我点点头，转身加速离开。

这个故事，是张哥在球场告诉我的。张哥已经步入中年，打了几个来回就喘气，坐在球场一边的水泥地上抽烟。我记得他讲到这里，烟也抽完了，场子也要散了。

我追着他问："那后来呢？"

后来辛平的确去报案了，辛安也被抓了，警察还来医院了解了巴婶儿的情况，最后辛平将巴婶儿转到其他医院去了。

张哥把烟踩灭，叹口气："唉，转到其他医院了，估计是得……"我知道他的意思，照这个情况看，巴婶儿已经是事实上的无亲无故了，不管她愿不愿意出院，以前的生活都回不去了，未来的生活，估计她也很难鼓起勇气面对。

球场星星点点，灯都快灭完了，张哥骑上车要回去了。我忽然意识到，怎么张哥描述这件事情时，一提到小何就格外来劲，赶紧几步赶上他的车："哎，我记得咱们医院那个心理门诊，是不是有个女治疗师，中级，好像……姓何来着？"

张哥戴上安全帽，样子很是神气："什么女治疗师，那是你嫂子。"

（文中人名均为化名）

妈妈呀，妈妈

在精神专科工作五年，我见过的大多数患精神疾病或是严重心理疾病的患者，只要积极参与治疗、按时服药，生活里与正常人别无二致。

当然，也有一部分患者，无论去哪里、怎么治，都不会有什么好转，迁延不断越来越甚者，也不在少数。对这样的患者，以及他们的家庭来说，生活就像已经长出体外、肉眼可见的瘤子，什么样的际遇都能变成扎破它的一根刺。

比如钵钵儿，还有他的妈妈——阿华姐。

❶

钵钵儿本姓陈，男性，大约四十岁，来自本市下辖的一个乡镇。老乌告诉我，以前没人叫他"钵钵儿"。

2015年，医院翻修老食堂，斥资买了一套高温消毒设施，以往的旧餐盘码不进柜子，于是统一订购了几百套新餐具，打算每餐收两毛消毒费（以前在外消毒是三毛五一次）。

阿华姐是个精明人，拉来一箱一次性碗筷，说是要存在病房给儿子用，就不多交这消毒费了——她还特意嘱咐护士，除非旧了破了，不必次次用新的碗筷。封闭式病房不稳定，隐患大，病房以安全为由拒绝了阿华姐的要求，说这"不是能商量的事儿"。于是，阿华姐屡屡"冲击"医务部，质问医院"凭什么封闭式病房不准患者自备碗筷"。典主任解释来解释去，也跟她讲不清道理，不胜其扰，只能折中，准许她儿子自备一副跟医院食堂差不多的碗筷，只要放在食堂严格消毒即可。

阿华姐"得逞"后，为了让儿子每次可以多分点饭，又耍了个心眼，她买的碗筷形状跟医院食堂的差不多，但个头足足大了一圈，像电视剧里和尚化缘的钵儿一样。食堂的阿姐是个直肠子，每次分餐都要嚷一句："用钵儿的这个，过来领！"

因为这个，"钵钵儿""钵钵儿"的，就被叫开了。

算起来，钵钵儿在我们这儿住了也有八年了。自2016年参加工作以来，我一直间或参与钵钵儿的康复治疗。从病历上看，钵钵儿是智力缺陷，十来岁的时候又表现出一些精神症状。来我们这儿之前，镇里、市里的不少医院都去过，从迁延不断的病史来看，没什么起色。

钵钵儿说不出完整的话，只会几个字几个字地蹦，大多数时候的行为只遵循自己的生理状况：饿了，看见吃的就往嘴里塞；困了，不管何时何处，能就地一躺；憋不住了，哪里都是厕所。

病房里说，钵钵儿年纪愈大，自理能力反而愈差了，现在除了会拿碗喊饿、套衣服，诸如定时吃药、参加治疗等复杂一些的事，都要护士手把手教，不然他就能把药攥在手里发一天的呆。

阿华姐大约六十岁，不高，估摸着不到一米五，干瘦，走路爱打背手，四处寻望。她的左眼好像有毛病，聚不了神，跟人说话时，一只眼的眼珠子直勾勾地盯着，另一边的眼珠子在眼眶里滴溜溜乱转，有些瘆人。

用钵钵儿主管医生廖姐的话讲，钵钵儿是一眼"傻"，钵钵儿妈是一眼"精"。无论是老病号，还是护士医生，但凡说起她来都是拉长脸、摇着头，好像她是个"惹不得"的人。

自钵钵儿在我们这儿住院以来，阿华姐每隔一段日子都会来看看，热天来得多，冷天来得少。来了一般是两件事：一是给儿子洗澡、整理床褥，能省下一笔护理费用；二是查收费记录，看看医院有没有多收钱。

老褚跟我说，阿华姐给钵钵儿洗澡时，从来不管厕所（盥洗室，公用）里面有没有其他男患者，一桶水，从被剥光的钵钵儿头顶哗啦啦浇下来，就把狭窄的厕所溅湿个彻底。她给儿子擦身子很暴力，"跟搓电线杆上的广告纸一样"，从头到脚，擦出一道道红印，钵钵儿也不敢躲喊，因为稍不配合，阿华姐就会"啪"地朝他脑门拍一巴掌，大喝一声："站好！"吓得钵钵儿连同那些蹲坑的男病人都"生怕漏了点气儿"。

老褚数次抱怨："我跟那些新来的讲，看见这个恶婆娘是提桶来的，就不要去厕所！总不能每次都提裤子出来吧？"

病号怕她，护士医生也怕她，阿华姐查账单"很磨人"，医院的每个项目对应哪种收费，她比专管病历的护士还了解。李护士长（男病房护士长）说，一开始，阿华姐要护士把钵钵儿的收费记录手算给她看，她一笔一笔按照日期来对，遇到搞不"和巧"（在她看来不合理）的，就当场问护士，护士讲不清，就找医生，医生说不明白，就去敲主任的门。主任的说法要还是让她不满意，那她就会去"冲击"医务部。

搞了几次，典主任就打电话数落男病房的胡主任："你们就直接开科室电脑给她查记录啊，要看什么就看什么啰！"

哪个护士都怕"伺候"阿华姐查账，她不会操作电脑，但非要指挥，只有她要查哪项，护士才能操作点开哪项。也有护士不耐烦，可言语里刚透出点"再啰唆就尥蹶子"的意思，就会被阿华姐"不同频"的两只眼睛"顶熄火"——李护士长讲，任是谁，只要看到阿华姐那两只眼睛，心里没有不发毛的，"就跟自己真做了亏心事一样"。

在阿华姐的要求下，钵钵儿住院，只要是能不开的治疗都不开，能省下的护理费都不收。换句话说，他除了吃药吃饭睡觉，几乎什么都不参加。李护士长鼓起勇气劝过阿华姐，能不能让钵钵儿隔三岔五跟着下下大院，起码能参加一下康复科的文体活动吧，毕竟"一次才六块四"。但阿华姐拒绝得理直气壮："每次都要六块四，那谁交得起？"

后来，是典主任觉得钵钵儿实在可怜，给他找了个由头，每次"下大院"都跟着大院管理员老乌搬搬东西浇浇水，就算他抵了这项收费，阿华姐这才同意钵钵儿出病房放风。

❷

2016年下半年，主任召集我们同期的治疗师开会，让我们想想主意，把康复科的项目搞得"丰富且有内涵一些"。

我们三个治疗师思来想去，决定在大院里面试试开展团体治疗（注：团体治疗是心理治疗的一种形式，多为两名至三名治疗师跟固定人数、有同质性问题的参与者构成，通过讨论、情景再现或者是固定形式的项目来激发团员之间的互相沟通、学习、感悟。精神病患者的团体治疗焦点多集中在日常生活技能、交流沟通等简单问题上）。

"团体治疗啊？"主任听完我热情洋溢的介绍，咂摸半天，"试试……是可以，钱先不收，但挑人要注意，不能找那些难搞的。"我还没听明白主任嘴里所说的"难搞"是什么意思，她又立刻补充一句："比如像钵钵儿那样的，一定不行。"

为了把事办得漂亮些，我自作聪明地跟各个病房打了招呼，让他们先选一些"灵醒"的患者，再依次给患者家属打电话，说明情况。只是我实在没想到，这个做法惹到了阿华姐——她不知从哪里得知我把钵钵儿排除在外，一日大早，她就伸脚把康复科的铁闸门抵住，不让我进去，也不让里面的人出来。

她大声质问："你不把道理讲明白试试，我儿子为什么就不行！"

我不敢看她滴溜溜乱转的左眼，语无伦次："这……这是大院患者的一次……一次尝试，不是……"

274

"不是个鬼不是！"阿华姐的口水都要喷出来，"不是你们要他去大院的？他没帮你们做事？那他这样还不算'大院患者'？"

她态度坚决，愈加强势。好不容易笨嘴拙舌地把她哄走，我急匆匆地去找主任，又被训了一顿。主任说我"事还没成呢就闷不住屁走漏了风声"，但最后，她还是松了口："这个老……老姐姐，唉！就让钵钵儿来吧，每次多加一个治疗师，盯紧点。"

可事实证明，钵钵儿这样的患者，不是"盯紧点"就有用的。一堂四十分钟的团体课，只有在钵钵儿因被我呵斥而惧怕地蹲下时，才能顺利地继续，待几分钟后他察觉到"没有危险"，便立即站起来，"哐哐"地拽着玻璃门要出去。

"坐！"

"别闹啊！"

主讲治疗师的热情，屡屡被我呵斥钵钵儿的声音踩了急刹。他实在进行不下去了，无奈地看向我，小声试探："要不，我先讲到这儿？"

我还没表态，同来听课的老褚先大声叹了一口气："唉，把这个东西搞来干什么？"

团体治疗对患者们来说是件新鲜事儿，我们前期宣传也铺垫得很充分，医患都是兴致勃勃的。没承想，这第一节课就被钵钵儿搞得七零八落，大伙免不了失望怨愤。此时老褚这句"画龙点睛"，让几个急性子的患者直接把暴脾气掀到了面上：

"这样还来个屁呀，都看他发癫了。"

"那不是咯，这是治疗？"

我们三个"雏儿"治疗师，六只眼睛互相乱瞟，只能看着围在大厅中央的患者越来越躁。

束手无策之时，突然从门口传来"哐当"一声巨响。

是钵钵儿！他不知道什么时候站起来，大力一拉，康复大厅的玻璃门被他拽脱了滑道，顺着一米多高的楼梯坎拍到地上，磕成一摊碎渣。

康复科办公室内，我们三个治疗师排排站在主任面前。

主任叹了口气，说："叫你们盯住，三个人都看不住。现在门坏了，定做也要时间吧？没有门，大院安全保障不了，就放不了大院。不放大院，你们让病房里怎么跟其他患者解释，怎么跟家属解释？"

主任训了一会儿便索然无味，直接跟我们说了院里的处理意见——鉴于这件事医院方面跟钵钵儿都有责任，修门的钱医院出大头，钵钵儿家里只要拿五百块"意思意思"就行。同时，也是为了"给他长点记性"，"安抚其他患者的情绪"，病房决定把钵钵儿转为单独看护，暂时不准他参加除必要治疗外的其他项目。

这件事让阿华姐非常气愤，到医院撒了几回泼。她说，明明是医院拿她儿子做试验，出了事凭什么只处理她儿子，不处理我们这些"搞事儿的人"？医务部、康复科的负责人轮番上阵，拿出所有能依据的规章制度讲道理，阿华姐一概不认，坚持认为这件事是医院的错，医院要负责，不然她就要去卫健委门口坐着，讨一个公道。

"说不让他来，你又非要让他来，现在他闯了祸，你又喊喳喳，到底想怎么样吧？"一次又一次劝说无果，典主任直接问阿华姐。

"五百块我该拿，但那几个挑事儿的也要拿，平摊！"阿华姐毫不惧怕，"我儿子必须转出来，该下大院下大院，那是你们答应的！"

鉴于阿华姐是个说得出做得到的狠人，加上这件事医院也确实占不住全部的道理，典主任只能捏着鼻子答应了。为这件事儿，他不知道愤愤不平过多少次："老太婆也太精了，给个算盘都能扒出火星子来。"

这一次也让我彻底认识了阿华姐的"惹不得"究竟是怎么一回事。我明白了老乌常对我念叨的那句"越做多越错多"，在这儿真真是一句至理名言。

❸

2017年悄然而至，我在异乡过了第一个年。

半年多的工作时间，我完全适应了精神专科的节奏，和那些老员工一样，将同情掩盖在按照规章制度做事的态度里。像钵钵儿这样的患者，我不敢再私自对他们做什么"新努力"，虽然我心底还是对钵钵儿抱有好奇和同情，也只能在闲聊里听听他和阿华姐的近况。

病房里说，从2016年下半年开始，阿华姐偶尔会在周末把钵钵儿带出去一天，早上出去，晚上回来。病房一开始其实是不愿意的。按照规定，住院病人外出要跟病房申请，必须有充分的理由。像钵钵儿这样不稳定的病人，家属非要带出去，病房就会要求签一份知情同意书：在外病情发作，责任由家属承担——一般到这一步，家属都会知难而退。

可阿华姐不会，且每次签单的理由都很充分：看望亲属、改善伙食、办理手续。这让病房没办法阻拦，李护士长只能次次亲自盯着阿华姐签好知情同意书，然后叮嘱当天值岗的总管护士，晚上十点前，一定要打电话催促她把儿子带回来。

至于阿华姐带钵钵儿出去干什么，谁也问不出来。

2017年清明前后，轮到我公休，主任放了我三天假，让我好好出去转转，弥补一下"没回家过年的遗憾"。在市中心步行街，我买好东西准备回出租屋，正在公交站牌下面等车，猛然间看见对面的路口有一大一小两个身影，异常熟悉——是钵钵儿和阿华姐——他们竟然在卖唱！

顾不上等车，我趁着绿灯的人流钻到对面。只见钵钵儿跪在地上，身前是一个方形的户外音响，来回放着《流浪歌》《杜十娘》等年代感十足的悲情音乐，阿华姐站在一侧，攥着一个胶布缠住的话筒，奋力地对口型。

我躲在阿华姐的左侧不远（躲着她不方便的左眼），确保她看不到我，观察了三首歌的时间。只要有人驻足观看，钵钵儿就适时地对人家猛磕几个头，要么吓得人闪开，要么让人赶紧丢几个零钱。每隔几分钟，钵钵儿会冒一下"呆"劲儿，低头游神，忘记了面前的"潜在客户"，阿华姐便立即一巴掌朝他前脑勺扇去，"啪"的一声，落人不忍，旁观者掏钱掏得更利索了。

这几巴掌让我越来越烦躁，掏出手机把这一幕拍了下来——无论是按照法律还是医院的规定，阿华姐都不能带着钵钵儿乞讨。钵钵儿是一个正在住院接受治疗的精神病人，他也有合法的权益，医院也有义务保护他的权益。

就在我犹豫着要不要跟医院通报时，音响的声音忽然变得时断时续："郎啊郎……是不……饿得慌……"——应该是没电了。阿华姐顾不上对嘴型，蹲下来把音响的开关关上又打开，话筒也被她摇得"呼呼"乱响。几经努力，见无济于事，她只好三两下收起一盆零钞，拉起钵钵儿离开。

我决定跟上去。

他们没有到对面坐回医院的公车，而是顺着大路走。阿华姐在前面领路，钵钵儿拉着音响在后面跟着，每到一处垃圾桶，阿华姐都要伸脑袋进去看看，捡出没喝完的奶茶杯或者空饮料瓶，交给后面的钵钵儿倒干净，扭巴几下，扔到一只大黑袋子里。

走了十几分钟，阿华姐已经在翻第六个垃圾桶。她左手艰难地在桶里翻找，右手拿着一个空瓶往后扬，可钵钵儿这时又游神了，游到路边一个炸食摊上，眼巴巴地望向竹兜里面炸好的鸡腿。

"喂！"阿华姐恼怒地大喝，高高扬起巴掌。

钵钵儿立刻扭回头锁紧脖子，呜呜啊啊："痛！痛！不打！"

巴掌最后没有扇下去，而是轻轻落在钵钵儿的前额顶，拂了拂还没消红的秃处。阿华姐抖搂着一袋子空瓶，很恳切地跟炸食摊老板磨嘴皮子——不知道是在讲价还是想"空瓶套白食"。但老板头也不抬，手也没停。

她见半天也没效果，腰杆不忿地挺直，从衣服内里的怀袋抽出一张钱使劲拍在摊上。老板看了看钱，朝竹兜努了努嘴，阿华姐立即在炸好的鸡腿堆里扒来扒去，几乎把每一个都拎起来审了审。好不容易挑好了，她拉起钵钵儿要往前走，可没出半步又折回去，把老板挂在炸锅架下面的卫生纸拽了一大匝，装进自己的口袋里。

老板把竹筷子甩在锅边，抱着手坐下，头来回不停地摆。阿华姐一步三回头，狠盯好几回，嘴里嚼了几句，这才拉着钵钵儿彻底离开。钵钵儿除了差点"挨一巴掌"外，全然不觉有什么异样，鸡腿咬得倍儿带劲儿。

看到这里，我掏出手机，删掉了照片，不打算再跟上去了。

关于阿华姐带着钵钵儿乞讨这件事，我听人开玩笑似的提过，当时是真的当个笑话听了。我是实在想不出，一个母亲会带着儿子做这样的事，还让我真的遇到了。我只能从心底安慰自己，但愿阿华姐是真有难处，也知道其中利害，不要出什么岔子。

可是啊，纸哪包得住火？

❹

五一刚过，我收假刚回医院的那天，员工群里炸了锅。起因是一张照片——阿华姐带着钵钵儿，在市中心步行街的另一个路口卖唱。卖唱不是重点，重点是钵钵儿的衣着，他穿着病号裤，上面印着字，虽然模糊不清，但我们医院的员工都能猜出来内容，那是患者入院编号和科室的简称。

群里叽里呱啦几百条消息，有质疑，有惊讶，也有斥责。院长发了一条语音："照片是哪个员工拍的？来找我。还有，下午各个科负责人来我办公室，开会！"

会开得怎么样，我不得而知。可医院第二天就出了通报：男病房胡主任以及李护士长，管理失误，记科室一次不良事件，扣钱；各个科室各自召开安全会议，自我督导，拿出方案，限时上报。

主任召集康复科所有人，几句话宣布了医院处理结果，把写记录的工作安排给了我。下班时，我特意跟主任搭同一趟电梯，问报告要什么模板。眼看她准备骑电动车走了，我实在忍不住，问："那他们怎么办哪？"

"谁啊？什么怎么办？"

我拦在她电动车前面："钵钵儿啊，医院不会赶他出去吧？"

"呵呵，"她诧异地看着我，笑出声来，"没说就是没事儿呗，又不是那种打断手脚割掉舌头故意拉出去乞讨。但上报是一定要的，估计是得记一笔，医院把雷扛了吧。"

"哦。"我点点头，心里呼了口气。

"唉，这个老姐姐呀，不省心。"主任朝楼上灯火通明的男病房看了看，"里面还在开会呢，虽然不会让她儿子转院，但吓唬一顿是没跑了，希望她以后收敛一些吧。"

往后一段时间，病房里对阿华姐的抱怨确实少了不少。她对于收费还是斤斤计较，但在查账的时候客气了很多，不再颐指气使地指着电脑说点开这个打开那个，而是会用商量的语气，"麻烦您给我看看这个""麻烦您点开那个"。老褚也说，阿华姐带着钵钵儿洗澡时也"知礼"了很多，至少他再也没"半路提裤子出去"过。

精神专科里工作的人，锻炼个半年一年，都已经见怪不怪，宠辱不惊。阿华姐这件事，在大伙口里讨论了几次，就化作一条工作经验，只在偶尔类似事件发生时才会被提起了。

转眼到了8月，南方湿热难耐。

以往到了热季阿华姐就会来得很勤，几乎是一天一次。但这年夏天，阿华姐出现的次数不多了，大多数时候是一个小姑娘来。病房里说，那是钵钵儿的妹妹，很懂事，叫妹妹儿。今年刚考上大学，正好放暑假，就接替妈妈来照顾哥哥。

我问李护士长："以前放假干吗不来？"

"中学读书多紧张啊，现在上了大学就轻松点呗。这孩子成绩好着呢，考上××大学了（本市一所211），就是……唉。"

我听懂了那声"唉"的意思——母亲老了，妹妹以后八成要接过照顾哥哥的接力棒。

暑假很快就过去了，可阿华姐依旧没来，还是妹妹儿每天下午下课后赶到医院给钵钵儿洗澡换衣服。学校、医院一东一西，坐公车得晃悠几十分钟，有时候饭都吃不上，几次被护士看见在病房楼道里就着水啃苏打饼干。

按道理，病房是没必要管这些事的。可李护士长大概是心疼妹妹儿，在楼道里找到她，问："孩子你要好好吃饭哪，你妈人呢？"

"她……她忙……"妹妹儿支支吾吾，"没事的李阿姨，我们家没事的。"

李护士长没再接着问，而是带着妹妹儿去食堂办了张电子饭卡，从自己账户里划二百块钱过去。她怕妹妹儿脸皮薄，就说自己平时在家吃饭，卡里的钱不用也是浪费了，让她"帮着刷点"。

"是个好孩子啊。"李护士长跟我感叹，"她非要把钱还给我，说学校有助学金。"

阿华姐来我们这儿的次数越来越少了，除了缴费，几乎都是姝妹儿来照顾钵钵儿。后来缴费她也不来了，全都是姝妹儿一个人干。老褚那些老病号也心疼姝妹儿，让她回去好好读书，说给她哥哥洗澡这事儿就"包在这些老阿公"身上了。但姝妹儿展现出和阿华姐如出一辙的坚持，只是她不像母亲一样霸蛮，而是礼貌地拒绝别人的帮助，自己一个人默默地来，默默地做，默默地走。

时间久了，所有人都不再问什么，默契地维护着小姑娘的尊严。

11月底，南方的秋老虎也摇着屁股要走了，一层秋雨浇下，天气凉了，病房里的人洗澡就没那么勤快，姝妹儿算是能喘口气了。

每年这段时间，雨就像定了点一样，准时在下午来一场，把大院浇湿。放不了大院，我们几个治疗师只能带着器材去病房，组织患者在大厅里做活动。

一天临近下午吃药的时间，我正带着老褚几个老病号在大厅里"锄大地"（一种扑克游戏），外面的护士站传来一阵争吵。老褚他们立刻将牌扔掉，一路小跑过去扒在隔离门上，伸长脖子，看得异常带劲。

我上去想将老褚他们驱散，就听见外面的李护士长突然提高了音量："你不是家属，不能探视，也没有权利查有关治疗的记录！"

我也从小窗看了过去——站在李护士长对面的是一个女人，穿一身套裙，看起来很职业化。她把手里的一张 A4 纸拍在护士站的桌台上说："他是你们这儿的住院病人，这否认不了吧？你们医院没管理的责任？"

"这不关我们病房的事，"李护士长指着病房外面，"你不要再来这里，有事去找医务部，不然我就叫保安。"

女人没有退让的意思，说医院是在"踢皮球"，跟李护士长保持着眼神的对峙。隔离门边聚集的患者越来越多，几个医生也从办公室里探出头来看。李护士长朝我这里看了看，我立刻理解了她的意思，招呼着值岗护士把病人带到另一边，自己赶紧从隔离门钻了出来。

我拿出开门的钥匙，在女人面前晃了晃："阿姐，这里是病房哟，你要问的事跟治疗无关的话，去找医务部。现在是服药时间，你要是执意打扰患者治疗的话，保安在一楼，上来就几分钟。"

女人眼睛轱辘了几圈，气势终于软了下来。她一转身，我赶紧抢先一步打开科室的铁闸门，客客气气地将她送走。

李护士长盯着桌台上的 A4 纸，久久不说话。我偷偷瞟过去，是一张复印件，上半联是一张购房的定金收据，下半联是钵钵儿的身份证正面。收据上购房人签字处，清清楚楚地写着钵钵儿的大名。

"这……他怎么去……搞什么哟？"我实在想不通，一直在我们这里住院的钵钵儿是怎么买的房子，这个房子又出了什么问题，怎么会被人找到医院来。

李护士长没有理我，唤来发药的护士，问姝妹儿今天来了没有。护士摇摇头，李护士长脸色沉了下来，挥手让我先回科室："等医务

284

部那边了解清楚再说。"

我识趣地抱起器材，直觉告诉我，这次阿华姐干的又不是什么好事，而且十有八九牵连到了姝妹儿。

开发商的那位女销售那几天定时定点在医院"要结果"，没几天，事情就在医院传得有鼻子有眼。

2016年9月，钵钵儿家在市里高新区的一处楼盘，花五万订了一套小产权房，总价十来万。合同上确实是钵钵儿的名字，但经手人是姝妹儿——她以代办人的身份，用哥哥的名字买的房子。

合同上有一行小字是补充条款：一年之内要再补五万，不然合同就作废，定金不退。现在已经是2017年12月，阿华姐家拿不出钱，开发商要了很多次没结果，直言要按照合同来打官司。阿华姐不想白丢五万块，忽然嘴脸大改，去开发商售楼部大闹，称是他们的销售"故意诓骗自己精神有问题的儿子和没有社会经验的女儿买房"，说自己并不知情，必须退房退款，外加赔偿。

开发商说打官司也就是"吓唬吓唬"，听到阿华姐这个要求，直接就翻脸了，坚持说合同是兄妹俩自己签的，他们是按照合同办事。阿华姐也不是吃素的，这段时间定时定点在售楼部"站桩"，逢有人来看房就上去说自己的遭遇，还说这里的销售对她"骂得难听，几个鬼女子还想动手"。开发商拿她没办法，不知道从哪里知道了钵钵儿在我们这儿住院，要我们协助解决，不然就去卫健委投诉我们医院"管理失职"。

典主任不敢自己做决定，向院长汇报。快六十岁的老院长气得骂了脏话，直问这个"乱来的"跟上次拉坏大门、穿病号服跑出去乞讨的是不是同一个病人，"在病房发癫就算了，还在外面惹祸"。

院长发火归发火，还是嘱咐典主任去调解——但不能无限期等他们的结果，毕竟马上就是卫健委的年底审查，不能把"今年要挨的骂留到明年"。他告诉典主任，把双方叫到医务部，"摆开来谈"，能说好最好，说不好就干脆不管，到时候医院这里也别等"上面下来吊人"，主动去负荆请罪，钵钵儿更不能再继续住在这里"等他家里再惹祸"，直接让专管"麻烦患者"的福利医院来把人拉走。

我们小医院行政的人手紧巴巴的，典主任申请找个人来协助调解，我们主任说我"有点小机灵，脸皮也足够厚"，主动把我推荐了过去。

典主任特意把开发商跟阿华姐、姝妹儿安排在不同的办公室。阿华姐那里由我跟典主任去讲，开发商那里只由医务部的干事接待——开发商早就想松口了，阿华姐这段时间让他们的业绩大受影响。

阿华姐根本不给我们说话的机会，也不理会劝阻的女儿，扯着嗓子骂开发商诓骗她的钱，骂医院助纣为虐，做大老板的狗，专咬穷人。典主任不搭腔，屡次拉住想开口的我。阿华姐越骂越难听，典主任干脆把门打开，让她的骂声在走廊里传得到处都是。姝妹儿坐在办公室的窗边，一个劲儿抹泪。

医院行政楼毕竟不是销售大厅，没有那些爱看热闹的人过来给阿华姐"添火"，她愤怒的气势越来越弱，语速也降了下来，想起一句说一句，最后干脆变成沉默的怒视。

"讲完了吧？那我说了——"典主任好整以暇，调整了一下坐姿，"医院的意思，让你们今天来这里谈，但也就谈这一天，待会儿开发商过来，你们一起做决定。能谈就谈，不谈那我们就管不了，你儿子我们这儿也不收了，但可以帮你联系福利医院过来问问。"

阿华姐瞬间滞住，表情依旧是愤怒，一直乱转的左眼也停止了晃动。

"不收了，不收了？"姝妹儿站起身，语气急切，"医院哪能这么做，怎么可以不收病人？"

典主任神情有些不忍，起身把门关上，屋子里一下安静下来。

我示意姝妹儿先不要说话，倒了杯水塞给阿华姐，说："医院是不能拒收病人，但患者和家属也要配合管理吧？来这里就是想解决问题，阿华姐，你仔细想想，合同白纸黑字，你就给了人家五万，人家是不是也就该只退五万？"

她攥紧杯子，有点发抖。

我趁机继续："你又要定金又要赔偿，不答应你就不让人家做生意，人家那么大个开发商，请不起律师？到时候反过来告你诈骗的，钱要不回来，你儿子还得去福利医院。其实最无辜的是你女儿，还没出社会，先背一个官司。阿华姐，你是个聪明人，肯定知道我在说什么。"

"诈骗？怎么是我诈骗？"阿华姐又怒了起来，"他们一开始不讲清楚合同，那么小的字，谁知道要……"

"老姐姐！"典主任打断她，指向一旁的姝妹儿，"付款是用的你的卡，你敢说她去买房子你真的不知情？真的是他们一开始在骗你儿子女儿？"

"我……"阿华姐的气势马上弱了下去。

典主任蹲下来："老姐姐，咱们都是为人父母，我知道你为什么要买房子，谁不想孩子过得好？但是，五万、五十万，哪怕五百万，能买得孩子抬起头做人？"

阿华姐望向窗边的姝妹儿，呜咽一声，把脸别了过去。她抖得越来越厉害，手里的水洒了一地，喉头像塞了棉花一般，呜呜咽咽地迸出"挨不住""怎么办"之类的短句，时而方言，时而普通话。姝妹儿也背过身子向着窗外，哭声时断时续。

典主任抚着阿华姐："你们要是有什么难处也可以说，谁的心不是肉长的呀老姐姐。"

一句话，让这对母女彻底放下防备。阿华姐起身伸手把姝妹儿揽在怀里，放声大哭。

❻

那天，阿华姐和姝妹儿跟我们讲了很多很多。

第一件事：钵钵儿不是阿华姐的亲生儿子。

钵钵儿本来是有父母的，父亲在南方讨生计，母亲在镇上做小工。五六岁的时候，他被同村的大孩子领去玩水。几米高的石桥，几个孩子赌着胆子往下面的河里跳，钵钵儿出了意外，扎下去半天没有动静，是路人跳下去把他捞了起来。人是抢救过来了，但脑子缺氧太久受损，成了一个"弱智"。

钵钵儿的亲妈托人给打工的老公带口信，让他寄钱给儿子治病，但是一直没有音信，逢年过节人也不见回来。家里只有一个本家兄弟，但出了村各自谋生，公公婆婆也早已不在，熬了几年，钵钵儿亲妈就悄悄走了，据说走时只拿了一床被子，留下一层土平房，半袋谷米，几十块钱，跟只会发呆的儿子。

我跟典主任都难以置信——如此精明的阿华姐，怎么会做出收养弃儿这种事？但阿华姐拿出一本收养登记证，她确实这么做了。

阿华姐的老公年纪大她很多，是一个几乎没有劳动能力的懒汉，对阿华姐只生了个女儿、无法"传宗接代"本就有气，见她又收养一个"痴呆儿"，更加不满，说要么把小傻子扔掉，要么她就带着两个孩子滚出去。

阿华姐一气之下，带着两个孩子到了城里谋生。但她高估了勤劳的作用，也低估了城市的生存压力。没有学历，身体瘦小，"女要读书，崽要住院"，逼她撕掉了坚忍温和的外表，只剩下生存的动力以及精明。

讲到这里，阿华姐说不下去了，不断地喘息。典主任叫来隔壁办公室的一位女同事，让她把阿华姐带了出去。

妹妹儿眼睛通红，但人已经冷静了下来。她告诉我们，她妈妈不是刻意地要去"坑谁"，她所做的都是为了他们兄妹俩。他们在城里这么些年，一直都住在开发区的城中村一间"别人拿来做储藏室"的半下沉地下室里，从不敢做梦买房子。阿华姐曾听人说附近的小产权房便宜，虽然有交不了房的风险，但妹妹儿考上了"这么好"的大学，钵钵儿年纪也越来越大，总不能全家人"窝一辈子"。可她手里只有辛苦攒下的几万块，不敢"铤而走险"，所以一直观望，想找个"稳妥的法子"。

但是一纸诊断，让阿华姐准备孤注一掷——她原本在制糖厂有一份打杂的工作，又四处求人，找到一份周末保洁的工作，打算"燃烧几年"，把钱凑齐。保洁公司要求她入职前体检，体检时 CT 显示她的肺部有问题，于是医生就建议她去做个活检，说不排除有癌症的可能。

阿华姐以为医生是在诳她，舍不得出检查的钱，拿着片子去找"信得过"的人询问，所有人都劝她，去医院再检查一遍，早发现早治疗，可她不愿意，或者说是"不敢"。

这里，典主任跟姝妹儿讲了一句："如果要排查的话，活检是必需的，你这么有文化，应该劝劝她啊，就算真是，发现得早也有治疗的余地吧。"

姝妹儿把头低下，又开始"啪嗒啪嗒"地滴眼泪。典主任摇摇头，不再言语。

因为这件事，阿华姐也不管自己"是不是有病"，拿出所有的钱下了定金——她的想法很简单，用自己仅存的几万苦钱买一套房子，哪怕自己真的"到了这一步"，也要给自己的儿子女儿在这座城市留一个栖身之所。

姝妹儿告诉我们，2016年妈妈之所以带着哥哥去卖唱，是"实在找不出赚钱的路子了"。体检不过关，保洁的工作飞了。后来，阿华姐又跟制糖厂老板提"涨薪一百五十"，反被老板以"年纪大手脚慢"为由给辞退了。

阿华姐彻底交不上房钱了，又怕自己哪天就"忽然撒手人寰"，跟开发商磨了一年，"各种办法"都用上了，最后便想出个"歪借口"，去售楼部大闹，要人家退钱赔偿。

姝妹儿说，阿华姐总是对她讲，对不起自己的"傻仔"，捡了他回来又养不了，也对不起自己"争气的女"，要她以后"背这么大的负担"。

"我妈一辈子都是底层，一辈子为了一点鸡毛蒜皮跟人争，我知道在你们眼里她是个老泼皮，不讲道理。可她也是个女人，也年轻过，变成这样都是为了自己的姑娘儿子能抬起头来。我妈总说对不起我，对不起我那个傻大哥，其实她就对不起自己。"

姝妹儿知道妈妈为什么房子要写哥哥的名字，她是想用这种方式，把兄妹俩的命运绑在一起——她担心儿子以后没有去处，也担心女儿以后没有亲人。其实过早的生活磨砺让姝妹儿成熟得很早，对于妈妈，她从来没有怨恨，更没有想过要放弃自己这个"弱智"哥哥。

她最后这么跟我们说："生活的真面目我早就见过了，我妈一直替我们挡着，她没有放弃，我也不会放弃。"

我们没有继续再问关于买房的细节，姝妹儿也不愿意再说——毕竟她还是个刚上大学的孩子，我们怎么说，怎么理性地分析利害，对现在的她而言都是件很残忍的事。

我们把阿华姐一家的情况汇报给了院长。院长把手里正在签的文件挪到旁边，问："开发商那里怎么说？"

"我跟他们派来的人说了，他们说钱一定会退。"典主任回答得飞快，而后语气又犹豫起来，"那个，院长，钵钵儿去福利医院这件事，能不能再考虑一下？毕竟那里的设施条件……"

"出去吧。"院长把文件重新翻开，"本来就是吓唬吓唬，解决了还提这个干什么？"

"谢谢院长！"典主任眉飞色舞，把在旁边发呆的我赶紧拽了出去。

典主任托我转交给姝妹儿几百块钱，让她带着阿华姐去市中心的三甲医院做了个全面检查。阿华姐确实得了肺癌。所幸的是，没到不可挽救的地步，医生说，要是积极治疗，兴许还能"拖一拖"。阿华姐考虑再三，最后还是决定用最便宜的疗法，能活多久是多久。

院长嘱咐典主任去找市残联，给钵钵儿补齐了手续，每个月可以领残疾人补助，有几百块钱，基本覆盖掉了他住院期间的药费和生活费。医务科和病房还开了所有可以开的证明，证明姝妹儿的家庭情况，至少让她可以在申请学校的各种补贴时少点阻力。

这是医院能做到的极致了。

给钵钵儿确认手续签字的那天，阿华姐在医生办公室签完字就要离开。钵钵儿从病房的活动大厅，一路追到出口，大喊："妈，饿！妈，饿！"

阿华姐掏出个裹着鸡腿的塑料袋，要塞到钵钵儿手里，钵钵儿不接，还在喊："妈，饿！妈，饿！"

阿华姐气急，扬起手就要扇。

钵钵儿没有躲，从自己油渍渍的口袋里捞出一根鸡腿——应该是医院午餐统一发的——伸到阿华姐嘴边，很焦急："妈，饿！妈，饿！"

阿华姐一嘴把鸡腿咬在嘴里，头也不回地钻进了楼梯。

一楼的同事告诉我，那天阿华姐躲在住院大楼后门那道铁栅栏后面，哭得撕心裂肺。

如今钵钵儿算是彻底没有自我照顾能力了，吓他也吓不住，好几次当着护士的面解裤子拉在治疗室里。住院的人越来越多，护士数量少，捉襟见肘，病房那边只能找一个同是长期住院但人稍清醒的患者看住他。

妹妹儿已经工作了，但还说要准备考研究生，来得没以前频繁。不过她人一来就是大包小包的食物用具，脸上的笑也多了。偶尔碰到李护士长，一定要问她有没有时间一起吃饭。李护士长总说，"这样的好孩子不多了"。

阿华姐可能因为心情舒展了，一直活到现在。但人已经完全没有劳动能力，医院也彻底不来了。妹妹儿讲，她想要努力多挣点钱，在妈妈去世前让她享几年福。我们也曾跟阿华姐提过，需不需要医院这里发动一下捐款，她一口否决："不用！"

一个临终精神病患者最后的甜蜜愿望

在医院，死亡是不可避免的。医护人员私下谈论死亡，尽量会用一些不那么直白的词，比如，"飞啦""溜啦"，或者"嘿嘿"。从某种程度上来讲，医护人员是直面抢救现场最多的人，无能为力的时候太多了，人心都是肉长的，不用这样的词，开解不了自己。

精神专科的死亡病例不多，面对有明确的高风险器质性疾病的患者，通常我们会劝他们先去综合性医院稳定病情。换句话说，先保住命，再治疗精神疾病。不过，与绝大多数疾病相比，精神类疾病复发率很高，且一旦复发，往往意味着服药周期变长，再次发作概率增高。某些不幸的患者的病情因为家庭、自身的问题而反复发作，最终只能长期住院，甚至一住就是十几二十年。他们从青年、中年变成了老年人，身体机能退化，各种病就都找来了。所以，我们精神专科的医生对于这类患者，平时治疗用药也有着诸多禁忌，精神状态、生理状态都要兼顾到，极力避免互相影响。

我曾跟在重症监护病房工作的朋友很认真地讨论过死亡这个话

294

题，她反复提到一个词——"临终关怀"。我一直以为，所谓临终关怀，要点在于尽力减少患者的病痛，直到我面对自己的第一个临终关怀对象——老褚。

在知道他即将面对死亡的最后一段住院时间里，对于他身体上的痛苦，我无能为力。

于是，我只能尽力满足他的最后一个愿望。

❶

老褚，男，1950年生人，是一位长期住院的精神分裂症患者。

早年，他父母因战争流亡缅甸，他在当地出生、长大。接近成年时，他母亲死于混乱，其父百念俱灰，关停买卖，把他送回国，自己至死也未归根。因为有文化，老褚顺利落籍，进到我们市华侨办做事，恋爱、结婚、生子，安安稳稳。三十二岁时，他被确诊精神分裂症，之后未有过好转，反复迁延。2002年，在我们这里正式"扎窝"。

要是拿一个词形容老褚，"体面"再合适不过。在住院的同龄人里，老褚的文化程度最高，他自己讲，若不是当初匆忙回国，必是到大学读医科，放到如今，跟我们这些穿白大褂的，"谁治谁"还说不定。

老褚有两个体面的爱好，一是读书，二是打扮。

大院活动室里，那些书架上的书他看了个遍，哪一本，在哪儿，只要讲个大概信息，他都能翻出来。他的阅读速度极快，一本大几十页的文刊刚刚够他打发一上午，科室里订的数种半月刊、全月刊完全跟不上他的文化新陈代谢。因为精神食粮断顿的情况频发，老褚愤而从自己的伙食里省出钱来订了几份报纸，每天"啃得干干净净"后，再挑出一些可以反复品鉴的张页存起来。而其余的，就放在书架上任人翻阅。他跟我讲，千万不要让清洁阿姨拿走卖废纸："唐僧传经度化世人，功德无量，传播知识也是功德无量。"

说起打扮，在我看来，老褚确实有两把刷子。医院的病号服是传统的蓝白条，老褚嫌过于素净，可医院毕竟不是家里，不可能由着他大张旗鼓地捯饬。在有限的条件下几经试验后，他终于形成自己的风格——在上衣外面套马甲。夏天是两件棉麻，一灰一黄，冬天是两件夹棉，一黑一绿。穿什么颜色取决于搭什么"单品"，老褚的"单品"是几双拖鞋、一黑一灰两个笔记本电脑包。他说，若是塑料拖鞋，就要搭鲜艳的马甲，配灰色的包，轻快明亮；若是包头棉拖，那就得搭深色的马甲，配黑色的包，沉稳大气。

每每大院活动时间，病房里的护士催着患者出来"放风儿"，老褚永远是出场最晚的一个，缘由是他要思考拿什么包装报纸，搭配哪双拖鞋跟马甲。催的次数多了，我揶揄他是"假体面"，身上板正但脸上邋遢，鼻毛总杵在外面。他反讥我年轻仔不修边幅没有内涵，"鞋脏得都能闻见脚气味儿"，还说"鼻毛是财"，剪不得。

除了体面的爱好，他还有最得意的两件"体面"事。

第一件事，老褚与大院管理员老乌私交甚好。按照老乌的说法，自他2001年任康复科大院管理员至今，跟来住院的老褚相识已近二十年。而现在老乌还有一年半就要退休，老褚却还在住院（这让老乌感慨万千）。

与老乌二十年的"同院情谊"造就了老褚在大院极高的地位，这里的大事小情他几乎都可以代替老乌管——体育文娱器材的管理发放，大院里花花草草的剪枝浇灌，给新患者讲解规矩，甚至处理一些小冲突时，老褚的面子有时候比老乌还管用。虽然老褚经常惶恐地让大伙不要喊他"褚老师"，但每到"下大院"，他又总是像颗卫星一样绕在老乌身边，淡定自若，谈笑风生。那些跟他一样住了十来年的老患者，十分看不惯他这种"卖乖"的行径，虽然不敢当面驳老乌面子，但背地里少不了讥讽，说老褚是个"缅甸老买办""马屁梆梆响"。

第二件事，是老住院大楼陈列走廊里的一张照片：老褚挂着一把铁锹，跟当时的院长肩并肩靠在一起，意气风发。

老褚说，2002年我们医院的第一栋住院大楼竣工，他作为当时的"001号"患者，跟着院长拿铁锹盖下了最后一抔土。这张合影，是老褚"最久住院患者"身份的有力佐证，也是他屡屡与那些不服他"褚老师"身份的患者起冲突舌战时的最后王牌："看看一楼的照片，你才来多久，跟谁争呢？"

2018年，这片仅有四层的并联住院大楼已经满足不了越来越多的住院患者。院领导们跟市里哭诉几回，效果甚微，最后只能决定先拆掉西侧的男病房，隔开东侧的女病房，等新楼起好后，再把其余的拆掉。拆建期间，年轻些的患者暂时挤在大路边临时整修过的门诊大楼里，而像老褚这样长期住院的老年患者，就被留在还没拆掉的女病房里，除了治疗，哪儿也不能去。

"下大院"活动因为拆建而暂停，老乌被调去管物理治疗的器材。陈列走廊也拆了，照片不知道被封存到了哪个纸箱里。

老褚赖以得意的人、物都没了，体面似乎无处施展。每回我带着器材去病房里给他们做治疗，他常坐在最后一排，把包搁在腿上，眼巴巴地看，等着散场凑上来跟我交谈两句。

"大院以后还放不放了？"

"我不清楚啊，得听上面通知。"

"乌司令呢，还好吧，有没有提过……"

"好着呢，再过年把就退了。"

老褚央求过我几回，希望我去找老乌，让老乌跟院长说说，能不能让自己延续传统，在新大楼建成之际盖上最后一抔土。我开玩笑似的讲给老乌听，老乌也哈哈大笑："行啊，就怕他老褚活不到那个时候了。"

没想到一语成谶。

2020年10月中旬，医院所在的社区照例要给这些登记在册的老年精神病患者进行一次福利体检。结果老褚的体检不太乐观——他的胃里长了一个瘤，活检后结果是恶性。

医院找市里的专家来会诊，会诊完，专家委婉地表示没有做手术的必要。老褚的主管医生廖姐，这么多年一直照看老褚，两人处得跟亲父女似的，最后恳求专家尽力尝试一下。专家很为难："你也是医生，他都这个岁数了，说实话，保守点……说不定能多活段时间。"

说来也奇怪，体检之前，老褚能吃能喝能睡，体检之后，他可能是发现了我们看他的眼神有些异样，几天里多次跑到办公室，说自己哪儿哪儿都不得劲。

"小廖，我最近怎么总是拉肚子，是不是食堂锅没洗干净？""晚上啊，一阵一阵地疼，特别是喝水之后，医院的水箱得洗洗了啊。"

廖姐眼不离电脑屏幕，从抽屉里拿出一板健胃消食片甩过去："嚼几片，先出去啦，忙着呢。"

"褚老师先出去啦，不打扰廖姐做事了。"我也过来帮廖姐解围。

我环住老褚的肩膀把他送出门，廖姐噼里啪啦敲键盘的手也停了下来。

我小声地说："跟他儿子讲一下吧？"

廖姐嘟嘟囔囔，头无力地抬起来："讲吧。"

按道理，也该通知老褚的儿子了。之所以还没说，一是因为事发突然，十几二十个老头儿老太太，就老褚查出大问题，得仔细地再查几次。二呢，也是最主要的原因——老褚跟他儿子小褚，关系实在是太差了。

老褚发病前，一家几口靠他在华侨办的工作过日子，不算辛苦，也谈不上富足。老褚壮年发病，一家人没了收入，他老婆挑上养家的担子，推起小车在单位门口卖起粉饺发糕。没人会料到老褚一病就是快四十年，重新养家早已无望，老婆也累得早早走了。这些辛酸，小褚从小看到大，要他对老褚这个"不尽责"的老爹觉得有恩情，也不太现实。我到院里工作这几年，我从没见他来看过老褚，也甚少打电话。

真正让他们父子翻脸的引线，是2017年，老褚当时跟沐阿姨——一名同是长期住院的老年女患者——谈起了地下恋爱（见《精神病院里，再唱不出〈甜蜜蜜〉》）。无论是出于双方家属感受还是医院的规定，这都是不允许的。老褚以为自己瞒得住，没有理会我三番五次的提醒，日益得意忘形，惹得一些好事者不满。最终在一次被其他人恶意捉弄时，沐阿姨受到刺激，情绪激惹，症状发作。沐阿姨的女儿因为此事把老褚和医院从上到下骂了个遍。小褚也在电话里吼老褚："丢不丢人哪！你对得起我妈吗？"

从这以后，爷俩儿彻底互不相闻。

廖姐眉头紧皱地翻开家属联系簿，话筒举起又放下。我自告奋勇，一指按下免提键，照着号码拨了过去。

"哪位？"

"医院，褚先生吗？我是您父亲的治疗师，姓赵，就是有个情况，医院这里要通知您一下，那个，那个……"我抢先开口，但话又堵在嘴边。

廖姐深吸口气，示意我让开，俯身对着话筒轻声说："是这样，前两天医院给长期住院的患者做了一次体检，其中包括你爸爸……"

廖姐几句话说清楚了情况，包括专家的意见。小褚在电话那边"哦""哦"地应答，节奏越发缓慢。廖姐话停了之后，他也没声音了。

电话显示屏上，一分一秒跳得人心焦，我忍不住对话筒大声说：

"这件事最终还是得考虑您这边家属的意见，所以……"

"不能再检查检查？"小褚忽然说道。

"啊？"

"你们再检查检查啊！"他也大声起来，"这么些年都没事，忽然打电话说他胃癌就快不行了，你们医院不再查查？"

小褚一顿质问。廖姐按住我，食指竖在嘴上。等他终于停了，廖姐才轻声说："你最好尽快来一趟吧。"然后挂了电话。

上午打的电话，下午人就来了。小褚没有直接到办公室找医生，而是径直去了病房。得到消息后，廖姐一把拽起我就要往病房赶。她捣豆似的戳着电梯按键，念念有词："可别给说漏嘴了，别说漏嘴了……"

我知道她的意思。老褚在这里住了二十年，虽然是个病人，但大大小小帮了我们不少忙，很多医护人员都是他看着从小青年熬成"老油子"，谁都没把他当个病人看。所以关于老褚的病情，上下谁都没跟他本人说实话，而是骗他说人老了消化系统有点小毛病。

但到了病房，我们发现担心是多余的了。

老褚盘在家属探视室里的铁条凳上，笑逐颜开。他端着一个盆大的食盒，大口大口地往嘴里塞粉饺。一个中年男人——应该是小褚——端坐在小马扎上，紧靠着老褚抽烟。他拿自己的烟屁股续上一根，准备递到老褚手里。

"哎，老……褚老师你不是不抽烟吗？"我跨几步过去，若无其事地夺下小褚递去的烟。

"谁说我不抽？"老褚把烟从我手里抢走，深深地嘬上一口，熟练地从鼻孔喷了出去。他又从屁股后面扯出一条拆开的"芙蓉王"，抠出三包递给我："哪，这给你，剩下帮我给乌司令送去，别自己吞了啊，老子要问的！"

我看了看廖姐，她瞄了瞄小褚，小褚尴笑两下，低下了头。老褚吧唧吧唧嚼着粉饺，左顾右盼。

"爸，跟我回……"

"回哪儿去？我哪儿都不去。"几颗葱花从老褚嘴里滑出来，"这里好得很，一盒粉饺就想把老子骗回去，不上你这个当。"

小褚眼巴巴看向廖姐，廖姐笑笑说："老褚啊，回去让儿子带你去市里的大医院看看，我们这儿小，有些问题查不出来。"

"什么查不出来？"老褚摊下食盒，一把将烟戳了进去。

我一屁股坐到他身边："小问题小问题，查查就放心点。"

老褚把食盒撇在一旁，抱着手："老子不去，哪儿都不去！"

我还想再劝，廖姐摆摆手，按响门铃，让护士把老褚带回病房。

接待室里，小褚一直在小马扎上没挪过位置，烟是一根接一根地续，偶尔嗦几口。

廖姐开口问："你想怎么处理？市里医生的意见我电话里也说了，治不治得你说了算。"

"你们能不能劝他跟我回去，再查查也好啊，可能……总不能……死也要死在儿子家里吧。"小褚盯着地板，指缝里的烟就快烧完了。

"行吧！"我抢在廖姐之前开口，"我去劝。"

❸

我无法不答应小褚的请求。

自2016年参加工作至今,老乌慢慢将大院的工作移交到了我手里。老褚对我一视同仁,他怎么帮老乌的就怎么帮我,我承了他很多情。还有就是,老褚当初跟沐阿姨的夕阳恋,我是第一个发现的,但没有第一时间阻止,这让我心里总是不得劲——如果当时能及时干预,他们父子俩也不至于这几年闹得这么僵。

自打小褚来过,老褚再也没有说过自己哪里不舒服,恢复到以往"褚老师"的模样,哪怕是在病房里,也打扮得体体面面,还托我将报纸日日送进去,不要耽误他传播知识。当然,他三五不时还是要问问我,让他"盖最后一抔土"之事进展如何,我只能战略性地顾左右而言他。

"褚老师,大院都没了,还不死心哪?"

"总会开的,你到底去说没说?老子平时对你可不错啊。"

"就不告诉你,天天闷在这里无不无聊?赶紧滚回家!"

"你你你……"

大院里这个辈分的医护人员里,只有我敢跟老褚没大没小地斗嘴。老褚经常说我跟他孙子一边儿大,自称"老子"还是降了辈,非等我把他激到"你你你"语无伦次的时候才见好就收。

但现如今斗到这里,我也不知道接下去要怎么说才能让老褚心甘情愿回家。总不能直接点明:嘿,你活不长了,快回儿子家吧!

思索再三,我编了个蹩脚的理由。我跟老褚讲,医院大楼将起不起，可眼见住院的人是越来越多了，希望他能给那些老哥们带个头，先出院，等大楼起好再回来。我信誓旦旦地向他保证："院长说了，老褚可是个体面人，这最后一抔土非你不可！"

"滚！你哄老子，"老褚拆穿我，"拆了一半，也还是四层楼，差老子一张铺？"

我让他不信亲自去问，而老褚挥手转过身就走："出得去还用得着求你？老子耗也要耗到大院重开，想让老子回家，门儿都没有。"

我也是气急，几步赶上去拉住他，压低声音："回家有什么不好的，里面住着的人好多想回都回不去，你儿子都来请了，拗个什么！"

老褚扭头，慢悠悠地望过来："我……在这儿还有事儿。"

我太清楚老褚这个表情是什么意思——他这是要讲条件。到底是活了七十年的人，我这点道行在他那儿根本不够看。犹豫一会儿，我又想通了，只要他愿意讲条件，起码还有机会劝劝。

我让他有话就直接讲。他嘿嘿嘿凑近我耳边："听说，你沐阿姨，是不是回来了？"

"啊？"我惊讶的不是沐阿姨回来这个事实，而是他是怎么知道的。

沐阿姨确实回来了，就在小半个月之前。沐阿姨病情稳定后她女儿便把她接了回去，说是带孙子。前段时间，孙子上了小学，沐阿姨病情又开始不稳定，家里没个人看着她，走丢了几次，她女儿怕出事，只能又送了回来。沐阿姨回来后一直住在四楼，老褚住在二楼，按理说不放大院了，他俩怎么也见不着。

我挠着后脑勺，支支吾吾，一个劲儿地说"不清楚""没听过"，实在不知道怎么圆。

"你装，哎，装。"老褚用力拍我的肩，"这楼里一共才几个老娘儿们？晚上看电视剧，那四楼笑得嘿哈嘿哈，我听不出来？"

我也懒得跟他绕圈子，直说："沐阿姨回来跟你回家能有什么关系？"老褚不应，神秘地一笑，瞅瞅天花板，背着手，一步三晃地就走了。

说到底是人老成精，小赵我又被他老褚拿捏了。

我仔细回想，老褚跟沐阿姨"东窗事发"后，他确实消沉了很久。这次特意提出来，我猜他不至于是想要"涛声依旧"，但不跟沐阿姨见上一面，怕是解不了这个心结。

鉴于几年前是我的犹豫"好心办了坏事"，这次我很快下定了决心。我心想，只要这次帮老褚好好把握，了了心愿，他应该会给我面子，了无牵挂地回家。我只头痛一个问题：要怎么找个理由可以让老褚跟沐阿姨合理地"相处"一下呢？总不能直接把他领上四楼吧？

因为许久不放大院，病房里患者们意见很大，说天天关在这里养膘，除了吃药看电视就是睡觉，有几个家属直接打电话投诉。我们康复科被要求赶紧想办法，"丰富丰富住院患者的精神生活"。主任迫于无奈，只能把我们几个治疗师打散，每个人负责一层楼，一周五天，除了治疗还要每天下到病房做活动。我负责二楼，每天带着这些老年患者做文体训练。

我的主意，"噌"的一下就冒出来了。我跟负责四楼的音乐治疗师小雷商量，能不能每周抽出两天互换楼层，这样能保证每周每层患者的活动不重样，我们治疗师也能"换换心情"。

小雷挺高兴："对哟，这个主意好，跟主任提一下！"

我赶紧拉住他："别别别！先试行，好了再说。"

我可不敢跟主任说，因为我接下来的步骤，是把老褚培养成我的治疗副手，这样就能顺理成章地把他带到四楼了。

❹

过了两天，二楼下午的治疗结束后，我把老褚单独留下，问他要不要跟我学打太极拳。

"老子现在学那玩意儿干吗？"老褚很不屑，"老子是不会答应你回去的，要想老子……"

"哦！"我重重应了一声，指着走廊病房方向，"那你帮我去把老邓喊来吧。"

"干吗？"老褚眼神定住。

我若无其事地晃着头："没事，就是问问他，要不要跟我学太极拳，学好了我跟主任商量一下，让他做个患者代表，去其他楼层教教其他的患者。"

"哦！"老褚两眼发光，"那那……他个老梆子怕是……嘿，我还是有点基础的。"

在教老褚学太极拳期间，我试着跟主任说了这个计划。

主任有些担忧，问我会不会有问题。我以为她是担心2017年沐阿姨症状复发之事重演，信誓旦旦地保证："我一定会做好准备的，有问题会亲自跟沐阿姨家属沟通，您放心。"

"我不是光说这个。"主任摇摇头，"我是说老褚的身体，有没有问题？"

我不知道该如何回答她。主任叹着气，劝我还是把重点放在劝老褚回家这个问题上。

我说："我知道，按照医院的规矩，这种情况确实可以直接让老褚出院，也不由得他说，但是咱也没这么做。他都在这儿二十年了，您先让我试试吧。"

话说到这个份上，主任也没有再阻拦了。

老褚学得很认真。因为病房里没有多媒体设备，他每天学完，还要我把手机里的视频暂停给他看，拿笔画下简图，说是回去照着练习。学了两天，我刚把所有动作给他过了一遍，他就说自己学了一套口诀，可以简化步骤，非要表演给我看。

"你看啊——"他蹲好马步，做了一个起手式，双手抱球下滑，"一个大西瓜，一刀分两瓣……"

我稀里糊涂，仔细看了看才回过味，立刻纠正他："这叫'野马分鬃'！"

他不理我，左右手上下滑开分展："一瓣给你，一瓣给他……"

我忍无可忍，大吼一声："这叫'揽雀尾'！这都直接跳到第七式了，还有五式呢，给你滑丢了啊！"

我俩整整争了一个星期，老褚总算是没有继续坚持他的"西瓜诀"，磕磕巴巴能把整套拳划拉下来，足够应付老头老太太了。他毕竟年纪大了，每每坚持十来分钟，就碎着步子跟个要熄火的陀螺似的打转。再三确认他能完整地打出前八式后，在一个周二，我正式通知老褚：准备好，周三上午，朝四楼进发。

老褚一大早就守在病房的铁闸门前，衣着得体地等着我。马甲，包头棉拖，黑色的包包，一应俱全，还有一条棕色毛线织成的围巾，把他下巴到脖子一溜裹得严严实实。我让他把围巾放下，说怕等会儿出汗了难受，他不愿意，直催着我"走吧走吧"——后来是护士小林告诉我，前天夜里，老褚非要跟他借刮胡刀，结果把下巴颏刮破了，只能借老邓的围巾挡着。老褚还神秘兮兮地跟小林借剪刀，小林以安全为由拒绝了。后半夜，他巡房时听到老褚的床铺方向一直间歇性地传出"咝咝"的声音，他以为出了什么事，一把掀开被窝，结果发现老褚趴在里面拔鼻毛。

无论怎么说，老褚对这次与沐阿姨的重逢十分重视。他越重视，我越是担心，趁爬楼梯时，我故意走得很慢，跟老褚东拉西扯，但话里话外都强调一个意思——必须把握好尺度。

"老子七十岁还是你七十岁？"老褚几步跨到我前头，"这种事不用你个生瓜蛋子教，赶紧速战速决，别耽误老子中午回二楼吃饭。"

四楼的女病房早早就把人聚到了活动厅，电视里播着周星驰的《算死草》，沐阿姨坐在第一排的正中间，笑得最大声。

老褚进了活动室，绕着脖子扫一圈，大声地清了一下嗓子。一众老阿姨扭过头来。沐阿姨朝我们看了一眼，若无其事地把头扭回去。

老褚很尴尬，一副想上前又不敢上前的模样，拿手指一直杵我。我暗暗对他翻了个白眼，走到前面，按照常例关了电视，组织她们开始活动。

其间，沐阿姨站在最后一排，老褚又站在我身后，两个人隔了十万八千里。我一把把老褚拽到身前，他吭哧吭哧打得很卖力，而沐阿姨一直是一副意兴阑珊的神态。好不容易教完了，老褚抢先一步钻出了病房。

楼梯间里，他一把拽下脖子上的围巾。

"真热啊。"

我没有理他，走到吸烟区，掏出烟点着。

"你说……"老褚凑上来，"你沐阿姨，是不是不想看见我？"

我把烟递给他："她是紧张，咱事先也没打招呼突然就来了，是吧？"

"瞎说！"老褚回绝了我的烟，"以前我俩聊得那个欢，她肯定是不想看见我，要不我就……"

"是你三十岁还是我三十岁，现在的女同志那些心思你是一点都不懂。"我把烟戳灭，"一瞧见你，她是不是立刻收住声音不敢大声笑了？懂了吧？"

老褚恍然大悟。

而后的两周，我与老褚的教拳之路越走越顺。我带着女病人们过了两次动作，往后便让老褚担当"总教头"，自己只在一边"打游击"纠正动作。再后来，老褚将自己算进去，和各个老阿姨"拆对儿"，互相指导纠正动作，顺理成章地成了沐阿姨的专职教练。

老褚"把握"得很好，非礼勿视，非礼勿言，沐阿姨有什么不懂的，他不像以前一样"放肆"地上手教，而是一遍又一遍地亲身演示。沐阿姨终于慢慢放下了紧张，跟老褚有说有聊，还时常被老褚逗得大笑。我问老褚，他究竟是说了什么能把沐阿姨逗成那样，老褚高深莫测，回答了三个字："西瓜诀。"

但不管怎么说，两个人的关系是肉眼可见地飞跃，又恰好在某个合适的位置停了下来。

老褚丝毫不像一个大限将至的人，每天都干劲十足，这让我一直不好跟他提回家的事。过了几周，见阿姨们自己也能打得有模有样了，我找了一天特意跟老褚说："咱们在楼梯间聊聊。"

我点着烟跟他商量，说反正也教得差不多了，沐阿姨打得这么好，后面我们也把沐阿姨带上，到其他楼层教拳。

"后面，你就慢慢把教拳的事交给她，你知道我的意思吧？"

"行啊，就去二楼吧，我带着那些老哥们会给几分面子。"说着，他把我手里的烟捏走，嘬了一口，呛得涕泗横流。

❺

我跟老褚约好，只要沐阿姨教得好，往后的教拳事宜就全盘给她，而作为交换条件，老褚必须跟儿子回家。

老褚央求我，说必须等沐阿姨完全"站住脚跟"后他才能放心回家，在此之前，我不能催他，也要帮他挡着那些"催他的人"。我说，沐阿姨以前也是这里的"老客户"，大家都熟，不会出现他料想的"找事儿"的情况。老褚却不这么想，他告诉我，无论怎么讲，沐阿姨也是个女同志，二楼里面的那些老哥们当年没少讲他们俩的闲话，往后他不在这里了，沐阿姨一个人来教，那几个老梆子不定要怎么讲她。

二楼余下的那十来个老阿叔跟老褚不是同一类人，他们不像老褚这样热衷于各种交际活动，而是乐于打牌、下棋、打乒乓球，就是对学太极拳没兴趣。我跟老褚、沐阿姨三个人持续努力了很多天，收效甚微。除非我将棋牌球等收走，强硬地要求他们必须参加，不然不会有人主动来学拳。

就目前情况来看，这样很难达到我跟老褚约定的出院条件，沐阿姨在这里根本就站不住脚。但拖得越久，老褚的身体状况就越不乐观。虽然他目前的态度表现得丝毫不像一个大限将至的人，但我也能看出疾病对他的影响——他吃得越来越少。病房里说，半夜里，老褚常常翻来覆去睡不着，问他就说是肚子疼，而在我或者是沐阿姨面前，他又永远充满活力和干劲，面对沐阿姨的笑容，他一定会用更大更夸张的笑回应过去。

小褚的电话越来越频繁，但老褚总是以忙碌为由不接，小褚只能问我他爹到底什么时候能回家。我把老褚现在的情况跟他讲了，劝他多耐心等一下，说起码现在他很开心。小褚是个实在人，跟我要了沐阿姨的女儿电话，亲自打了过去，就2017年的事郑重地道歉，恳求她不要为现在沐阿姨跟老褚学拳的事介意。我不知道沐阿姨的女儿是怎么跟小褚商量的，知道这件事后我也给她打了电话，她很不耐烦："知道了知道了，你们真是无聊！"

应该算是默认了吧？我不知道这到底是好事还是坏事。

2020年就要过完了，老褚查出问题后也过了快一个月了。我跟老褚说："你放心回家吧，我一定会把沐阿姨教会，也会让二楼的老阿叔们配合。"他笑着点我的脑袋，说："小子你呀，嘴巴硬耳根子软，老子会处理好的。"

距离2021年元旦还有几天，医院里已经开始排班，让一部分护士医生先休假，病房里的人也越来越少。少了人管，老阿公们越发肆无忌惮，干脆直接不服管，在我召集他们来学拳的时候，直接把棋牌坐在屁股底下。

"你们就是不想学拳也要参加治疗吧，天天闷在这里不无聊吗？"

"治啊，治啊。"老邓慢悠悠地掏出扑克，瞪了一眼沐阿姨，"有个什么好治的，都疯这些年了，进来又出去，谁也别瞧不起谁。"

沐阿姨脸色沉了下去，老褚站出来，朝着老邓大骂："你怎么说话的，她费劲教你还错了？"

老邓一把将牌甩到地上，站到老褚面前："你别以为老子看不出来，一个鳏夫一个寡妇，跑这里恶心人！"

"你你你！"老褚竟然举起了拳头，但被老邓一把拽住甩开。老邓很是霸道，又抢了一步，揪住老褚马甲的领子想打人。

我不能再看了，想挤到他们中间把人分开。可没料到，沐阿姨先挤了上去，一招"揽雀尾"，左右开手，把两人隔了开。她死死盯着老邓，大喝道："来啊，看老娘揽了你的雀！来啊！"

我赶紧把沐阿姨环住，她朝着老邓上蹿下跳地骂："来啊，看老娘……老娘……揽死你个老梆子！"

"干吗干吗干吗！"远处的小林跑了过来，"一把年纪了还打架啊？"

我此刻很茫然——这场景好似又回到2017年，难道沐阿姨又要复发？

四楼的护士接到电话，马上派了人下来，还带着约束带。老邓和老褚跟两根木头一样在原地发呆，我们几个人环着激动的沐阿姨往门外挪。到了门口，沐阿姨还在伸着头骂，护士对她大喊："再发癫就绑了啊！"

"呸！"沐阿姨朝着老邓吐了一口，闭上了嘴，神情即刻恢复平静，"哎呀，我自己走，箍着我干吗！"

说完，她偷偷朝我瞄过来，调皮地眨了一下眼睛。

我这才意识到，她是在给老褚解围出气呢！

过了两天，我去二楼给老褚送报纸，他笑嘻嘻地接过去，好像丝毫没有受这件事影响。看着他这卖乖的嘴脸，我实在是很想跟他杠两句，可话到嘴边，又不忍心说什么，最后只憋出一句："你以后别教沐阿姨那些有的没的！"

又过了两天，老褚主动来找我。我问他是不是要跟我聊出院的事，他笑了两声，递给我一张纸。上面是一首诗：

　　我的脑子很早就坏掉了

　　医生是这么说的

　　身体也坏掉了

　　它自己告诉我的

　　脑子不灵活

记不起妈妈的样子

眼睛不明亮

是太阳还是月亮

脚不健壮，走不到四方

耳不聪慧，听不到八面

他们都在说"再见"

我也该跟他们说"再见"

我不怕死亡，不怕遗忘

记得我的人本来就不多

我也记不清那么多人

我来的时候没有衣袖

走的时候也无云彩

多的是尸体成了泥土

我迟早是盒子里的尘埃

父母告诉我的道理

我告诉了我的下一代

我还嘱咐他们

告诉下一代的下一代

一代又一代

这些曾交与我保管的

我现在都交还于她

我看完心里一惊，强笑着问他到底要干吗。他嘿嘿笑着："你不是爱写东西吗，帮我找个地方发出去，稿费归你了，当我请你吃席。"

"乱说个屁啊！"我把纸甩回去，"写得狗屁不通，就这几行能有几个钱，等你写出好的再说吧。"

老褚仔细地把纸叠好，塞到我的怀里："小赵，老子怕是挨不了那么久了。"

我的心又狠狠地惊悸，原来他早就知道了。见我不说话，老褚很轻蔑地扫了我两眼，说："我是精神有问题，又不是智力有问题。"

❻

老褚终于出院了，但不是主动出去的。这是小林后来告诉我的。

老褚给我诗的那天，夜里是小林巡房。他听见老褚的病房传来"咚"的一声闷响，赶紧顺着声音进去，见老褚窝在地上蜷成一团，闷着劲小口小口地喘气。他以为是有人打了他，拍开灯大声问怎么回事，而其余几个老头扭过身子，面对墙壁不出一声。

小林蹲着，不敢碰脸色煞白的老褚，又连问几声到底怎么回事，隔壁床的老邓扭过头："快弄出去吧，哼哼唧唧，哼哼唧唧，还让不让人睡了！"

小林这才意识到问题的严重性，赶紧跑出去拍值班医生的门。

当晚，老褚被紧急转入市中心医院的肿瘤科。过了两天，小褚神色匆匆地到医院办理老褚的转院手续。

我把老褚的诗给几个做诗歌类公众号的朋友看过，希望他们能帮我发出去，不要稿费，但没人愿。一个老家的编辑老师提醒我，要不把老褚的老年精神病患者身份拿出来提一提，算是个"亮点"。思索再三，我终是觉得不妥——虽然总跟老褚"老子"来"老子"去的，那也不意味着我真能没大没小到代替他做这种决定。

我也认真地幻想过，若是出现在老褚的葬礼上，我定要跟电影里一般，穿身严肃的挽装，用几件幽默的趣事，让缅怀他的人哈哈大笑，再深刻地数数老褚生前的遗憾，让他们流着泪鼓掌。而想来想去，那只是电影美化过的西式葬礼。按照中国的传统，沉哀才是体面。且我终究算是个外人，怕是不能合情合理地出现在老褚的葬礼上。

我记得，以前在一场团体治疗课上，原本讨论的主题是抑郁症，但最后不知道为什么聊到了死亡。我原本不想让老褚发言，但他抢过了我的话筒，非要说话。

他说，人每一个阶段都应该清楚自己要做什么。生下来的时候，学好吃喝拉撒；上学的时候，学好科学文化；工作了，踏实勤干；结婚生子了，教育好下一代。而后，下一代成人立业，自己也把该教的教给了他们，若留有余力，再教教下一代的下一代。

老褚说，他明显是没有余力的那种人。所以只剩下宇宙交给他的最后一个阶段的任务——等待死亡。我不知道，在老褚最后的这段时间里，我做的算不算是合格的临终关怀，可能在他看来，我的很多行为都很幼稚，但他从没有拒绝过我，像是陪着孙子玩。

2021年年初，小褚再一次来到医院。他说老褚已经去世了，希望医院能提供老褚在这里的所有住院病历，因为一直负担老褚住院费用的原单位要"走程序"。

知道消息的时候，我正往病案室送病历。我一下意识到，那个一直跟我笑嘻嘻斗嘴的老褚，再也见不到了。我把消息告诉了老乌，他背对着我"嗯"了一声，继续整理书架上的书。下班的时候，我路过康复大厅，里面灯还亮着。老乌坐在老褚平时看报纸的地方，望着老褚留下的一堆报纸，默默地抽烟。

2021年这一年，新的大院修得七七八八，只等疫情稍好一些就能继续开放。沐阿姨的教学种类已经从太极拳扩展到八段锦、五禽戏，等等。有好些我都没听过。她告诉我，自己现在也很喜欢学点新东西，等大院开放了，她希望我能专门留一块空地，让她教拳。

说实话，我在沐阿姨口中从没听到过什么遗憾或是想念老褚之类的话，甚至是聊到老褚都很少。她告诉我，自己年纪大了，现在心里没有能大过生死的事情。

可我还是年轻。老褚走了那么久，我真的很想他。

（文中人名均为化名）

（完）

后记

我有个特别好的优点——极其耐得住性子听人讲话，说什么都行，好的坏的，正的歪的。自打在精神专科工作后，面对那些倾诉欲满溢的患者朋友，我这个优点算是有了用武之地。

书里写的这些患者朋友，几乎没有不愿意将他们的故事说出来，甚至让我写出来的。相反，得知我要记录他们的故事，一个个反而讲得更起劲，丝毫没有那种所谓"正常人"在剖析自我时的腼腆、害羞，甚至隐瞒。我一直都知道这是为什么，从一开始就知道——他们想获得我，或者说像我这样所谓"正常人"的尊重。当然，我也不会客气，他们敢讲，我就敢问，听到精彩之处，该笑笑，该骂骂，该鼓掌鼓掌，该戏谑戏谑。

我认为这是对他们最大的尊重。而视而不见的歧视与刻意的"优待"，才是对他们最大的不尊重。

从这个角度说，我几乎不怎么写他们的病症（跟我浅薄的专业能力有关），而是着重书写他们的经历本身。或者说，他们怎么说，我就怎么写，故事该是怎样的，就是怎样的。过于真实或过于荒诞，都不在我一开始记录所考虑的范围之内。正因为我这样的态度，他们才愿意跟我这样一个"生瓜蛋子"事无巨细地讲述，这才有了这些故事。我必须感谢他们，谢谢他们的信任以及坦诚。

写故事真的是一件很费体力与脑力的事，从一开始我就看到了自己的天赋天花板，断定自己穷尽一生估计也只能是写一些语句通顺的表述罢了。所以我与那些"主角们"说好，不要觉得我能写多好，顶多就是能发出去，让更多的人看到；也别担心我会写得多差，再不济也不至于胡编乱造。

就这样磕磕绊绊写了三年，竟然稀里糊涂累积到能出书的量，这是我和"主角们"都没想到过的。

三年多里，随着故事越写越多，故事的"主角们"跟我的相处也越来越多，我自己也成了故事的一部分。对于写这些故事的目的我也越发清晰——

我就是想展示一个我眼里比较现实的精神专科，或者说精神疾病患者群体。这种现实不单单是基于精神疾病患者群体本身，更多的是基于患病的他们和未患病的我们一样，在生存里，面对不确定的人生的真实选择。

我承认，如果专注于病症的刻意科普，或者说将他们身上异于常人的一面更多地展示出来，故事可能会更加"好看"，但我不可以这样写。因为在和他们这么多年的相处里，我真实地觉得，他们与我，或者说与"正常人"并没有什么肉眼可见的区别，至少不像某些已经被刻意化了的描述。他们患病的起因，可能就跟你我生活中某个不如意的经历很相似：失业、失恋、夫妻不和、子女难教等。反应无外乎是不解、委屈、愤怒、失意、咬牙坚持、断然放弃。人有七情六欲，面对不如意的生活，必然会有这些反应。所以我们跟他们到底有什么不一样呢？真的没有。

在故事里，我偶尔也会提及医护人员，他们都是我身边真实存在的同事和朋友。我一直在刻意避免将医护人员刻画成对患者无限包容与付出的天使形象。在我的记录里，有人兢兢业业一辈子扑在工作上，把医院当成家，对患者的事情事无巨细，从入院到选床，从睡觉到吃药，恨不得事事亲为。但也有人，上班就是"打洞"，人到哪儿事到哪儿，能推出去绝不搂回来。这些都是真实存在的，不必刻意丑化或者美化。

所以说，患者、医生、护士，包括一些家属，在他们身上发生过什么事，各自做了什么选择，然后各自承担了什么，这大概就是我所记录的东西。

出于保护患者隐私的考虑，有些地方无法详细展开，只能生硬地一笔带过，这可能会导致整个故事看起来有些粗糙，这是必须向读者道歉的地方。

我不敢说这些文字会发人深省，让人颇有领悟。若是有读者买了这本书并且认真读了的话，那对这些患者朋友以及我来说，都是莫大的荣幸。这至少意味着读者和我一样，十分尊重他们的经历，也在尝试着用一种平等的眼神而不是猎奇的心理去审视他们。

最后，我必须感谢很多人，我不确定他们是否愿意让自己的名字出现在这里，我以自己的方式感谢他们——感谢第一次教我写作的老师，感谢一直愿意收我稿件的两位老师，感谢为这本书的出版奔忙的编辑老师。

正如我一直所说的那样，真实是我的本意，如果您觉得乏味，是我的错，不是故事的错。